Franziska Franke
Sherlock Holmes und
der Mönch von Mainz

Von der Autorin bisher bei KBV erschienen:

Sherlock Holmes und die Büste der Primavera
Sherlock Holmes und der Club des Höllenfeuers
Sherlock Holmes und die Katakomben von Paris
Sherlock Holmes und der Fluch des grünen Diamanten
Sherlock Holmes und das Ungeheuer von Ulmen
Sherlock Holmes und der Ritter von Malta
Sherlock Holmes und das Geheimnis der Pyramide
Sherlock Holmes und die schwarze Kobra
Sherlock Holmes und die Spur des Yeti

Franziska Franke wurde in Leipzig geboren, hat nach ihrer Schulzeit, die sie in Essen, Schwetzingen und Wiesbaden verbrachte, an den Universitäten von Mainz und Frankfurt Kunstgeschichte, Klassische Archäologie und Kunstpädagogik studiert. Sie wohnt heute mit ihrem Mann in Mainz, wo sie freiberuflich in der Erwachsenenbildung tätig ist. In ihrer *Sherlock Holmes-Reihe* löst der Meisterdetektiv zahlreiche Kriminalfälle im Anschluss an sein rätselhaftes Verschwinden in den Reichenbach-Fällen. Dabei begleitet ihn der englische Buchhändler David Tristram.

Franziska Franke

Sherlock Holmes
und der Mönch von Mainz

KBV

Originalausgabe

www.kbv-verlag.de
E-Mail: info@kbv-verlag.de
Telefon: 0 65 93 - 998 96-0
Fax: 0 65 93 - 998 96-20
Umschlaggestaltung: Ralf Kramp
unter Verwendung von © Nomad_Soul - Fotolia.de
und Eugène Charles François Guérand »Bal de l'Opéra«
Lektorat: Volker Maria Neumann, Köln
Druck: CPI books, Ebner & Spiegel GmbH, Ulm
Printed in Germany
ISBN 978-3-95441-453-6

Vorwort des Herausgebers

Wieder habe ich das Vergnügen, eines der Manuskripte zu veröffentlichen, die auf dem Dachboden der Casa Tristram-Boldoni in Florenz aufgetaucht sind und in denen David Tristram, einer der Vorbesitzer des Hauses, von seiner Zusammenarbeit mit Sherlock Holmes berichtet. Leider hat dieser Quartband jedoch durch jahrelange, unsachgemäße Lagerung so stark gelitten, dass die Stockflecken manche Worte unlesbar machen. Die Übersetzerin brauchte daher Wochen, um sich durch das Manuskript zu kämpfen. Bedauerlicherweise ist diesen Schäden auch die im ersten Kapitel genannte Jahreszahl zum Opfer gefallen, weshalb der exakte Zeitpunkt der Handlung im Dunkeln bleibt.

Die Tatsache, dass Holmes in dem Text als vermeintlicher Norweger Sven Sigerson auftritt, könnte darauf hinweisen, dass die Ereignisse in der Zeitspanne zwischen 1891 und 1894 stattfanden, in der alle Welt glaubte, dass Sherlock Holmes tot sei. Es ist aber nicht auszuschließen, dass Holmes sich auch später dieses Decknamens bediente, als der in Florenz lebende, englische Buchhändler David Tristram ihm assistierte. Wir wissen jedoch nicht mit letzter Sicherheit, ob Holmes nach seiner Rückkehr nach England wirklich erneut Mister Tristram begegnet ist. Genauso wenig können wir einschätzen, ob alles in seinem Bericht auf Tatsachen beruht oder ob der phantasiebegabte, ehemalige Buchhändler manche Einzelheit dichterisch ausgeschmückt hat. Das herauszufinden bleibt zukünftiger Forschungsarbeit vorbehalten.

Florenz, den 30.4.2018, Giorgio Battista Scalzi, Anwalt und Notar

1. Ankunft in Mainz

Als mein Schwager mich bat, einen Kunden in Deutschland aufzusuchen, um ihn davon zu überzeugen, dass mein Schwiegervater, der berühmte Bildhauer Lorenzo Boldoni, kein Fälscher sei, hielt sich meine Begeisterung zunächst in Grenzen. Nur weil ich der Einzige in der Familie war, der wenigstens einige Brocken Deutsch sprach, hieß das noch lange nicht, dass ich bereit war, die Suppe auszulöffeln, die sich die Boldonis eingebrockt hatten. Das wäre eigentlich die Aufgabe des zwielichtigen Kunsthändlers Mortimer Hopper gewesen. Schließlich hatte so manche Skulptur Maestro Boldonis eine wundersame Wandlung zur Renaissance-Plastik vollzogen, während sie durch die Hände des geschäftstüchtigen, florentinischen Kunsthändlers gegangen war. Außerdem hatte ich überhaupt keine Lust, im Winter in den Norden zu reisen.

Am folgenden Tag erfuhr ich jedoch, dass Sherlock Holmes sich gerade in den Niederlanden aufhielt[1], was meine Einstellung zum notorisch kalten Winter in Deutschland

---

[1] Leider gelang es trotz umfangreicher Recherche nicht herauszufinden, welcher Fall Sherlock Holmes dort beschäftigte und wie David Tristram davon Kenntnis bekommen hatte.

schlagartig änderte. Voller Vorfreude, ihn endlich einmal wiederzusehen, sandte ich Holmes ein Kabel, in dem ich ihm mitteilte, dass ich nach Mainz fahren müsse und dort im Palasthotel Eden abzusteigen gedenke. Dann reservierte ich einen Platz in einem Erste-Klasse-Abteil und packte geschwind meine wärmsten Kleidungsstücke in den stabilen Reisekoffer mit den zahlreichen Hotelaufklebern, der schon viel von der Welt gesehen hatte.

Wenige Tage später fuhr ich in den neu errichteten Mainzer Bahnhof ein. Neugierig schaute ich aus dem Zugfenster. Der Kohlequalm der Lokomotive mischte sich mit den kleinen, kristallinen Schneeflocken, die der Wind in die damals längste Bahnhofshalle Europas trieb. Selbst im Abteil nahm man den Kohlegeruch noch wahr. Mit einem lauten Quietschen kam der Zug zum Stehen. Auf dem Bahnsteig herrschte ein großes Durcheinander. Fahrgäste, ihre Dienstboten und Berge von Gepäck verstellten den Weg. Doch im Gegensatz zu mir hatten die anderen Reisenden vor, die Stadt zu verlassen. Ich riss die Tür des Abteils auf, und kalte Luft strömte herein. Nachdem ich mein Gepäck auf den Bahnsteig gehoben hatte, winkte ich den erstbesten Kofferträger herbei und trug ihm auf, mein Gepäck zum Hotel zu transportieren, das sich in Bahnhofsnähe befand.

Die Türen des Zuges wurden mit lautem Krachen geschlossen, ein schriller Pfiff erklang, und die Lokomotive setzte sich ratternd in Bewegung. Auch ich verließ die Bahnhofshalle. Die wenigen Menschen, die auf dem Bahnhofsvorplatz unterwegs waren, hatten die Mantelkrägen hochgestellt und ihre Hände in die Taschen versenkt. Der Gepäckträger – ein zäher, aschblonder

Mann – marschierte voran, und ich folgte ihm nur langsam und mit zögerlichen Schritten, denn meine Schuhe knirschten auf der Eiskruste, die den weichen Schnee auf dem Gehweg bedeckte.

Wir überquerten den Bahnhofsvorplatz, gingen eine enge Seitengasse entlang und gelangten zu einem schmucken, viergeschossigen Bau im Barockstil mit Vorsprüngen an den Seiten, zwischen denen sich eine kahle Sonnenterrasse befand. Die beiden unteren Stockwerke waren aus rotem Sandstein gemauert, die oberen gelb verputzt und mit Dreiecksgiebeln über den Fenstern versehen. Vor dem Hotel-Eingang stand ein livrierter Page im Schneegestöber, der mich steif begrüßte und meinen Koffer übernahm. Nachdem ich den Gepäckträger entlohnt hatte, stieg auch ich die gefegten Stufen zum Eingang hoch und gelangte zur Rezeption, die durch schwarze Marmorsäulen mit vergoldeten Kapitellen vom Vorraum abgetrennt war.

»Ich habe ein Zimmer auf den Namen David Tristram reserviert«, sagte ich auf Englisch zu dem kahlköpfigen Empfangschef, der mich neugierig betrachtete.

»Herzlich willkommen«, begrüßte er mich dann in einem überraschten Tonfall, als ob er sich eine ganz andere Vorstellung von mir gemacht hätte. Aber wenigstens war er meiner Muttersprache mächtig. »Ihr Zimmer befindet sich im ersten Stock. Von dort haben Sie eine schöne Aussicht.«

Auf den Bahnhof?, fragte ich mich insgeheim belustigt und schob meinen Reisepass über die Theke.

»Sind Sie wegen der Fastnacht hier?«, fragte der Portier gelangweilt, während er mich ins Gästebuch eintrug.

»Nein«, entgegnete ich knapp, da den Hotelangestellten mein Auftrag nichts anging.

»Dann hätten Sie besser in der warmen Jahreszeit kommen sollen, wie die meisten anderen englischen Gäste, die von hier aus Schifffahrten machen«, empfahl er mir ungebeten.

»Gewiss gibt es bessere Zeiten, um an den Rhein zu fahren, als mitten im Winter. Aber ich bin geschäftlich hier«, erläuterte ich reserviert und kramte meinen Pass hervor.

Ich erwartete fast, dass der neugierige Rezeptionist sich auch noch erkundigte, in welcher Branche ich tätig sei, doch er schaffte es gerade noch, sich zu beherrschen, und überreichte mir wortlos meinen Zimmerschlüssel.

»Was ich fast vergessen hätte: Der Gentleman von Zimmer 12 erwartet Sie«, rief der Hotelangestellte mir nach, als ich schon fast den Aufzug erreicht hatte.

Ob der Gentleman Holmes war? Oder wollte sich Herr Klingelschmidt hier mit mir treffen? Aber dann hätte er sich wohl kein Zimmer gemietet, sondern mich im Restaurant erwartet.

Ein Page geleitete mich zum Fahrstuhl, zog die Aufzugstür auf, ließ mich in das winzige Gehäuse einsteigen und drückte den Knopf für die erste Etage.

»Danke, ich komme jetzt allein zurecht«, sagte ich, nachdem wir oben angelangt waren und der junge Hoteldiener die Aufzugstür für mich geöffnet hatte, und gab ihm ein großzügiges Trinkgeld.

Ohne vorher meinen eigenen Raum in Augenschein zu nehmen, in den man bereits meinen Koffer getragen hatte, lenkte ich meine Schritte zu der Tür mit der Nummer 12. Auf mein Klopfen wurde sofort mit einem dynamischen »Herein« geantwortet, und ich stieß die Tür auf.

Rauchschwaden schlugen mir entgegen, die so dicht waren, dass ich einen Hustenreiz bekämpfte. Doch ich blieb nicht nur wegen der schlechten Luft abrupt stehen, sondern auch wegen des Anblicks, der sich mir bot. Neben dem Fenster saß auf einem bequemen Ledersessel ein älterer, ehrwürdiger Bettelmönch und las in einem zerfledderten Brevier. In seiner Rechten hielt er eine Meerschaumpfeife, an der er ab und zu gierig sog. Obwohl der fromme Klosterbruder Holmes nicht besonders ähnlich sah, konnte es wohl kaum jemand anderes sein. Und ich beschloss, mich nicht schon wieder von dem Meisterdetektiv zum Narren halten zu lassen. Außer meiner Familie war er schließlich der Einzige, der wusste, dass ich in Mainz war.

»Was soll die Maskerade, Holmes? Wollen Sie in einem Kloster ermitteln?«, fragte ich und betrat das mittelgroße Zimmer, das nicht ganz hielt, was die vornehme Rezeption versprach.

»Da sind Sie ja endlich! Ich habe schon vor einer halben Stunde mit Ihnen gerechnet«, sagte Holmes mit hörbarem Vorwurf, legte sein Brevier beiseite und warf einen Blick auf seine Taschenuhr. »Aber uns bleibt heute Nachmittag noch genug Zeit, um beim Besitzer der Büste aus der Werkstatt Ihres Schwagers vorbeizuschauen. Ich habe mir dieses Kostüm zugelegt, da unser Fall vielleicht den Besuch eines Maskenballs erforderlich macht«, fügte er etwas freundlicher hinzu.

Ich wusste gar nicht, dass wir einen Fall hatten. Auch war mir schon wieder entfallen, dass wir in der Fastnachtssaison waren. Kopfschüttelnd ließ ich mich auf einen Stuhl sinken. »Die Bahn hatte Verspätung«, sagte ich dann automatisch, bevor mir bewusst wurde, dass ich Holmes die Ankunftszeit meines Zuges gar nicht mitgeteilt hatte. Ob er sie aus der Größe meiner Reisetasche oder der Anzahl der Wörter in meinem Telegramm geschlossen hatte? »Holmes! Warum kennen Sie die planmäßige Ankunftszeit meines Zuges und woher wissen Sie, was ich vorhabe? Das grenzt an Zauberei!«, machte ich keinen Hehl aus meiner Bewunderung für seine brillanten Schlussfolgerungen.

»Es war ein Kinderspiel. Nachdem ich Ihr reichlich verworrenes Kabel erhalten hatte, habe ich meinerseits eine Depesche an Ihre reizende Gattin geschickt und dadurch erfahren, was der genaue Grund Ihrer Reise nach Deutschland sei und welchen Zug sie zu nehmen gedächten.« Holmes schwieg einen Augenblick lang. »Das musste über kurz oder lang so kommen«, sagte er dann mit finsterer Miene.

»Was musste so kommen?«

»Dass Ihre Familie juristisch belangt wird. Inzwischen sind die Werke Ihres Schwiegervaters über den halben Kontinent verbreitet, und nicht überall legt man die Fälschungen betreffenden Gesetze so flexibel aus wie in Italien«, erklärte Holmes und zitierte ein deutsches Sprichwort[2]. »Die Affäre könnte sich daher als

---

[2] Wahrscheinlich: Der Krug geht so lange zum Brunnen, bis er bricht.

heikler erweisen, als es auf den ersten Blick den Anschein hat. Daher haben Sie recht getan, mich sofort in Kenntnis zu setzen, auch wenn ich eine exaktere Schilderung des Sachverhalts vorgezogen hätte.«

Immer wieder erstaunte mich, wie bescheiden Holmes in Zeiten einer beruflichen Flaute war. Es war ihm derart unerträglich, wenn sein Verstand nichts hatte, womit er sich beschäftigen konnte, dass er sich lieber der banalsten Kriminalfälle annahm. Doch leider sollte sich diesmal herausstellen, dass sein Instinkt für drohende Gefahr ihn niemals im Stich ließ.

»Ich habe übrigens vorhin eine hochinteressante Geschichte gehört. 1857 ist in Mainz ein Pulverturm explodiert«, sagte Holmes unvermittelt und listete Todesopfer und Sachschäden auf.

»Und was hat diese Katastrophe mit Herrn Klingelschmidt und der Büste zu tun?«, fragte ich irritiert.

»Nichts, aber ungeklärte Todesfälle ziehen mich magisch an«, entgegnete Holmes und schaute ungeduldig auf die Uhr. »Wir sollten uns jetzt endlich auf den Weg machen. Sie können Ihr Zimmer auch nach unserer Rückkehr begutachten. Außerdem sieht es ohnehin genauso aus wie meines«, drängte er dann zum Aufbruch. »Ich hoffe, Sie haben Herrn Klingelschmidt Ihren Besuch schriftlich angekündigt?«

Ich schüttelte schuldbewusst den Kopf, was mir einen finsteren Blick von Holmes einbrachte.

Doch sein Ärger über mein Versäumnis hielt nicht lange an. »Es ist nun einmal nicht zu ändern, aber wir sollten ihn trotzdem noch heute aufsuchen«, sagte er und schlüpfte aus seiner Kutte. Darunter trug er einen nach neuester Mode geschnittenen Gehrock mit Pelzbesatz und eine elegante, schwarze Hose, die viel zu schade für einen Marsch durch die verschneiten Straßen war.

2. Direktor Klingelschmidt

Wie ein Jagdhund, der eine Spur wittert, ging Holmes mit dem Stadtplan in der Hand über den gefrorenen Boden voran, und ich folgte. Wir sprachen kein unnötiges Wort, denn die kalte Luft brannte in der Lunge. Unser Weg führte uns auf einen Hügel, auf dem sich ein stattliches, neues Haus an das andere reihte. Schließlich gelangten wir zu einem trotz seiner Größe nicht protzig aussehenden Gebäude inmitten eines Gartens, was in diesem Viertel die Ausnahme war. Mit einem Gefühl der Beklemmung zog ich am Klingelzug neben der mit Säulen verzierten Haustür. Nur Sekunden später öffnete uns ein neugierig aussehendes, sommersprossiges Dienstmädchen mit strohblondem Haar.

»Entschuldigen Sie, dass wir einfach so unangemeldet vor der Tür stehen, aber wir sind gerade erst in der Stadt angekommen. Doch vielleicht hätte Herr Klingelschmidt trotzdem Zeit, uns zu empfangen. Es geht um die italienische Büste«, sagte Holmes in gebrochenem Deutsch und überreichte seine Visitenkarte.

Ich tat es ihm gleich, wobei ich meine geschäftliche Karte mit der Adresse der Firma Boldoni wählte.

Eine barsche, männliche Stimme drang aus dem Haus, und ich machte mich schon auf eine abschlägige Antwort gefasst. Obwohl ich feste Schuhe mit dicken Ledersohlen trug, war mir die Kälte in die Glieder gekrochen, und ich trat auf der Stelle, damit meine Zehen nicht taub wurden.

»Der gnädige Herr empfängt Sie im Salon«, verkündete das Mädchen jedoch mit einem schüchternen Lächeln und nahm unsere Mäntel und Hüte in Empfang.

Schnell klopften wir uns den Schnee von den Schuhen und traten ein. Die Luft in der Diele war kühl und roch intensiv nach Schmorbraten, Kartoffeln und Seife. Wir folgten dem Dienstmädchen in ein geräumiges Wohnzimmer, das mit einem wuchtigen, mit purpurrotem Brokat bezogenen Sofa und vier passenden Sesseln aus schwarzem Holz möbliert war. Vor dem Fenster stand ein kleines, ebenfalls schwarzes Klavier – ein Hinweis darauf, dass es auch weibliche Familienmitglieder gab. Ein ovaler Spiegel mit dunklem Rahmen ließ den Raum größer erscheinen. Er wurde von zwei gleich großen Historiengemälden flankiert, die beide Gewalttaten zum Thema hatten. Eines zeigte den Leichnam eines alten Mannes, der ausgestreckt auf einem Himmelbett lag. Davor stand sein Mörder mit dem blutigen Dolch in der Hand und wandte sich mit Grausen ab. Ich interpretierte die Darstellung als Macbeth vor der Leiche König Duncans. Auf dem anderen Gemälde sah man eine mittelalterliche Königin, die mit zorniger Miene eine jüngere Frau bei der Schulter gepackt hatte, an die sich wiederum zwei kleine Kinder Schutz suchend klammerten.

Vor einer kränklichen Palme stehend, erwartete uns ein schmaler, verhärmt wirkender Mann, der jedes Alter von Anfang dreißig bis Mitte fünfzig haben konnte. Er sah wie ein pedantischer Finanzbeamter aus und war mir auf den ersten Blick unsympathisch. Als wir eintraten, machte er eine einladende Handbewegung in Richtung der Sessel. Ich bemerkte an seiner rechten Hand einen großen, goldenen Siegelring. Offenbar bereitete es dem Hausherrn Freude, seinen Reichtum zur Schau zu stellen.

»Guten Abend, Herr Klingelschmidt …«, begann ich.

»Direktor Klingelschmidt«, wurde ich sogleich korrigiert.

»Guten Abend, Direktor Klingelschmidt«, machte ich einen zweiten Anlauf und fragte den Hausherrn, ob er Englisch spreche, was zum Glück der Fall war. Auch später musste ich zum Glück nicht meine brachliegenden Deutschkenntnisse aktivieren, da viele Mainzer Englisch oder wenigstens Französisch sprachen.

»Das ist Mister Sigerson, und mein Name ist David Tristram«, stellte ich uns vor. »Ich bin der Schwager von Andrea Boldoni.«

»Lorenzo Boldoni hätte sich getrost persönlich der Sache annehmen können«, beschwerte sich der Hausherr belustigt.

In diesem Augenblick bedauerte ich, keinen Titel zu besitzen wie Doktor, Oberst oder Studienrat. Bestimmt hielt mich der Hausherr für einen unfähigen, eingeheirateten Verwandten, den man zu unangenehmen und ohnehin aussichtslosen Verhandlungen schickte. »Lorenzo Boldoni ist leider vor einigen Jahren verstorben.

Ich bin mit der Korrespondenz der Firma seines Nachfolgers, seines Sohnes Andrea, betraut«, erwiderte ich mit mühsam aufrechterhaltener Freundlichkeit.

»Sind Sie Italiener?«, fragte der Hausherr und sah mich an wie eine Laus, die er am liebsten zerquetscht hätte.

»Nein, ich bin Engländer, aber ich lebe mit meiner Frau in Florenz«, entgegnete ich. »Könnte ich vielleicht die umstrittene Skulptur sehen?«

Wortlos geleitete uns der Hausherr in den Nachbarraum, in dem zwei Wände mit Bücherregalen bedeckt waren, in denen nach den einheitlichen Buchrücken zu schließen Klassiker-Gesamtausgaben standen.

»Das ist sie«, verkündete Direktor Klingelschmidt und deutete anklagend auf die weiße Marmorbüste einer schönen Frau, die auf einer Säule aus dunklem Marmor aufgestellt war.

Beim Anblick des Corpus Delicti zuckte ich unwillkürlich zusammen, denn die Büste gehörte ausgerechnet zu jenen vermaledeiten Exemplaren, die unübersehbar der berühmten Schauspielerin Eleonore Primavera ähnelten[3]. Ich hätte nicht erwartet, eine von ihnen im fernen Deutschland wiederzufinden. Bei näherer Betrachtung sah sie obendrein nach einem Werk meines Schwagers Andrea Boldoni aus, der zwar ein tüchtiger Bildhauer war, doch nicht an die Genialität seines Vaters Lorenzo herankam. Aber das behielt ich lieber für mich.

»Ich darf sie doch in die Hand nehmen?«, fragte Holmes, und bevor Direktor Klingelschmidt etwas erwi-

---

[3] David Tristram spielt auf seine erste Zusammenarbeit mit Sherlock Holmes an, über die er in *Die Büste der Primavera* berichtete.

dern konnte, hatte er es bereits getan. »Sehen Sie«, sagte er und deutete auf ein paar Kratzer auf der Unterseite. »Die Skulptur trägt das Firmenzeichen der Werkstatt Boldoni. Es ist nur noch schwer erkennbar, denn jemand hat sich große Mühe gegeben, es zu entfernen.«

Der Hausherr war einen Moment lang sprachlos. Mit zusammengekniffenen Augen starrte er auf die undeutliche Signatur, wobei sein Gesicht der Büste so nah kam, dass seine Nase den Stein fast berührte.

»Wer hat Ihnen denn das gute Stück als Renaissance-Skulptur verkauft?«, fragte Holmes mit professioneller Neugier.

»Der Antiquitätenhändler Nikolaus Leistikow in Wiesbaden. Und er hat mir einen happigen Preis dafür berechnet«, entgegnete Direktor Klingelschmidt, der schlagartig aus seiner Erstarrung erwacht war. Seine Stimme war leise, aber schneidend. »Als ich meine Neuerwerbung stolz einem mir bekannten Kunstexperten präsentiert habe, musste ich erfahren, dass er fast identische Stücke in Italien gesehen hat, wo ein gewisser Lorenzo Boldoni im großen Stil Skulpturen der Frührenaissance gefälscht hatte.«

Tapfer beteuerte ich, dass mein Schwiegervater ein bedeutender Künstler gewesen sei, und gratulierte Direktor Klingelschmidt zu seinem Kauf.

»Wenn man sich keine echte Renaissance-Büste leisten kann, muss man dankbar sein, wenn man eine Nachahmung des allzu früh verstorbenen Maestro Boldoni ergattern kann. Er ist in ganz Italien bekannt«, betonte ich in der Hoffnung, dass mein Gegenüber nicht nachfragte, wofür mein Schwiegervater eher berüchtigt als berühmt war. »Maestro Boldonis Büsten sind schöner als manch echte Werke der Renaissance. Ich habe gehört, dass es inzwischen sogar Fälscher gibt, die Lorenzo Boldoni imitieren«, fügte ich kühn hinzu.

»Könnten Sie mir vielleicht den Namen dieses befreundeten Kunstexperten nennen?«, fragte Holmes höflich.

»Es war Prälat Schuster, der die meisten Sammler in der Stadt berät.«

»Vielleicht hätten Sie ihn vor dem Kauf nach seiner Meinung fragen sollen«, rutschte es mir heraus. Um diese voreilige Bemerkung abzumildern, erkundigte ich mich schnell danach, was mein Gegenüber unter einem hohen Preis verstand.

Die Zahl, die er mir daraufhin nannte, war lächerlich niedrig.

»Wir alle suchen in Antiquitäten-Läden nach Schnäppchen, nach Dingen, die unter Wert verkauft werden«, sagte ich diplomatisch. »Woher die Ware kommt, interessiert niemanden. Aber wehe, ein besonders preiswertes Stück entpuppt sich später als Fälschung. Und wenn es tatsächlich echt sein sollte, so ist es wahrscheinlich gestohlen. Und für Sie als Gentleman käme es doch bestimmt nicht infrage, Diebesgut zu erwerben.«

»Ich bin Unternehmer, praktizierender Katholik und Mitglied des Vorstandes des MFV«, brauste Direktor Klingelschmidt auf. »Und im Gegensatz zu anderen Geschäftsmännern habe ich mein Vermögen mit eigener Arbeit hart verdient.«

»Und zwar mit einer Sektkellerei«, ergänzte Holmes. »Zuvor haben Sie in Gau-Algesheim Ihr Glück mit dem

Verkauf von Spirituosen zu machen versucht, was Ihnen jedoch nicht einträglich genug war. Daher sind Sie vor zehn Jahren nach Mainz übergesiedelt und haben die Kellerei Ihres Bruders übernommen.«

»Er war mein Schwager«, korrigierte der Hausherr.

»Das erklärt, dass der Herr auf dem Porträt im Vorzimmer Ihnen gar nicht ähnlich sieht«, überlegte Holmes mechanisch.

Leider tat Wilhelm Klingelschmidt Holmes nicht den Gefallen, sich zu erkundigen, woraus er seinen beruflichen Werdegang geschlossen hatte, weshalb auch ich es erst später erfuhr.

»Sie werden noch von mir hören«, verkündete der Hausherr unvermittelt. »Zuerst verklage ich den betrügerischen Kunsthändler auf Schadensersatz. Dann strenge ich einen Prozess gegen diese dreisten Fälscher in Ihrer Familie an!« Die letzten Worte schrie er mir geradezu ins Gesicht.

»Damit werden Sie nicht weit kommen«, sagte Holmes ungerührt.

Wortlos klingelte der Hausherr nach dem sommersprossigen Dienstmädchen, das augenblicklich eintrat. Wahrscheinlich hatte sie an der Tür gelauscht und kein Wort verstanden, weil wir Englisch gesprochen hatten.

»Die Herrschaften möchten gehen«, wies er sie an und strich dann seinen makellosen Gehrock noch glatter.

»Es war mir ein Vergnügen, Ihre Bekanntschaft gemacht zu haben«, sagte ich mit einer ironischen Verbeugung und folgte Holmes zur Tür.

»Bei Menschen, die den ganzen Tag splitterfasernackte Weiber meißeln, sollte man wohl keine übertriebenen ethischen Maßstäbe anlegen! Aber damit ist bald Schluss! Ich werde diesem Lorenzo Boldoni das Handwerk legen!«, schimpfte uns Direktor Klingelschmidt so laut nach, dass man es bestimmt noch im Nachbarhaus hören konnte.

Ich schwor mir, mich nie wieder von meinem Schwager einspannen zu lassen, auch wenn er mich mit Schmeicheleien bei meiner Eitelkeit zu packen versuchte. Was hatte er noch gesagt? *Bei deiner Beredsamkeit wird es dich nicht mehr als eine halbe Stunde kosten, ihn umzustimmen.* Nun hatte ich Schwierigkeiten am Hals, die mich fatal an unseren ersten Fall erinnerten.

»Sie müssen sich keine Sorgen machen. Die Signatur auf der Unterseite der Büste beweist hinlänglich, dass sie nicht in fälscherischer Absicht hergestellt wurde. Trotzdem sollten wir sicherheitshalber morgen mit diesem Herrn Leistikow sprechen«, versuchte Holmes mich zu beruhigen, erreichte aber damit eher das Gegenteil.

Nachdem wir im Hotel ein aus Rouladen, Kartoffeln und Gemüse bestehendes warmes Abendessen zu uns genommen hatten, zog ich mich hundemüde in mein Hotelzimmer zurück. Das Zimmer war jedoch so kalt, dass ich mir eine Decke aus dem Nachbarraum stibitzte. Den restlichen Abend verbrachte ich damit, Vokabeln zu lernen. Vorsichtshalber hatte ich mir nämlich in Florenz ein Lehrbuch der deutschen Sprache und ein Wörterbuch gekauft. Nach dem unglücklichen Verlauf des Nachmittags befürchtete ich, dass ich gut beraten sei, meine Deutschkenntnisse zu verbessern.

3. Der Kunsthändler

Am nächsten Morgen um sechs Uhr schlug ich widerwillig die Decke zurück. Die eisige Kälte ließ mich erschaudern. Als ich mich ächzend aus dem Bett quälte, war es draußen noch stockdunkel. Nach den Strapazen der Reise hätte ich lieber ausgeschlafen, aber Holmes hatte darauf gedrängt, schon bei Ladenöffnung in Wiesbaden zu sein.

Obwohl es noch immer heftig schneite, eilten wir nach einem kärglichen kontinentalen Frühstück quer über den Vorplatz zum Bahnhof und wärmten uns dort mehr schlecht als recht im Wartesaal erster Klasse, bis endlich der Zug nach Wiesbaden einfuhr. Fröstelnd wickelte ich meinen Wollschal fester um den Hals, bevor wir uns auf den Bahnsteig begaben und sofort in den ersten Waggon einstiegen.

Als die Lokomotive sich mit einem Ruck in Bewegung setzte, lehnte ich mich nachdenklich auf meinem Sitz zurück. »Wissen Sie, dass meine Frau mich vor der Spielbank in Wiesbaden gewarnt hat? Hier soll schon so mancher Russe sein Vermögen verspielt haben.«[4]

---

[4] Wie zum Beispiel Dostojewski.

»Aber nicht im Februar. Der Kurbetrieb beginnt erst im Frühjahr. Daher ist das Casino zurzeit geschlossen«, informierte mich Holmes, und ich schaute den Rest der Fahrt wortlos aus dem Zugfenster auf den breiten Strom, den wir überquerten, winterlich dürre Wiesen, vereinzelte Häuser und schließlich vornehme Straßen mit Villen.

In Wiesbaden leisteten wir uns eine Droschkenfahrt, da der Bahnhof am Rande der eigentlichen Innenstadt lag. Während wir über einen breiten Boulevard an eleganten Ladengeschäften vorbeifuhren, stellte ich mir vor, wie in der schönen Jahreszeit gut gekleidete Damen auf dem Bürgersteig flanierten und die Auslagen betrachteten. Schließlich passierten wir das Kurhaus und bogen dann in die Taunusstraße ein, in der es offenbar mehr Antiquitätenläden gab als in ganz Florenz.

Das Geschäft des Herrn Leistikow unterschied sich nur durch seine geringe Abmessung von den benachbarten Läden. Staunend blieb ich vor dem Schaufenster stehen und betrachtete eine krude Kombination qualitativ minderwertiger Gemälde verschiedener Epochen, die überwiegend leicht bekleidete Damen zeigten, Bronzestatuetten der gleichen Thematik, allerlei wertlosen Krimskrams, aber auch einige ausnehmend schöne Schmuckstücke. Eine Skulptur der Werkstatt Boldoni war jedoch zu meiner Erleichterung nicht ausgestellt.

»Sie wissen doch noch, was Sie sagen sollen?«, vergewisserte sich Holmes und erläuterte mir nochmals, wie er vorzugehen gedachte.

»Selbstverständlich«, gab ich leicht eingeschnappt zurück, denn so kompliziert war sein Plan nun auch wieder nicht.

Ich hatte mir den Kunsthändler wie ein Abbild seines zwielichtigen Kollegen Mortimer Hopper vorgestellt, der in Florenz wohlhabenden Reisenden Fälschungen andrehte. Doch im Laden trat uns ein sportlich wirkender, geschmackvoll gekleideter Mann um die vierzig entgegen, der zumindest auf den ersten Blick einen kultivierten Eindruck machte.

Wie viele Russen sprach er ausgezeichnet Französisch, eine Sprache, die wir beide beherrschten, weshalb Holmes mir nicht bei komplizierten Wörtern helfen musste.

»Führen Sie nur Antiquitäten oder vermitteln Sie auch den Verkauf moderner Kunstwerke?«, fragte ich, nachdem wir einander förmlich begrüßt hatten.

»Selbstverständlich biete ich auch zeitgenössische Werke an. Aber das lässt sich am besten bei einer Tasse Tee besprechen. Ich habe gerade einen aufgebrüht«, sagte er mit einem verbindlichen Lächeln.

»Das wäre sehr nett«, erwiderte ich, Holmes' skeptischen Blick ignorierend, denn im Winter ging doch nichts über eine schöne Tasse heißen Tee.

Herr Leistikow ging zu einem altertümlichen, bronzenen Samowar, den ich bisher für ein besonders unansehnliches Verkaufsobjekt gehalten hatte, und füllte zwei winzige, kobaltblau und golden dekorierte Porzellantassen mit einer dunkelbraunen Flüssigkeit, die eher nach Kaffee aussah. »Bitte sehr«, sagte er, stellte die Tässchen auf der Verkaufstheke ab und holte eine nicht zu den Tassen passende, aber ebenso farbenfrohe Zuckerdose.

Der Tee war so bitter, dass ich fast das Gesicht verzogen hätte. Nachdem ich zwei Löffel Zucker in mein Getränk hineingeschaufelt hatte, versuchte ich nochmals einen Schluck, fand den Tee aber immer noch zu herb und süßte ihn dann mit einer weiteren Portion Zucker nach.

Da ich den Geschmack des Getränkes dezent übergehen wollte, lobte ich höflichkeitshalber die Ware, worauf der Händler weitschweifig berichtete, wie es zur Eröffnung des Ladens gekommen sei. Wie ich erfuhr, war Herr Leistikow mehrere Jahre lang als Diplomat des Zaren in verschiedenen, teils exotischen Ländern tätig gewesen, unter anderem in Japan. Anfangs hatte seine Ware aus Kunstwerken bestanden, die er in diesen Ländern erworben hatte. Später hatte er dann auch Gegenstände in Kommission genommen, und mit der Zeit hatte es sich herumgesprochen, dass er bei Ankäufen keine Fragen stellte. Das las ich jedenfalls zwischen den Zeilen.

»Manchmal vermisse ich schon die alten Zeiten«, sagte er und berichtete von seinen Reisen in die entlegensten Teile der Welt – ein Thema, zu dem auch Holmes einiges beizutragen hatte.

»Ich bin auf der Suche nach einem Bildhauer, der eine schöne Madonna für unsere Hauskapelle anfertigen kann. Sie soll ein Geburtstagsgeschenk für meine Gattin sein. Sie ist Italienerin, und es würde ihr bestimmt gefallen, wenn die Skulptur einer Renaissance-Statue ähnelte. Mir schwebt etwas im Stil von Donatello vor«, kam ich irgendwann zur Sache.

Holmes, der mit der Teetasse in der Hand neben mir stand, hatte mich schon mehrfach mit ungeduldigen Blicken malträtiert.

»Leider kenne ich keinen Bildhauer, der auf religiöse Kunst spezialisiert ist«, antwortete der Kunsthändler, ohne nachzudenken. Dabei sprach er *religiös* wie ein Schimpfwort aus. »Aber vor Kurzem hatte ich eine Büste im Angebot, die Ihrer werten Gemahlin bestimmt zugesagt hätte. Allerdings handelte es sich dabei um ein wirklich altes Stück.«

»Ich weiß. Wir haben diese Büste nämlich im Haus von Wilhelm Klingelschmidt gesehen, und er hat berichtet, dass er sie bei Ihnen erworben hat. Wenn ich mich recht entsinne, hat er sie als Arbeit einer gewissen Werkstatt Boldoni bezeichnet«, mischte Holmes sich ein und stellte seine Tasse ab.

Ich hatte mich schon gewundert, wie lange er sich mit der Rolle des Zuhörers begnügt hatte.

»Da müssen Sie wohl etwas falsch verstanden haben. Es handelte sich um ein historisches Stück, das ich von einem renommierten Florentiner Kunsthändler erworben habe«, sagte der Kunsthändler unerwartet scharf.

Ich hatte gerade zum Trinken angesetzt und hätte mich bei dieser Bemerkung fast an meinem Tee verschluckt. »Doch nicht etwa bei Mortimer Hopper?«, vergewisserte ich mich, nachdem ich den grausigen Sud heruntergeschluckt hatte.

Herr Leistikow bejahte freudestrahlend, bevor sich seine Miene langsam verdüsterte. »Sie kannten also den armen Direktor Klingelschmidt? Standen Sie ihm nahe?«, fragte er und goss sich ebenfalls einen Tee ein, wenn auch in eine große Tasse.

»Nicht besonders gut«, entgegnete ich, was eine grobe Untertreibung war. »Aber wieso nennen Sie ihn arm?«

»Sie haben offenbar noch nicht gehört, dass er tot ist?«

»Er ist tot?«, fragten Holmes und ich zugleich.

»Die Polizei hat mich deshalb heute Morgen bereits vor Ladenöffnung bei mir zu Hause aufgesucht. Direktor Klingelschmidt ist gestern Abend in seinem Garten erstochen worden.«

Kaltes Entsetzen packte mich. Das durfte doch wohl nicht wahr sein! Kurze Zeit nachdem wir uns mit Direktor Klingelschmidt herumgestritten hatten, war er ermordet worden! Das Letzte, was ich momentan brauchen konnte, waren Scherereien mit der Polizei im Ausland. Außerdem fragte ich mich, was der Sektfabrikant mitten im Winter nachts im Garten zu schaffen hatte.

»Das ist ja schrecklich! Als wir ihn gestern verlassen haben, war er noch gesund und munter«, sagte Holmes ungerührt. »Darf ich vielleicht fragen, warum die Polizei ausgerechnet Sie konsultiert hat? Waren Sie ein guter Bekannter von Direktor Klingelschmidt?«

»Ich hielt ihn bisher für einen guten Kunden«, entgegnete Herr Leistikow in einem eingeschnappten Tonfall. »Aber wie ich heute Morgen erfahren musste, lag auf seinem Sekretär ein Schreiben, in dem er seinen Anwalt bittet, juristisch gegen mich vorzugehen.«

Wieder wurde mir mulmig zumute, denn ich hatte nicht vermutet, dass Direktor Klingelschmidt seine Drohung unverzüglich umsetzen würde. Womöglich hatte er auch bereits gegen die Familie meiner Frau rechtliche Schritte eingeleitet.

»Gegen mich und einen gewissen Lorenzo Boldoni«, bestätigte der Händler sogleich meinen Verdacht.

»Lorenzo Boldoni war mein Schwiegervater. Er ist schon vor einigen Jahren von uns gegangen, und sein Sohn Andrea hat die Firma übernommen«, sagte ich und charakterisierte dann mit knappen Worten die Produkte der Werkstatt.

Herr Leistikow hörte aufmerksam zu, obwohl ich mir sicher war, dass er nichts Neues erfuhr. Seine zur Schau getragene Unbekümmertheit täuschte mich nicht. Der Händler war zutiefst alarmiert.

»Habe ich es mir doch gedacht, dass ein eleganter, junger Mann wie Sie keine Madonna sucht«, sagte er wie jemand, der viel auf seine Menschenkenntnis hält, und wandte sich dann an Holmes. »Sind Sie Mister Tristrams Anwalt?«, wollte er wissen.

»Ich bin beratender Ermittler«, verkündete Holmes und leerte seine Teetasse, ohne mit der Wimper zu zucken. »Ich unterstütze Mister Tristram in dem unwahrscheinlichen Fall, dass sich das Missverständnis nicht klären lässt. Leider gab es schon einmal einige Verwirrungen wegen einer Büste aus der Werkstatt Boldoni.«

»Hier liegt bestimmt kein Missverständnis vor. Die Büste, die ich Direktor Klingelschmidt verkauft habe, ist eine von führenden Experten beglaubigte Renaissancearbeit«, insistierte der Kunsthändler und begann, verärgert in seinem Laden auf und ab zu gehen.

Selbst Holmes kapitulierte vor so viel Impertinenz und widersprach nicht. »Ich habe noch eine letzte Frage«, begann er hörbar missgelaunt. »Haben Sie Direktor Klingelschmidt auch noch andere Kunstwerke verkauft?«

Herr Leistikow hielt mitten in der Bewegung inne und blieb vor Holmes stehen.

»Nein, dabei hat er sich für eine Gipsbüste unseres lieben Kaisers Wilhelm interessiert, sie aber dann doch nicht erworben«, berichtete er, und ich schaute mich im Laden um, ob er noch immer Kaiserporträts vorrätig habe, was jedoch nicht der Fall war.

»Dann möchten wir Ihre Zeit nicht länger in Anspruch nehmen«, sagte Holmes, bedankte sich für die Bewirtung, und wir verließen unverzüglich das Geschäft.

In der Zwischenzeit war die Temperatur nicht angestiegen, aber wenigstens schneite es nicht mehr ganz so heftig.

»Es würde mich nicht wundern, wenn er mit Mortimer Hopper unter einer Decke steckt. Er machte auf mich einen ziemlich skrupellosen Eindruck. Ihm würde ich zum Beispiel zutrauen, dass er sogar Künstler dazu verleitet, Fälschungen zu produzieren«, sagte ich, als wir uns einige Schritte vom Haus entfernt hatten, und trat frustriert einen herumliegenden Zweig vom Bürgersteig. Dabei hinterließ mein Fuß eine Furche im Neuschnee.

»Ich fürchte, das ist unser geringstes Problem«, brummte Holmes, während wir so schnell es das Wetter zuließ zum nächsten Droschkenstand marschierten. »Wenn wir Licht in diese dunkle Angelegenheit bringen wollen, müssen wir zuerst mehr über Wilhelm Klingelschmidt und sein Umfeld in Erfahrung bringen.«

»Er war im Vorstand des MVV«, erinnerte ich mich. »Was mag es wohl mit diesen Initialen auf sich haben? Ob es sich um einen Turnverein handelt?«

»Es heißt MFV«, verbesserte mich Holmes. »Diese Abkürzung steht für Mainzer Fastnachtsverein.«

»Woher wissen Sie das?«, fragte ich erstaunt.

»Ich habe mich im Vorfeld über Direktor Klingelschmidt informiert. Als ich erfuhr, dass er in der Fastnacht aktiv sei, habe ich mir vorsichtshalber schon einmal ein Kostüm zugelegt.«

Es dauerte einen Moment, bis mir die volle Tragweite dieser Worte bewusst wurde. »Sie haben *gewusst,* dass Direktor Klingelschmidt Sektfabrikant war, und haben es nicht aus seiner Kleidung geschlossen?«, fragte ich empört.

Holmes zuckte nonchalant mit den Achseln.

»Selbstverständlich! Ich wusste übrigens auch, dass er ein Querulant war, der mit niemandem zurechtkam, und dass er die Firma von einem fast gleichaltrigen Verwandten übernommen hat. Doch das war nicht sein eigener Bruder, wie ich angenommen hatte, sondern der Bruder seiner Frau.«

Ich beschloss, mich nicht über Holmes' Geheimniskrämerei zu ärgern, aber es gelang mir nicht. »Aus welchen Gründen werden Geschäftsleute umgebracht?«, überlegte ich und machte einen Ausfallschritt, um einen weiteren Zweig wegtreten zu können, der gerade so aus dem Schnee herausragte.

»Aus denselben Gründen wie andere Menschen auch: Geldgier, Eifersucht und Hass. Bei Geschäftsleuten kommen dazu noch Neid und der Wunsch, die Konkurrenz auszuschalten«, entgegnete Holmes finster.

Vor uns sahen wir, wie eine Droschke am Bürgersteig hielt, und ich dachte, dass damit unsere Pechsträhne beendet sei. Aber ich irrte mich, es sollte alles noch viel schlimmer kommen.

4. Kommissar Werner

Gegen zwölf Uhr betrat ich gut gelaunt wieder unser Hotel, wo wir eigentlich das Mittagsmahl zu uns nehmen wollten. Die Atmosphäre in der Empfangshalle war jedoch so angespannt, dass ich mich beunruhigt umschaute. Der Grund für die Schweigsamkeit der anderen Gäste waren zwei ernst dreinblickende Männer, die an der Rezeption standen – einer in Uniform, der andere in korrekter Zivilkleidung. Letzterer war ein großer, drahtiger Enddreißiger mit militärischer Haltung. Als seine grauen Augen uns musterten, schienen sie jede Einzelheit wahrzunehmen.

Sein uniformierter Begleiter hingegen war ein korpulenter, relativ kleiner Mann um die fünfzig mit dünnem, aschblondem Haar, schlaff herabhängendem Schnurrbart und Hamsterbacken. Die Messingknöpfe seiner Uniformjacke spannten bedenklich über dem runden Bäuchlein. Seine schweren Lider verliehen ihm einen schläfrigen Eindruck, aber man durfte ihn sicher nicht unterschätzen.

Ich war bereits aufs Schlimmste gefasst. Bestimmt wollte man uns zu Wilhelm Klingelschmidts Tod vernehmen.

»Mister David Tristram und Mister Sven Sigerson?«, vergewisserte sich der Große. Offenbar wusste die Polizei bereits, dass wir Engländer waren, denn man hatte einen Ermittler geschickt, der unsere Muttersprache beherrschte, wenn auch mit einem absonderlichen Akzent. »Sie sind die Herrschaften, die gestern am späten Nachmittag Direktor Klingelschmidt besucht haben, wie uns sein Hausmädchen berichtet hat?«, fragte er, nachdem ich unsere Identität bestätigt hatte.

Ich nickte stumm, während Holmes hingegen sich erst einmal höflich danach erkundigte, wer denn das wissen wolle.

Schneidig zückte der Uniformierte seine Dienstmarke. Hinter der Theke aus Kirschbaumholz mit der versilberten Druckglocke reckten sich bereits die Hotelangestellten, um jedes Wort mitzubekommen.

»Ich bin Kommissar Louis Werner.«

Offenbar hielt der Kommissar es nicht für nötig, auch seinen uniformierten Kollegen vorzustellen, wodurch meine intuitive Abneigung gegen ihn wuchs, falls das überhaupt noch möglich war.

»Sehr angenehm. Könnten wir uns vielleicht an einem weniger öffentlichen Ort unterhalten?«, fragte Holmes mit einer angedeuteten Verbeugung und zeigte auf die offene Tür des Restaurants.

Der Kommissar bedeutete uns mit einer ungeduldigen Geste voranzugehen, und ich fragte mich, ob er befürchtete, dass wir flüchten könnten.

Wir gelangten in einen lang gestreckten, mit Rattan-Möbeln ausgestatteten Saal. Mit seinen tropischen Topfpflanzen, chinesischen Buddha-Figuren und ausgestopften Papageien hätte er auch zu einem Luxushotel in den Tropen gehören können. Beim Eintreten betrachtete ich mein Spiegelbild in einem der zahlreichen Wandspiegel und sah, dass meine Nase von der Kälte gerötet war. Dann nahm ich meinen Hut ab und schlüpfte aus dem Mantel.

Kaum hatten wir an einem Tisch am Fenster Platz genommen, kam Kommissar Werner schon zur Sache. »Mister Tristram. Darf ich Sie fragen, was der Zweck Ihres gestrigen Besuches bei Direktor Klingelschmidt war?«, erkundigte er sich gereizt.

»Er hat vor einiger Zeit eine Skulptur erworben, die ursprünglich aus der Werkstatt meines Schwagers stammte. Leider hat man ihm die Büste als Original aus der Renaissance angedreht, was aber nicht die Schuld der Firma Boldoni ist. Dieses Missverständnis wollte ich aufklären.« Langsam konnte ich die Geschichte nicht mehr hören, aber es hatte keinen Sinn, den Streit zu leugnen, da die Polizei bereits Direktor Klingelschmidts Schreiben an seinen Anwalt gefunden hatte.

»Der Wiesbadener Kunsthändler Nikolaus Leistikow erwähnte mir gegenüber, dass er nach Paris übersiedeln wolle. Wenn ich es richtig verstanden habe, hat es steuerliche Gründe. Er scheint also die Sache nicht sehr ernst zu nehmen, und Sie wollen mir weismachen, dass Sie wegen dieser Lappalie die beschwerliche Reise nach Deutschland auf sich genommen haben?«, fragte mich Kommissar Werner befremdet, und ich hatte auf einmal das Gefühl, auf einem schwankenden Floss zu stehen.

»Die Büste gebrauchte er nur seiner Frau gegenüber als Vorwand, um sich mit mir zu treffen, da er wusste, dass ich in der Gegend war«, kam Holmes mir zuvor, und ich war beschämt, wie leicht ich zu durchschauen war.

»Sie sind ebenfalls im Kunstgewerbe tätig?«, erkundigte sich der Kommissar und trommelte ungeduldig mit den Fingern auf einer Aktenmappe, die er neben sich auf den Tisch gelegt hatte.

»Ich bin beratender Ermittler, und Mister Tristram hat mich wiederholt bei meiner Arbeit unterstützt.«

Genauer gesagt war ich sein zeitweiliger Assistent, heimlicher Chronist und leider auch sein Sündenbock, falls etwas schiefging.

»Zwei Laienermittler. Das hat mir gerade noch gefehlt!«

Ich ärgerte mich über den herablassenden Tonfall des Polizisten, verkniff mir aber lieber meinen Protest.

»Wie Mister Tristam bereits erwähnt hat, bin ich zufällig hier«, entgegnete Holmes genauso blasiert. »Mein Weg hat mich nach Mainz geführt, weil ich ein wenig Geige spiele und zu meinem Vergnügen das eine oder andere Musikstück komponiert habe. Ich spiele nun mit dem Gedanken, meine Kompositionen bei B. Schott's Söhne stechen zu lassen.«

Die beiden Polizisten blickten ihn an, als würden sie an seinem Verstand zweifeln. Auch ich fragte mich, ob Holmes das nur behauptete.

»Ach so«, sagte der Kommissar trocken und ging wieder zur Tagesordnung über. »Offenbar hat sich Direktor Klingelschmidt nicht beschwichtigen lassen, denn er hatte vor, Herrn Leistikow und einen gewissen Herrn Lorenzo Boldoni, seines Zeichens Bildhauer, zu verklagen.«

»Maestro Boldoni weilt nicht mehr unter den Lebenden, und sein Sohn Andrea kann auch nichts dafür, wenn skrupellose Händler die Büsten seines Vaters als Originale verkaufen«, sagte ich enerviert, und der Kommissar schüttelte den Kopf.

»Ich kann Ihnen sagen, was Sie vorhatten«, sagte er in einem anklagenden Tonfall. »Sie haben Direktor Klingelschmidt Geld angeboten, damit er die Sache auf sich beruhen lässt. Als er Ihr Angebot abgelehnt hat, ist es zu einer Auseinandersetzung gekommen, die in Handgreiflichkeiten ausgeartet ist.«

Empört holte ich Luft, um zu protestieren. Doch Holmes räusperte sich und brachte mich damit zum Verstummen. »Das ist völlig absurd«, stellte er richtig. »Direktor Klingelschmidt hat sich bester Gesundheit erfreut, als wir ihn verlassen haben. Das kann Ihnen das Hausmädchen bestätigen, das uns zur Tür begleitet hat.«

Der Kommissar machte eine abfällige Bemerkung auf Deutsch. Ich verstand zwar nicht jedes Wort, bekam aber mit, wie wenig er von Aussagen des Hauspersonals hielt.

»Das Mädchen hat bestätigt, dass ihr Arbeitgeber noch am Leben war, als Sie das Haus verlassen haben. Anderenfalls hätten wir Sie beide schon längst verhaftet. Ein Nachbar hat allerdings kurz nach Ihrem Aufbruch beobachtet, dass ein Mann in einer Mönchskutte das Grundstück betreten hat«, sagte Kommissar Werner und ließ seine Worte einige Sekunden lang wirken, bevor er zum nächsten Schlag ausholte. »Wie mir das Hotelpersonal freundlicherweise mitteilte, besitzen auch Sie ein derartiges Kleidungsstück, Mister Sigerson.«

Einen Augenblick lang meinte ich, mich verhört zu haben. Dann kam ich mir wie in einem Albtraum gefangen vor.

»Wir sind mitten in der Fastnachtssaison, und es gibt wahrscheinlich Dutzende von Mönchskostümen in Mainz. Meines habe ich erworben, weil ich vorhabe, einen Maskenball zu besuchen. Bisher habe ich es aber noch nicht in der Öffentlichkeit getragen«, erklärte Holmes sachlich. Ein flüchtiger Bekannter hätte den Eindruck gewonnen, dass ihn die Unterhaltung mit dem Kommissar völlig kaltließ. Doch die Schärfe in seiner Stimme verriet, dass auch er sich sorgte.

Es war schon ein merkwürdiger Zufall, dass der Mörder das gleiche Fastnachtskostüm wie er besaß. Oder wollte der Täter Holmes einen Mord anhängen? Sein Beruf brachte es mit sich, dass er sich unweigerlich zahlreiche Feinde gemacht hatte. Vielleicht wollte ein Verbrecher, den der Meisterdetektiv hinter Gitter gebracht hatte, sich an ihm rächen.

»Direktor Klingelschmidt trug an der Hand einen wertvollen Ring, der nicht gestohlen wurde. Damit scheidet Raubmord aus«, verkündete Kommissar Werner finster.

»Ob Sie vielleicht die Freundlichkeit besitzen, mir mitzuteilen, warum Direktor Klingelschmidt sich nachts im Garten aufhielt?«, erkundigte sich Holmes, eine Frage, die auch ich mir bereits gestellt hatte.

»Er machte jeden Abend einen Verdauungsspaziergang, der meist in einer Weinstube endete. Der Täter hat ihm wohl im Garten aufgelauert«, erläuterte der Kommissar widerwillig.

»Ich nehme doch an, dass Sie das Gelände nach Fußabdrücken abgesucht haben.«

Holmes' höflich geäußerte Bemerkung verärgerte den Polizisten derart, dass er fast die Beherrschung verlor. »Natürlich haben wir das getan. Aber erstens war der Boden gefroren, und zweitens waren bei unserem Eintreffen am Tatort die Witwe, ihr Hausmädchen und etliche Nachbarn im Garten herumgetrampelt und haben sämtliche Spuren vernichtet«, brummte er und blickte uns dann finster an. »Ich gehe davon aus, dass Sie noch ein paar Tage in der Stadt bleiben?«

»Selbstverständlich. Wir sind schließlich erst gestern Abend angekommen«, sagte Holmes mit argloser Miene.

»Dann haben Sie Ihre Zeit ja gut genützt«, entgegnete der Kommissar süffisant. »Ich werde Sie weiterhin im Auge behalten, meine Herren! Und kein Wort an die Presse! Ich muss Ihnen ja wohl nicht eigens sagen, dass Sie auf sehr dünnem Eis stehen?«

Selbst einem Sherlock Holmes blieben Tage wie diese nicht erspart. Obwohl er sicher innerlich vor Wut kochte, erwiderte er nichts, sondern erhob sich, und ich folgte seinem Beispiel. Ganz gemächlich verließen wir das Restaurant, passierten die Rezeption und traten auf die Straße.

»Womöglich hat man Sie in eine Falle gelockt. Jemand hat Direktor Klingelschmidt umgebracht, um Sie hinter Gitter zu bringen«, entfuhr es mir draußen. Mit jedem Wort stieß ich eine Atemwolke aus, die sich nur langsam in der eisigen Luft auflöste.

Ein ungläubiges Lächeln huschte über Holmes' Gesicht, aber er wurde schnell wieder ernst. »Dann hätte er wohl gleich mich umzubringen versucht und nicht Direktor Klingelschmidt«, widersprach er vehement.

»Ich kann mir gut vorstellen, dass ein ehemaliger Gefangener es mit gleicher Münze heimzahlen und Sie ins Gefängnis bringen wollte«, widersprach ich.

»Auch wusste niemand außer Ihnen, dass ich in Mainz bin«, fügte Holmes hinzu und hastete über den verschneiten Bürgersteig in Richtung Stadt.

Ich hatte Mühe, mit ihm Schritt zu halten, doch wenigstens ließ die körperliche Bewegung in der winterlich kalten Luft den größten Teil des Ärgers verrauchen. »Und was machen wir jetzt?«, erkundigte ich mich an der nächsten Kreuzung.

»Es gibt nur einen Weg, um uns von dem absurden Mordverdacht reinzuwaschen. Wir müssen selbst den Täter finden«, gab Holmes entschlossen bekannt. »Daher machen wir zuerst einen Kondolenzbesuch bei Familie Klingelschmidt. Und dann versuchen wir, den Nachbarn ausfindig zu machen, der den Mann in der Mönchskutte gesehen hat.«

Jetzt wusste ich wenigstens, wohin wir gerade im Sturmschritt eilten.

»Dieser Kommissar war nicht nur impertinent, sondern er hat uns nicht einmal erzählt, was genau Direktor Klingelschmidt zugestoßen ist«, schimpfte Holmes an der nächsten Kreuzung los.

»Wurde er nicht erstochen?«, frage ich irritiert.

»Wurde er tatsächlich erstochen oder hat man ihm die Kehle durchgeschnitten? Falls Ersteres der Fall sein sollte: Gab es mehrere Einstichstellen oder nur eine einzige? Messerattacken sind oft ein Akt der Raserei. Das

Opfer ist dann mit Stichwunden übersät. Und wurde die Klinge von oben oder von unten geführt? Wir kennen nicht einmal die Mordwaffe ...«

»Es wird wohl ein Messer gewesen sein«, sagte ich, denn so hatte ich es verstanden.

»Ja, aber was für ein Messer? Ein Küchenmesser, ein Brotmesser, ein Fleischermesser oder war das Messer Teil eines Essbestecks? Vielleicht war es gar kein Messer, sondern ein Dolch? Wie soll ich ohne die nötigen Informationen arbeiten?«, schimpfte Holmes vor sich hin und vermittelte mir wieder einmal das Gefühl, ein elender Stümper zu sein.

5. Der Kondolenzbesuch

Eine halbe Stunde später standen wir vor der Haustür der Klingelschmidt'schen Villa, wo ein eisiger Wind an uns vorbei durch die Straße fegte. Holmes zog energisch am Klingelzug. Diesmal mussten wir uns einige Minuten lang gedulden, bis ich hinter der Tür Schritte näher kommen hörte und sogleich das Bild des Salons mit den blutrünstigen Gemälden in mir aufstieg.

Wieder öffnete das sommersprossige Hausmädchen, aber diesmal war sie alles andere als begeistert. Als sie uns erblickte, starrte sie uns so entsetzt an, als ob wir Straßenräuber wären. Dann machte sie Anstalten, uns die Tür vor der Nase zuzuschlagen.

Doch Holmes war schneller und stellte den rechten Fuß in den Türspalt. »Wir würden gern kurz mit Frau Direktor Klingelschmidt sprechen«, sagte er dann auf Deutsch.

Das Mädchen zögerte einen Moment, bevor sie sich umdrehte und in die Diele zurücktrat. Sie schloss die Tür zu den Wohnräumen lauter, als es nötig gewesen wäre, und ließ uns in der Kälte warten.

Ungeduldig schaute ich mich um und bemerkte auf der anderen Straßenseite einen alten Mann, der sich mit einem altmodischen Reisigbesen abmühte, den Eingang eines stattlichen Hauses vom Schnee zu befreien. Der Alte war schon etwas wackelig auf den Beinen und atmete schwer.

»Wir sollten nachher mit dem Mann da drüben sprechen«, raunte Holmes mir zu.

Bevor ich nachfragen konnte, was Holmes damit bezweckte, kehrte das sommersprossige Dienstmädchen mit einer etwa fünfzigjährigen Frau von stattlichem Wuchs zurück, die etwas weniger griesgrämig wirkte als ihr verstorbener Gatte. Sie war ganz in Schwarz gekleidet. Nur die weiße Witwenhaube auf dem leicht krausen, dunklen Haar bildete eine Ausnahme. Entweder besaß Frau Klingelschmidt eine außerordentliche Selbstkontrolle, oder das vorzeitige Ableben ihres Gemahls hatte sie nicht allzu sehr aus der Bahn geworfen. Auch erstaunte mich, dass sie bereits Witwentracht trug. Normalerweise brauchte der Schneider dafür mehrere Tage, wie ich beim Tod meines Schwiegervaters hatte lernen müssen.

»Wir möchten unser Beileid aussprechen. Wir waren ganz erschüttert, als wir heute Morgen die traurige Neuigkeit erfahren haben«, sagte Holmes und nahm seinen Hut ab.

»Gestern hat er sich noch über diese gefälschte Büste aufgeregt und jetzt …« Der Rest des Satzes blieb ihr im Halse stecken. Ihre Augenwinkel wurden feucht, doch sie fing sich gleich wieder. »Womit kann ich dienen, meine Herren?«, fragte sie dann spitz und musterte uns von Kopf bis Fuß.

»Unser gestriger Besuch steht nicht im geringsten Zusammenhang mit dem Tod Ihres Mannes. Trotzdem würden wir Ihnen gern unsere Hilfe bei der Aufklärung des Verbrechens anbieten, dem er zum Opfer gefallen ist«, sagte Holmes in dem verbindlichen Tonfall, den er oft gerade Frauen gegenüber anschlug.

»Eigentlich wollte ich keinen Geschäftsbesuch empfangen, bevor mein Sohn Theodor aus Berlin zurück ist«, überlegte Frau Klingelschmidt und schaute sich suchend in der Diele um, wahrscheinlich nach ihrem Mann, bis sie sich in Erinnerung rief, dass er tot war.

Holmes nützte ihr Zögern und trat in den Hausflur. Als die Witwe nicht protestierte, schloss ich mich an, wenn auch mit einem unguten Gefühl im Magen. Teilnahmslos wie eine Schlafwandlerin geleitete die Hausherrin uns in den Salon mit den schwarzen Möbeln. Ich fand ihn noch genauso duster wie bei unserem letzten Besuch, aber diesmal brannte wenigstens im Bollerofen ein kräftiges Feuer. Nach der Kälte auf der Straße genoss ich zuerst die Wärme, begann aber dann schnell in meiner Winterkleidung zu schwitzen.

»Möchten Sie einen Kaffee?«, fragte die Witwe, die offenbar eine bessere Gastgeberin als ihr verstorbener Gemahl war, nachdem wir uns auf den Sesseln mit den Brokatbezügen niedergelassen hatten, die bequemer waren, als sie aussahen.

»Das wäre sehr nett«, antwortete ich erfreut, während Holmes nur nickte und sich dabei so unverhohlen im Raum umschaute, wie es gerade noch mit den guten Umgangsformen vereinbar war.

Frau Klingelschmidt richtete einige leise Worte an das sommersprossige Mädchen, das noch immer hinter ihr stand. Als das Hausmädchen wieder aus dem Salon gehuscht war, betrachtete uns die Witwe einen Augenblick lang mit skeptischer Miene.

»Mein Gatte hat gestern Abend Ihrer beider Namen erwähnt, aber ich habe sie zu meinem Bedauern vergessen«, sagte sie schließlich. Wieder kämpfte sie mit den Tränen, doch diesmal gelang es ihr schneller, sie zu bekämpfen.

»Ich heiße Sven Sigerson und bin beratender Ermittler, und das ist mein Kollege Mister Tristram«, stellte Holmes uns vor.

Ich war innerlich auf eine Frage nach meiner Beziehung zur Firma Boldoni und der Büste gefasst, aber sie wurde zum Glück nicht gestellt. Die Hausherrin nickte nur knapp, als ob sie noch nie von uns gehört hätte.

»Ich weiß, dass die Polizei Sie bereits mit Fragen behelligt hat, aber der Kommissar hat leider versäumt, uns an seinen Erkenntnissen teilhaben zu lassen«, gab Holmes mit überraschender Freimütigkeit zu. »Und da Ihre Erinnerungen an den vergangenen Abend noch frisch sind, würde ich Ihnen gern ein paar Fragen stellen. Vor allem interessiert mich, ob Ihr Gatte zur gewohnten Uhrzeit das Haus verlassen hat.«

Bevor sie antwortete, zog Frau Klingelschmidt zunächst einmal ein Taschentuch hervor, wischte sich aber dann nicht, wie ich erwartet hatte, eine Träne aus den Augenwinkeln, sondern tupfte sich die Nase. »Er ist wie jeden Abend um halb acht aufgebrochen. Sein Tagesablauf war stets so geregelt, dass man die Uhr nach ihm stellen konnte. Leider habe ich seinem Aufbruch keine besondere Bedeutung beigemessen und nicht einmal aus dem Fenster geschaut.« Die Witwe schniefte leise, sprach dann aber mit klarer Stimme weiter. »Bereits eine halbe Stunde später hat ihn das Mädchen gefunden. Sie hatte ihren freien Abend, um ihre kranke Mutter zu besuchen.« Ihr Tonfall ließ jedoch vermuten, dass sie das für einen Vorwand hielt, einen jungen Burschen zu treffen.

»War Ihr Gatte an diesem Tag wie immer?«, fragte Holmes vorsichtig.

In diesem Augenblick kam das Mädchen mit einem großen Holztablett aus der Küche zurück und stellte es auf einen zierlichen, intarsienverzierten Tisch, der mir zwischen den restlichen bombastischen Möbeln noch gar nicht aufgefallen war. Sie deckte den Couchtisch mit Servietten, drei Kaffeetassen mit Goldrand und passenden Kuchentellern, bei deren Anblick ich erst merkte, wie hungrig ich war. Dann holte das Hausmädchen eine altmodische Kanne aus feinem Höchster Porzellan und füllte unsere Tassen. Bereits beim Eingießen bemerkte ich, dass der Kaffee, wie immer in Deutschland, viel zu dünn war und entsprechend schal schmeckte. Aber er war mir immer noch lieber als der viel zu starke Tee des Kunsthändlers.

»Das fragen Sie noch? Nach Ihrem Besuch war er außer sich vor Wut. Daher habe ich ihn auch nicht vor zehn Uhr aus der Weinstube zurückerwartet«, entrüstete sich die Hausherrin, nachdem das sommersprossige Mädchen den Raum wieder verlassen hatte.

Bevor einer von uns beiden etwas erwidern konnte, wurde die Tür erneut geöffnet und das Dienstmädchen trug einen Korb herein, in dem sich mit Zucker bestäubte, kugelförmige Gebäckstücke befanden, die äußerst schmackhaft aussahen. Daher ließ ich mich nicht lange bitten, sondern nahm mir eines und biss herzhaft hinein. Entzückt stellte ich fest, dass es mit Johannisbeergelee gefüllt war.

»Richten Sie der Bäckerin meine Komplimente aus! Es schmeckt ganz ausgezeichnet«, sagte ich zu der Hausherrin, deren Gesichtsausdruck sich sofort aufhellte.

»Das sind Crabbel[5], eine Mainzer Spezialität, die man während der Fastnachtszeit isst«, erläuterte sie. »Meine Köchin wird sich freuen, dass ihre Backkünste gewürdigt werden. Die männlichen Mitglieder dieses Haushalts vertilgen nämlich kommentarlos alles, was ihnen vorgesetzt wird.« Der Anflug eines Lächelns verschwand wieder, und ihre Miene wurde noch betrübter als zuvor.

»Ging Ihr Gatte immer in dieselbe Weinstube?«, erkundigte sich Holmes und drehte seine Tasse ungeduldig in der Hand hin und her. Dabei beäugte er skeptisch das köstliche Backwerk, das er noch immer nicht angerührt hatte.

Nachdenklich stützte die Hausfrau den Kopf auf die Hände und schloss kurz die Augen. »Freitags ging er immer zu seinem Stammtisch in den *Rosenkranz*. Ansonsten wechselte er ab und zu die Weinlokale.«

Wollte er seine Spuren verwischen oder hatte er etwas vor seiner Frau zu verbergen?

»War Ihr Gatte in letzter Zeit anders als sonst? Schien er sich Sorgen zu machen oder bekümmerte ihn etwas?«, wollte Holmes wissen. »Falls die Sache vertrau-

---

5 Sie meinte wohl Kräppel.

lich sein sollte, kann ich Ihnen selbstverständlich meine Diskretion versichern.«

Aber die Witwe bekräftigte, dass er wie immer gewesen sei, was wohl hieß cholerisch und aggressiv.

»Hatte er in letzter Zeit mit jemandem Streit?«, fragte Holmes. »Außer mit uns natürlich«, fügte er hastig hinzu.

»Nur mit diesem russischen Händler in Wiesbaden. Ansonsten ist er mit allen gut ausgekommen«, verkündete die Witwe entrüstet, und ich fragte mich, ob sie uns zum Besten hielt.

Auch Holmes wirkte wenig überzeugt, sagte aber nichts, sondern schrieb ein paar Zeilen in sein Notizbuch. Nachdenklich stopfte ich den Rest meines Crabbels in mich hinein und schaute durch das feucht beschlagene Fenster auf den verschneiten Garten hinaus. Dann wanderte mein Blick zu den beiden Historiengemälden neben dem Spiegel. Als ich die Shakespeare-Szene sah, schauderte mich, denn Wilhelm Klingelschmidt war wie König Duncan erstochen worden. Der Inhalt des zweiten Bildes erschloss sich mir noch immer nicht.

»Was ist eigentlich auf diesem Gemälde dargestellt?«, fragte ich und deutete auf die rabiate Königin, die den Arm der jungen Mutter mit zwei entsetzten Kleinkindern gepackt hatte.

Frau Klingelschmidt blickte das Kunstwerk erbost und zugleich leicht schuldbewusst an. »Ein schreckliches Bild! Leider hat mein Mann es mir nicht gezeigt, bevor er es erworben hat. Es zeigt die Gemahlin des englischen Königs Heinrich II, wie sie Rosamunde Clifford zwingt, den Giftbecher zu trinken«, entfuhr es ihr dann mit unerwarteter Heftigkeit. »Nehmen Sie doch noch einen Crabbel«, forderte sie mich dann mit einer nervösen Handbewegung auf.

Ich ließ mich nicht zweimal bitten und langte zu.

»Hatte Ihr Gatte eine besondere Beziehung zu England?«, erkundigte sich Holmes und schaute von seinen Notizen auf.

»Er hat als junger Mann ein Jahr lang in England gelebt. Aber wenn man ihn darauf ansprach, hat er stets das Thema gewechselt«, erzählte die Witwe mit einem unterdrückten Seufzer und starrte in ihre Kaffeetasse. Sie schien einen Augenblick lang in Gedanken weit weg zu sein, reckte dann ganz plötzlich das Kinn kämpferisch hoch. Auf das Bild schauend, sinnierte sie: »Vielleicht hat die Entscheidung für dieses Gemälde auch gar nichts mit Wilhelms Englandaufenthalt zu tun. In den letzten Jahren sind ja tragische Momente der englischen Geschichte ein beliebtes Bildthema. Das habe ich jedenfalls in der *Gartenlaube*[6] gelesen«, verkündete sie und sah demonstrativ auf eine vergoldete Tischuhr mit römischem Ziffernblatt, die auf dem schwarzem Sideboard neben ihr stand.

»Ich habe noch eine letzte Frage«, sagte Holmes so beiläufig, dass ihm die Antwort bestimmt sehr wichtig war. »Ist Theodor Ihr einziges Kind?«

»Nein, wir haben noch einen jüngeren Sohn namens Johann, der bei der Armee ist, und eine einundzwan-

---

[6] Die 1853 gegründete *Gartenlaube* war der Vorläufer moderner Illustrierter und das erste deutsche Massenblatt.

zigjährige Tochter. Sie ist allerdings lieber Nonne geworden, als sich um ihre Mutter zu kümmern«, berichtete Frau Klingelschmidt. Ihre Stimme klang bitter.

»Wenn Sie Ihnen ähnelt, ist das wirklich ein Jammer«, schmeichelte ich ihr, nachdem ich einen letzten Bissen hinuntergeschluckt hatte.

»Meine Kinder sind alle eher nach meinem Mann geraten«, stellte die Hausherrin sachlich fest.

»Sie haben die Entscheidung Ihrer Tochter missbilligt?«, vergewisserte sich Holmes.

Die Witwe schüttelte den Kopf, als könnte sie es noch immer gar nicht fassen. »Selbstverständlich habe ich das. Aber mein Mann meinte, sie müsse ihrer Berufung folgen. Das kommt davon, wenn man mit einem Prälaten befreundet ist!«

»Hatte Ihr Gatte weitere gute Freunde?«, wollte Holmes wissen, nachdem er ein paar Zeilen in sein Notizbuch geschrieben hatte.

Die Hausherrin zögerte kurz. Man sah ihr an, dass sie mit sich kämpfte, was und wie viel sie von ihrer Familiengeschichte uns gegenüber preisgeben solle. »Nur den Bauunternehmer Michael Neundorf. Wenn ich mich richtig erinnere, heißt er mit zweitem Vornamen Ernst. Er veranstaltet übrigens diesen Sonnabend einen Maskenball, den wir eigentlich besuchen wollten«, entgegnete sie schließlich in einem Tonfall, der vermuten ließ, dass sie es nicht besonders bedauerte, diese Einladung wegen des Trauerfalls ausschlagen zu müssen.

Holmes schrieb den Namen in seinen Notizblock und umkringelte ihn.

Abermals seufzend, richtete sich die Hausherrin in ihrem Sessel auf und blickte Holmes an. »Sie werden doch den Meuchelmörder finden?«

»Ja, das werde ich«, versprach der Detektiv ohne Zögern.

Am liebsten hätte ich noch hinzugefügt, dass mich die Aussicht auf ein Honorar sogar zur Bestform auflaufen ließ.

»Ich werde selbstverständlich diese leidige Boldoni-Geschichte auf sich beruhen lassen und Sie für Ihre Mühe vergüten«, fügte Frau Klingelschmidt hinzu, als ob sie meine Gedanken gelesen hätte.

Holmes nannte ihr seine üblichen Tarife, die unsere neue Klientin klaglos akzeptierte.

»Ich brauche allerdings noch einige Auskünfte, um den Täter aufzuspüren. Vor allem muss ich die Tatwaffe kennen«, fügte Holmes hinzu, und in mir stieg der Verdacht auf, dass er die Witwe nur als Klientin akzeptiert hatte, um an diese Informationen zu kommen.

»Der Kommissar sagte, dass es ein langes, nicht besonders scharfes Messer gewesen sei, wohl ein ganz normales Küchenmesser. Seine Leute haben bereits vergeblich in unserer Villa danach gesucht. Ich hatte fast den Eindruck, dass der Kommissar mich verdächtigte, statt endlich den Mann in der Mönchskutte zu suchen«, entgegnete die Witwe und strich sich entrüstet eine dunkle Haarsträhne aus der Stirn.

»Ein stumpfes Messer? Der Täter musste über große körperliche Kraft verfügt haben«, sagte Holmes und sah dann unsere neue Klientin an. »Es tut mir leid, dass ich diese Frage stellen muss. Aber die Antwort ist wichtig für die Aufklärung des Falls. Mit wie vielen Stichen wurde Ihr Mann getötet?«

Einige Sekunden lang herrschte betretene Stille. Dann seufzte die Witwe leise, bevor sie sich erhob, zum Fenster schritt und auf den Garten hinausschaute. »Er wurde durch drei Stiche in den Rücken umgebracht«, sagte sie mit tonloser Stimme. »Wahrscheinlich hat sich der Mörder unbemerkt im Dunkeln angeschlichen. Jedenfalls gab es keine Spuren eines Kampfes.« Langsam wandte sie sich wieder um, und ich konnte sehen, dass sie Tränen in den Augen hatte und ihre Lippen zitterten.

Im gleichen Moment war ein lautes Poltern zu vernehmen. Die Tür wurde aufgerissen, und ein einfach gekleideter Mann in den Vierzigern stürmte so vehement herein, dass ich automatisch zusammenzuckte. Er war mittelgroß, hatte volle, vom Wetter gerötete Wangen, eine gerade Nase und krauses, dunkles Haar. In seiner derben Hand, die von körperlicher Arbeit zeugte, hielt er einige sorgfältig beschriebene Blätter wie eine Trophäe. Offenbar war er vor Kurzem sehr schnell gegangen. Sein Haar war zerzaust und der Kragen seines Mantels verrutscht. Alles an dem Neuankömmling strahlte Tüchtigkeit und Verlässlichkeit aus.

Entschlossen trat die Hausherrin ihm entgegen. Sie verzog keine Miene, nur ihre Augen verengten sich ein klein wenig. Obwohl sie ruhig vor dem Mann stehen blieb, hatte ich den Eindruck, dass ihr seine Ankunft peinlich sei. Als er uns bemerkte, schien auch er sich nicht wohl in seiner Haut zu fühlen. Er grüßte uns knapp, richtete aber sogleich mit atemloser Stimme das Wort an Frau Klingelschmidt. Sachlich trug er ihr etwas vor, das ich nicht verstand, wohl weil es mit dem Weinbau zu tun hatte. Ein leicht modriger Geruch stieg mir in die Nase, der von dem Neuankömmling auszugehen schien. Nachdem er geendet hatte, überreichte er die Blätter und machte Anstalten, wieder zu verschwinden.

Holmes räusperte sich diskret, um die Hausherrin an unsere Anwesenheit zu erinnern.

»Unser Kellermeister. Er spricht jeden Abend hier vor«, sagte Frau Klingelschmidt mit einem entschuldigenden Lächeln und legte die beschriebenen Bogen auf dem Tisch ab.

Jetzt war mir auch klar, weshalb der Mann so seltsam roch, obwohl er sauber gekleidet war.

»Könnte ich Sie vielleicht kurz sprechen?«, sprach Holmes den namenlosen Kellermeister an. Das war für ihn wohl eine rhetorische Frage.

Umso erstaunter war ich über den abschlägigen Bescheid. »Nein, dann verpasse ich meinen Zug. Sie müssen sich leider bis Montag gedulden«, erwiderte der Mann ohne jedes Bedauern in der Stimme. Er verabschiedete sich hastig bei seiner Arbeitgeberin, die ihm beim Gehen aber noch einige Anweisungen gab. Kaum hatte sie geendet, war er schon wieder verschwunden.

Frau Klingelschmidt wurde sich der Unhöflichkeit bewusst, in den lokalen Dialekt verfallen zu sein, und entschuldigte sich dafür. »Er ist etwas ungehobelt, aber er versteht sehr viel von der Sektherstellung. Momentan war er außerdem in Eile, da er über das Wochenende seine Eltern in Mommenheim besuchen will«, erklärte sie dann, und Holmes nickte interessiert.

»Hat Ihr Kellermeister auch in der Nacht, in der Ihr Mann ermordet wurde, seinen Bericht abgeliefert?«, fragte er.

»Selbstverständlich. Er ist aber etwas später als sonst gekommen, weil es irgendein Problem in der Kellerei gab. Daher habe ich seinen Bericht entgegengenommen. Das mache ich ab und zu«, entgegnete die Hausherrin gelangweilt.

»Ich würde gern Ihre Firma besuchen. Erstens interessiere ich mich für Technik, und zweitens könnte es ja sein, dass der Tod Ihres Mannes in Zusammenhang mit seinem Unternehmen steht«, verkündete er.

Die Gesichtszüge der Hausherrin verhärteten sich, und sie erweckte einen Augenblick lang den Eindruck, als ob sie diese Bitte abschlagen würde. »Am besten schauen Sie Montagmorgen in der Sektkellerei vorbei. Der Eingang ist gleich nebenan«, entgegnete sie dann ohne große Begeisterung und nannte uns die Hausnummer.

»Vielen Dank, dass Sie uns in dieser für Sie schweren Zeit empfangen haben«, sagte Holmes und erhob sich.

Eilig schluckte ich den letzten Bissen eines weiteren Crabbels hinunter, wischte mir die Hände an meiner Serviette ab und tat es ihm gleich.

»Wenn Ihnen noch irgendetwas Ungewöhnliches einfallen sollte, das sich in letzter Zeit ereignet hat, so lassen Sie es uns bitte unverzüglich wissen. Wir sind im Palasthotel abgestiegen.«

Auch ich verabschiedete mich und bedankte mich für die freundliche Bewirtung, was keine Floskel war, denn ich hatte auf das Mittagessen verzichten müssen.

Das sommersprossige Mädchen geleitete uns in die Diele, händigte uns dort Mäntel und Hüte aus und öffnete dann die Haustür.

»Bestimmt war Frau Klingelschmidt in den Mord an ihrem Mann verwickelt und wusste daher bereits im Vorfeld, dass sie eine Witwentracht brauchen würde«, sagte ich leise zu Holmes, nachdem sich die Haustür hinter uns geschlossen hatte, und berichtete dann mit gedämpfter Stimme von meinen Erfahrungen in Italien.

»Denken Sie daran, dass es bereits vor Kurzem einen Trauerfall in der Familie gegeben hat, als Frau Klingelschmidts Bruder gestorben ist. Sie besaß also bereits einen Satz Trauerkleidung. Wahrscheinlich arbeiten auch die Schneider in Deutschland schneller als in Italien. Außerdem hätte sie uns wohl kaum mit der Aufklärung des Falls betraut, wenn sie selbst die Mörderin wäre«, dämpfte Holmes meinen Enthusiasmus.

Er lenkte seine Schritte nicht in Richtung Hotel, sondern blieb noch vor dem Hauseingang stehen und ließ seinen Blick über den Garten wandern. Dass er dabei den Gehweg blockierte, kümmerte ihn nicht.

Wir überquerten die Straße und steuerten das Haus gegenüber dem Klingelschmidt'schen Anwesen an. Es schien von demselben Architekten errichtet worden zu sein, der aber hier mit einem geringeren Budget hatte haushalten müssen, was sich vor allem an der Abmessung zeigte.

6. Der Gärtner

Das Gartentor war nicht abgeschlossen, und wir gingen ungehindert über einen schmalen, vom Schnee befreiten Weg zum Hauseingang. Ein blank poliertes Messingschild an der wuchtigen Eichentür informierte uns, dass dieses Anwesen dem Anwalt Ernst Wilhelmy gehöre.

Holmes betätigte den massiven, bronzenen Türklopfer in Form eines Delphins. Kaum war das Pochen verhallt, wurde die Haustür schon von einer dürren, mürrisch dreinblickenden Frau fortgeschrittenen Alters aufgezogen. Sie war in ein schlichtes, schwarzes Wollkleid gehüllt, über das sie eine leicht vergilbte, weiße Schürze gebunden hatte, deren Tasche ein Schlüsselbund ausbeulte. Ihr ehemals aschblondes, inzwischen fast ergrautes Haar war zu einem strengen Knoten zusammengefasst, ihre abgearbeiteten Hände waren rot und rau.

»Entschuldigen Sie bitte die Störung. Ich würde gern mit dem alten Mann sprechen, der vorhin den Schnee vom Eingang entfernt hat«, sagte Holmes höflich, obwohl wir es bestenfalls mit einer Haushälterin zu tun hatten.

Der skeptische Blick der dünnen Frau wanderte von unseren mit Eiskristallen bedeckten Hüten über die wollenen Wintermäntel hinab zu den Schuhen, auf denen der Schnee Ränder hinterlassen hatte.

»Der Dienstboteneingang liegt hinter dem Gebäude«, verkündigte sie dann schnippisch.

»Und nach wem soll ich dort fragen?«, erkundigte sich Holmes, ebenfalls leicht verschnupft.

»Nach Fritz, dem Gärtner«, erwiderte die Haushälterin und schlug uns prompt die Tür vor der Nase zu.

Im Gänsemarsch stapften wir über einen Pfad aus festgetretenem Schnee, der unter den Sohlen unserer Schuhe knirschte. Doch immer wieder machte ich einen falschen Tritt, und mein Fuß sank in die Schneedecke ein. Außer menschlichen Fußspuren erkannte ich auch die Tatzenabdrücke eines großen Hundes. Es fehlte noch, dass uns ein Wachhund verfolgte. Das arme Tier würde bei dieser Kälte sicher nicht den ganzen Tag im Freien herumlaufen, versuchte ich mich zu beruhigen.

Vorsichtig umrundeten wir das Haus, bis wir eine steile Treppe erreichten, die nach unten zu einem schäbigen Türflügel aus groben Brettern führte. Da es weder eine Klingel noch einen Türklopfer gab, pochte Holmes mit seinen vom Frost steifen Knöcheln an die Pforte. Es rumpelte im Inneren des Hauses, dann hörte man, wie ein Schlüssel herumgedreht wurde, schließlich sprang die Holztür auf, und wir erblickten die mürrische, schwarz gekleidete Frau von zuvor.

»Sie schon wieder«, fauchte sie uns an, ein Kommentar, den ich gern zurückgegeben hätte.

»Ich würde gern mit Fritz, dem Gärtner sprechen«, verkündete Holmes in scharfem Tonfall.

Wortlos trat die Frau zur Seite, damit wir eintreten konnten.

Die Türklinke noch in der Hand, klopfte Holmes sich den Schnee vom Mantel und zog dann die Tür hinter sich zu.

Ich folgte ihm, meine Augen brauchten aber ein paar Sekunden, um mich an die schlechten Sichtverhältnisse zu gewöhnen, denn die einzige Lichtquelle war ein kleines, vergittertes Fenster direkt an der Decke. In einer Ecke erhob sich ein großer Schrank aus dunklem Holz. Zu beiden Seiten des Raumes hin öffneten sich Türen. Die linke führte wohl in die Küche, da es durch den Türspalt nach Sauerkraut roch. Durch die rechte gelangte man wahrscheinlich zu den Räumen der Herrschaft, denn neben diesem Ausgang hing eine kleine Messingglocke.

Seitlich der Tür erstreckte sich ein grober Holztisch fast über die gesamte Breite des Raumes. Um ihn herum standen Stühle, auf denen zwei weitere Bedienstete saßen. Ein molliges Mädchen mit freundlichem Gesicht und ordentlich gekämmten, blonden Haaren, das über ihrer Dienstkleidung eine an den Ellbogen abgewetzte, graue Strickjacke gezogen hatte, und der alte Mann, den wir suchten. Er trug eine fleckige, blaue Schürze und hatte Schwielen an den Händen, war aber nicht so ungepflegt wie viele andere Gärtner.

»Fritz, Besuch für dich«, rief die Haushälterin derart laut, dass ihre leicht schrille Stimme in dem kellerartigen Gewölbe widerhallte.

Der Gärtner blickte uns so erstaunt an wie ein Bär, den man gerade aus dem Winterschlaf gerissen hatte, und bekam kein Wort heraus. Offenbar war er es nicht gewohnt, Besuch zu bekommen oder gar vor fremden Herren zu sprechen.

»Entschuldigen Sie, wenn ich störe, aber ich habe nur eine kurze Frage. Sie waren es doch, der gestern Abend den Mönch auf dem Nachbargrundstück gesehen hat?«, fragte Holmes freundlich und setzte sich neben den alten Mann, während ich mich gegenüber niederließ.

»Er kann aber auch nichts für sich behalten«, bemerkte die Haushälterin, die uns nicht von der Seite gewichen war.

Am liebsten hätte ich sie gebeten, sich nicht einzumischen, aber vermutlich hatte sie in den Räumen der Dienstboten das Sagen. Verärgert starrte ich auf das uralte Holz der Tischplatte, das voller Flecken und kleiner Rillen war.

»Was sollte ich machen? Die Polizei hat mich danach gefragt.«

Die verlegene Antwort des Alten wurden fast von einem Husten verschluckt.

Holmes wich ein Stück zur Seite, wahrscheinlich aus Furcht, sich anzustecken, und auch das Mädchen rückte ein Stück ab.

»Haben Sie gesehen, ob der Mönch mit Direktor Klingelschmidt gesprochen hat?«, fragte der Meisterdetektiv.

Bevor der Gärtner antwortete, nieste er heftig, kramte nach einem riesigen, leicht schmuddeligen Taschentuch und putzte sich geräuschvoll die Nase. »Meinen Sie etwa, dass ich das Haus der Nachbarn beobachte?«, fragte er dann empört und steckte das Taschentuch wieder weg.

»Ich glaube, dass Sie ein guter Beobachter sind«, ermunterte ihn Holmes.

»Ich kann Ihnen aber nicht weiterhelfen. Ich bin gleich wieder in das Haus zurückgekehrt«, entgegnete der alte Gärtner, wieder etwas friedlicher gestimmt.

Plötzlich läutete die Glocke, und ich fuhr unwillkürlich zusammen. Mit vor Aufregung geröteten Wangen sprang das Mädchen auf, streifte die Strickjacke ab, legte sie sorgfältig auf ihren Stuhl, richtete ihre weiße Haube und eilte davon.

»Würden Sie sagen, dass der Mönch etwa meine Kopfhöhe hatte?«, fragte Holmes, erhob sich von seinem Stuhl und richtete sich zu seiner ganzen, nicht unbeträchtlichen Länge auf.

»Nein, der war kleiner. Er war eher so groß wie der Herr hier«, krächzte der Alte und deutete auf mich.

Ich fragte mich, ob das ein missglückter Scherz sein sollte, doch der alte Mann wirkte ganz ernsthaft. Fast hätte ich mein Befremden über seine Bemerkung geäußert, aber Holmes warf mir über den Tisch hinweg einen strengen Blick zu – und ich verstummte.

»Welche Farbe hatte seine Kutte?«, wollte er wissen.

»Schwer zu sagen, es war ja schon dunkel. Vielleicht war sie schwarz, vielleicht aber auch braun.« Wieder wurde der alte Mann von einem Hustenanfall geschüttelt, der sich gar nicht gut anhörte.

»Vielleicht sollten Sie besser zum Arzt gehen«, sagte ich daher besorgt.

»Ein Glas Wasser genügt. Dann geht es mir schon besser«, behauptete der Gärtner und erhob sich schwerfällig von dem groben, ungepolsterten Stuhl.

»Was geht Sie das eigentlich an?«, mischte sich die dürre Haushälterin ein, die noch immer hinter uns stand und dem Gespräch mit unbewegter Miene gelauscht hatte.

»Weil Direktor Klingelschmidt von gegenüber ermordet worden ist und ich dem Täter das Handwerk legen möchte«, betonte Holmes entschlossen.

»Und Sie glauben, dass ausgerechnet der Fritz Ihnen dabei behilflich sein kann?«, fragte die bärbeißige Frau zurück. Die Ironie in ihrer Stimme war nicht zu überhören.

»Das ist durchaus möglich«, sagte Holmes und ging zu dem alten Mann, der schon an der Tür angelangt war, wohl um aus der Küche ein Glas Wasser zu holen.

Holmes steckte ihm ein paar Kupfermünzen zu, und der Gärtner bedankte sich überschwänglich, während uns die Haushälterin mit Blicken durchbohrte. Als wir uns verabschiedeten, erwiderte sie unseren Gruß nur mit sichtlichem Widerwillen.

Nachdem sich die Tür wieder hinter uns geschlossen hatte, atmete ich erleichtert auf, denn ich war froh, die beengten Räumlichkeiten, den erkälteten Gärtner und die unangenehme alte Jungfer hinter mir gelassen zu haben.

»Es gefällt mir gar nicht, dass man eben nach dem Mädchen geläutet hat. Bestimmt hat sie den Herrschaften brühwarm von unserem Besuch berichtet«, murmelte Holmes vor sich hin, während wir die Stufen zum Garten hochstiegen.

Schweigend legten wir den Weg bis zur nächsten Hausecke zurück. Schon sahen wir den Eingang vor uns, als ich ein Rascheln in einem der hohen Büsche hörte, die einen Sichtschutz zum Nachbargrundstück bildeten. Erschrocken blieb ich stehen und horchte, aber das Geräusch wiederholte sich nicht. Es war nur ein Vogel, redete ich mir ein. In der Stadt waren die Tauben ja zu einer Plage geworden. Beruhigt setzte ich meinen Weg fort. Doch plötzlich sprang ein Schäferhund aus dem Gebüsch hervor. Laut kläffend und mit gebleckten Zähnen lief der Hund auf das Haus zu, und uns blieb nichts anderes übrig, als Fersengeld zu geben. Ohne auf den Pfad zu achten, rannten wir an der Wand entlang durch den verschneiten Garten. Schon meinte ich den Atem des Höllenhundes im Nacken zu spüren, als Holmes das Gartentor erreichte und es aufriss. Ich hastete auf den Bürgersteig, Holmes folgte und knallte das Tor hinter sich zu. In seiner Wut verbiss sich der Schäferhund an einem Gitterstab des Zauns. Das war gerade noch einmal gut gegangen!

Trotz der Kälte war ich völlig verschwitzt, und die Kleidung klebte mir am Leib. Meine Schuhe waren völlig durchnässt und meine Zehen eiskalt. Zum Glück nahm Holmes Abstand von seinem Plan, weitere Nachbarn der Familie Klingelschmidt zu befragen. Bestimmt hatte der Lärm sie mittlerweile alle an die Fenster gelockt.

Bevor ich mich schleunigst aus dem Staub machte, warf ich einen letzten Blick über die Schulter zurück. Noch immer bellte der Schäferhund, wobei er zwei Reihen scharfer Zähne zeigte. Wenn es stimmte, dass Halter und Hund einander ähnelten, legte ich keinen Wert darauf, Herrn Wilhelmy kennenzulernen.

An der nächsten Kreuzung bog ein kräftiger Schutzmann um die Ecke. Wahrscheinlich hatte ihn das elende Hundegebell hergelockt. Er trug eine Pickelhaube mit glänzender Spitze, die Messingknöpfe seiner Uniformjacke waren blank poliert, und seine Brust zierten zwei Orden. Mit seiner pedantischen Miene wirkte der Schutzmann, als ob er unbedingt Karriere machen wollte und daher Tag und Nacht durch die Straßen des vornehmen Viertels patrouillierte. Seine Augen verengten sich zu schmalen Schlitzen, nachdem er uns taxiert hatte, was wohl an unserer derangierten Kleidung lag.

Leider war es zu spät, um dem Mann auszuweichen. Mit der arglosesten Miene, die ich zustande brachte, schritt ich ihm würdevoll entgegen, und auch Holmes drosselte seine Geschwindigkeit.

»Guten Abend, meine Herren«, grüßte uns der Ordnungshüter.

Höflich lüfteten wir unsere Hüte und grüßten zurück, blieben jedoch nicht stehen, obwohl der Schutzmann das sicher erwartete. Ich meinte, seinen zornigen Blick im Rücken zu spüren, und es kostete mich einige Mühe, mich nicht umzudrehen. Mein Herz raste so schnell, dass es mir in den Ohren rauschte, und ich rief mir ins Gedächtnis, dass ich nichts Verbotenes getan hatte. Trotzdem erwartete ich jeden Augenblick, hinter mir noch einmal die barsche Stimme des Schutzmanns zu hören. Doch nichts dergleichen geschah.

Noch immer bemühte ich mich, langsam zu gehen, obwohl ich am liebsten gerannt wäre. An der nächsten

Kreuzung bogen wir in eine Seitenstraße ab, und ich atmete tief durch, um ruhiger zu werden. Dann eilten Holmes und ich schlitternd weiter über glattes Kopfsteinpflaster den Hang hinunter. Je länger ich unterwegs über die Befragung des Gärtners nachdachte, desto weniger gefiel mir deren Verlauf.

Schließlich mündete die steile Straße in einen großen, von Barockpalästen umgebenen Platz. Es dämmerte bereits und war empfindlich kalt. Ich schaute der Pferdebahn nach und erwog kurz, ein paar Haltestellen zu fahren, beschloss aber, dass mir ein Spaziergang nicht schadete. Holmes hingegen war so gedankenverloren, dass er die Straßenbahn wohl nicht einmal wahrnahm.

»Ob auch die Polizei nach der Körpergröße des Mönchs gefragt hat?«, fragte ich bang, während wir am Denkmal des deutschen Dichters Friedrich Schiller vorbeigingen, der inspiriert über uns hinwegsah.

»Das kann ich mir bei diesem Kommissar nicht vorstellen«, mutmaßte Holmes, doch ich konnte seinen Optimismus nicht teilen.

Als wir das Hotel betraten, wurden wir mit pikierten Blicken bedacht. Man konnte es den Leuten nicht verdenken, so abgehetzt und durchnässt, wie wir aussahen. Außerdem hatte es sich wahrscheinlich inzwischen beim Personal und auch bei den anderen Gästen herumgesprochen, dass die Polizei uns am Morgen befragt hatte.

Nach der recht kurzen Nacht war ich rechtschaffen erschöpft und obendrein bis auf die Knochen durchgefroren. Mit letzter Kraft schleppte ich mich auf mein Zimmer, das diesmal einigermaßen warm war. Ich warf meinen Mantel auf einen Stuhl und sank auf das Bett, wo ich einige Minuten lang wie betäubt liegen blieb. Mühsam rappelte ich mich wieder auf, da ich befürchtete, in meiner nassen Kleidung einzuschlafen. Mit einem herzhaften Gähnen überprüfte ich, ob meine zweite Bettdecke noch da war. Als ich sie zusammengefaltet im Kleiderschrank fand, begutachtete ich meine Kleidung. Mantel und Hut mussten nur getrocknet werden, doch der Saum der Hose war nicht nur durchweicht, sondern auch fleckig. Ich wechselte die Beinkleider und brachte das schmutzige Exemplar zur Rezeption, wo man mir versprach, sich der Sache anzunehmen. Dann kehrte ich zu meinem Zimmer zurück und freute mich bereits auf ein kleines Nickerchen vor dem Abendessen.

Doch als ich meinen Zimmerschlüssel im Schloss herumdrehte, wurde die Tür des Raumes gegenüber aufgezogen, in dem Holmes logierte. Er hatte sich ebenfalls in der Zwischenzeit frischgemacht, hielt eine angezündete Pfeife in der Hand und vibrierte schon wieder vor Tatendurst.

»In einer Stunde hole ich Sie ab. Dann besuchen wir Direktor Klingelschmidts Lieblings-Weinstube«, verkündete er gut gelaunt und zog seine Tür wieder zu, bevor ich auch nur den Mund zum Protest öffnen konnte.

Ein gutes Essen im Hotelrestaurant und ein oder zwei Gläser Wein, so hatte ich mir den Verlauf des Abends vorgestellt. Nicht im Traum wäre ich auf die Idee gekommen, bei diesem Wetter und der Dunkelheit nochmals in die Stadt aufzubrechen.

7. Im Rosenkranz

Der entsetzte Blick des Kellners im Hotelrestaurant ließ mich vermuten, dass es in Deutschland offenbar gegen die guten Sitten verstieß, abends einen Kaffee zu trinken. Aber ohne Koffein-Zufuhr hätte ich es nicht mehr in die Weinstube geschafft, zerschlagen, wie ich war. Ich hätte dazu etwas Herzhaftes gegessen, wenn ich geahnt hätte, was mich an diesem Abend noch erwartete. So aber kehrte ich hungrig auf mein Zimmer zurück.

Selbst der sonst unverwüstliche Holmes sah etwas mitgenommen aus, als er mich zu unserem abendlichen Ausflug abholte.

»Ich verstehe nicht ganz, warum wir diese Weinstube besuchen müssen«, fragte ich, während ich den Zimmerschlüssel ins Schloss steckte und abschloss.

»Falls Direktor Klingelschmidts Mörder kein Wahnsinniger war, der zufällig vorbeigekommen ist, sollten wir den Täter im Bekanntenkreis des Opfers suchen. Und da wir bisher keinen anderen Anhaltspunkt haben, beginnen wir die Suche in seinem Stammlokal«, entgegnete Holmes und fuhr sich mit der Hand über einen geschwollenen Kratzer am Kinn, den er sich bei der Flucht durch den Garten zugezogen hatte.

Als wir das Hotel verließen, schneite es schon wieder. Im Licht der Gaslampen tanzten die Flocken silbern in der Luft und behinderten die Sicht. Die meisten Geschäfte und Läden hatten bereits geschlossen, nur hier und da fegte noch ein Geselle den Gehweg. Offenbar hatte Holmes sich in der Zwischenzeit den Weg beschreiben lassen, denn er marschierte zielstrebig los. Es waren mehrere kleine Gruppen von preußischen Soldaten unterwegs, die wohl demselben Ziel entgegenstrebten, da sie ebenfalls in Richtung Innenstadt gingen.

Nach einer nicht enden wollenden Wanderung durch den Schneesturm erreichten wir eine enge, von Fachwerkhäusern gesäumte Straße, in der es keinen Mangel an Wirtshäusern aller Art gab. Wir folgten der Straße fast bis zu ihrem Ende, dann bog Holmes in eine Seitenstraße ab und steuerte ein kleines Lokal an, das man ohne das Wirtshausschild leicht übersehen hätte.

Angenehme Wärme schlug uns beim Betreten des Schankraums entgegen, eine Wohltat für meine halb erfrorene Nase und meine eiskalten Füße. Stimmengemurmel und das Klingen von Gläsern erfüllte den Raum. Die rustikalen Möbel aus dunklem Holz und die mit Schnitzereien verzierte Wandvertäfelung erinnerten an einen besonders gemütlichen englischen Pub, nur dass dort keine gut gekleideten, respektabel aussehenden Bürger verkehrten wie hier. Sie saßen plaudernd eng beieinander und nahmen keine Notiz von uns. Im Lauf des Abends sollte ich zu dem Eindruck gelangen, dass die Weinstuben die Clubs der Mainzer Bürger seien.

Wir schlängelten uns zwischen den vollbesetzten Tischen hindurch bis zum Tresen, hinter dem ein magerer Mann um die dreißig von durchschnittlicher Größe gerade dünnwandige, walzenförmige Gläser polierte.

»Guten Abend«, begrüßte ihn Holmes.

Der Gastwirt grüßte zurück und musterte uns mit kurzsichtig zusammengekniffenen Augen. »Sie sind Engländer?«, fragte er dann.

Holmes unternahm keinen Versuch, dies abzustreiten, obwohl er offiziell mit norwegischem Pass reiste. »Könnten Sie mir bitte sagen, an welchem Tisch Direktor Klingelschmidt immer gesessen hat?«, fragte er, wahrscheinlich weil er genauso wenig wie ich wusste, was ein *Stammtisch* war.

»Direktor Klingelschmidt soll ja ermordet worden sein. Heute Morgen stand es in der Zeitung. Schreckliche Sache!«, sagte der Wirt mit schwer zu deutender Miene und stellte das Glas ab, das er gerade bearbeitet hatte.

Erstaunlich, dass man überall auf der Welt die gleichen Gemeinplätze hörte.

»Ich dulde eigentlich in meiner Weinstube keine Gäste, die in Verbrechen verwickelt sind«, fügte er kopfschüttelnd hinzu.

»Kannten Sie ihn gut?«, erkundigte sich Holmes.

Die Nasenflügel des Wirts blähten sich auf. Er sortierte seine Gläser, um Zeit zu gewinnen, bevor er etwas erwiderte.

»Woher kannten *Sie* eigentlich Direktor Klingelschmidt?«, gab er dann die Frage zurück.

Mittlerweile waren die eben noch so lebhaften Gespräche der Gäste versiegt, und alle Blicke waren auf uns gerichtet.

»Seine Witwe hat uns damit beauftragt, den Täter zu fassen«, erklärte Holmes, ebenfalls ohne die an ihn gestellte Frage zu beantworten, wofür ich ihm dankbar war. Wenn er Deutsch sprach, verstand ich die Sprache gut, was wohl an seinem beschränkten Wortschatz lag. Trotzdem hätte ich gern gewusst, wo er diese schwierige Fremdsprache immerhin so weit erlernt hatte, dass er einer Unterhaltung folgen konnte.

Der magere Wirt starrte uns ein paar Sekunden lang mit halb geöffnetem Mund an. Wahrscheinlich hatte er noch nie einen leibhaftigen Detektiv gesehen. Dann nickte er mit dem Kinn in Richtung eines Tisches in der hintersten Ecke des Lokals.

»Sein Stammtisch ist da hinten«, brummte er mit verdrießlich zusammengezogenen Augenbrauen.

»Wollen Sie sich nicht zu uns setzen?«, rief uns sogleich ein jovial aussehender Mann zu, der dort saß. Er war untersetzt und trug einen braunen Gehrock, der sich über seinem Bauch beängstigend spannte.

Sein Kamerad, ein Blondschopf mit sanften, blauen Augen, rutschte auf der Bank ein Stück beiseite, um für uns Platz zu machen. Er wirkte wie ein Student, war aber wohl älter, als er auf den ersten Blick aussah. Vor ihm stand ein Teller mit einem glibberig aussehenden, halb durchsichtigen Käse, der mit Öl, Essig und rohen Zwiebeln angemacht war und den ich quer durch den Raum roch.

Der dritte Mann am Tisch war hochgewachsen und massig. Mit seinen störrischen, dunkelbraunen Haaren und dem zotteligen Bart erinnerte er mich an einen Bären.

»Mein Name ist Michael Neundorf, und das sind Doktor Friedrich Kaufmann und Martin Reichert«, stellte der Mann, der uns herangewinkt hatte, sich und seine Kameraden vor, nachdem auch wir Platz genommen hatten.

Direktor Klingelschmidts Freund, der Bauunternehmer, durchfuhr es mich. Ich musste neidlos zugeben, dass Holmes gut daran getan hatte, diese Wirtschaft zu besuchen.

»Sie lösen Kriminalfälle auf?«, fragte der junge Herr Reichert in einem Tonfall, als wäre das eine ganz trostlose Beschäftigung.

Der Wirt kam an den Tisch, in den Händen ein großes Tablett, beladen mit Gläsern des seltsamen röhrenförmigen, leicht konischen Typs[7], den er kurz zuvor abgetrocknet hatte. Offenbar wurde hier der Wein darin serviert.

»Was möchten Sie trinken?«, wurden wir gefragt, und wir bestellten zwei Gläser des Hausweins.

Während der Wirt die Weingläser an den Nachbartisch brachte, erwähnte Holmes leider doch noch unseren neuen Bekannten gegenüber meine Beziehung zu dem verstorbenen Sektproduzenten.

»Sie sind also ein Verwandter des Fälschers?«, fragte Michael Neundorf, der Bauunternehmer, mit einem süffisanten Lächeln.

---

[7] Das typische Mainzer Schoppenglas hat ein Fassungsvermögen von 0,4 Litern. Schon 1443 verpflichteten sich die *Ehrbaren Mainzer Winzer*, sich nach Kräften dafür einzusetzen, dass Weine in der Mainzer Gastronomie nur in der Stange zum Ausschank kommen.

»Ich bin der Schwiegersohn eines Künstlers«, stellte ich klar.

»Wohl bekomm's«, sagte der Wirt und stellte unsere halb gefüllten Gläser auf den Tisch.

Der Wein kratzte etwas in meiner aufgerauten Kehle, aber langsam kehrte die Wärme in die Glieder zurück.

»Täusche ich mich oder gibt es in Mainz sehr viele Soldaten?«, begann Holmes das Gespräch mit einer unverfänglichen Frage.

»Hier sind immerhin 7000 preußische Soldaten stationiert. Das ist eine Menge bei 72.000 Einwohnern«, entgegnete Herr Neundorf.

Schnell zeigte sich, dass man uns nicht nur aus Geselligkeit an den Tisch gebeten hatte, sondern weil sich wohl nicht oft ein Ausländer in den *Rosenkranz* verirrte. Kaum hatten wir auch nur an unserem Wein genippt, wurden wir schon von allen Seiten mit Fragen bombardiert, die Holmes geduldig beantwortete. Leider konnte ich dem auf Deutsch geführten Gespräch nur in groben Zügen folgen, aber Holmes bestätigte später, dass mir nichts Wichtiges entgangen sei.

Zu meinem Erstaunen bemerkte ich, dass Holmes wider seine sonstige, eher zurückhaltende Art sein Glas bereits geleert hatte. Auch ich hatte, ohne es recht zu merken, mein Getränk in mich hineingestürzt.

»Der Wein war ganz ausgezeichnet!«, verkündete Holmes, obwohl es wirklich kein Spitzenwein war, was man bei dem niedrigen Preis auch nicht erwarten durfte, und winkte den Wirt an den Tisch.

»Bringen Sie mir doch bitte eine Flasche davon«, sagte er, und ich begann zu ahnen, was er vorhatte.

Das ließ sich der magere Wirt nicht zweimal sagen. Nur Sekunden später kehrte er mit dem Gewünschten zurück.

Holmes hielt die Liter-Flasche fragend in die Höhe, und ehe jemand ablehnen konnte, schenkte er allen am Tisch ein. Schon beim ersten Schluck begann ich langsam, aber sicher die Wirkung des Alkohols zu spüren. Kein Wunder, denn außer den Crabbels hatte ich seit dem Morgen nichts zu mir genommen.

»Gibt es hier auch etwas zu essen?«, erkundigte ich mich daher.

Der Wirt zählte einige Speisen auf, die mir Holmes als Schmalzbrot, Leberwurstbrot und zwei verschiedene, ihm jedoch unbekannte Käsesorten übersetzte. Eigentlich liebte ich Käse, aber aus Sorge, die wenig appetitlich aussehende Speise meines Platznachbarn vorgesetzt zu bekommen, entschied ich mich für ein Schmalzbrot. Noch immer sprach man über England, das Deutsche Reich und die internationale Politik. Gelangweilt hörte ich mit halbem Ohr den Geschichten von Weinhändlern zu, die am Nachbartisch saßen. Sie betonten, dass die Reben den ungewöhnlich lang anhaltenden Frost nicht schätzten. Diese Abneigung teilte ich. Bei diesen arktischen Temperaturen war es wohl nur eine Frage der Zeit, bis der Rhein zufror.

Als mein Essen endlich kam, waren wir schon beim dritten Glas angelangt, und ich war leicht beschwipst. Gierig biss ich in das mit Grieben bestrichene Schmalzbrot, das mir ganz vortrefflich mundete. Die zweite Flasche war bereits leer, und Holmes orderte sogleich eine neue, die auch sofort kam. Dann begann er ganz allmählich, das Gespräch auf Direktor Klingelschmidt zu lenken. Seine Kameraden schienen erfreut, sich über den Mordfall auslassen zu dürfen, was sie auch ausgiebig taten.

»Ob Direktor Klingelschmidt vielleicht mit jemandem im Garten verabredet war?«, sinnierte Holmes, nachdem er mit stoischer Miene die aberwitzigsten Thesen angehört hatte.

»Um diese Jahreszeit? So etwas Verrücktes habe ich noch nie gehört. Wenn er nicht ermordet worden wäre, hätte er sich bestimmt eine Lungenentzündung geholt«, sagte Doktor Friedrich Kaufmann, der mir gegenübersaß.

Inzwischen hatte ich erfahren, dass er Arzt war, während der junge Martin Reichert eine Drogerie besaß. Ich hätte zu gerne gewusst, woher sich die sehr unterschiedlichen Männer kannten.

»Ich frage mich, wer ihn genug gehasst hat, um ihn umzubringen«, überlegte Holmes in einem Tonfall, als ob das eigentlich unvorstellbar wäre.

»Es bestand natürlich eine Rivalität zwischen den zahlreichen Sektkellereien …«, begann Michael Neundorf, stockte aber sogleich. »Da fällt mir etwas ein. Er hat sich schrecklich über die gefälschte Büste aufgeregt, die ihm dieser zwielichtige Wiesbadener Kunsthändler angedreht hat«, fügte er hinzu und zwinkerte mir verschwörerisch zu.

Ich gab vor, kein Wort verstanden zu haben, und verzog keine Miene.

»Der Händler soll ja ein Russe sein. Ich frage mich, warum verlässt jemand seine Heimat und lässt sich so weit entfernt nieder«, sinnierte der Bauunternehmer.

»Meistens steckt eine Frau dahinter«, entgegnete ich. Bei mir traf das jedenfalls zu.

»Lässt sich auch Prälat Schäfer ab und zu hier blicken?«, fragte Holmes und bestellte sich dann ein Leberwurstbrot. Ich hatte mich schon gefragt, ob er völlig immun gegen die Wirkung des Weins sei. Er sprach zwar leicht schleppend, aber ich kannte ihn gut genug, um zu wissen, dass er nur simulierte.

»Der Prälat?«, fragte Doktor Kaufmann perplex.

»Der ist sich doch zu fein für unseren Stammtisch«, ergänzte Martin Reichert mit hörbarer Häme in der Stimme.

»Ich dachte, er war Direktor Klingelschmidts Freund«, warf ich ein, und alle schauten mich erstaunt an, da ich mich bisher nicht am Gespräch beteiligt hatte.

»Sie waren nicht miteinander befreundet, sondern meinten nur, voneinander profitieren zu können«, erklärte Herr Neundorf.

»Wie meinen Sie das?«, fragte Holmes.

»Der Prälat vermittelte Kunstwerke, wofür er gewöhnlich eine Provision einstrich. Bei Wilhelm verzichtete er aber darauf, da er durch ihn andere Unternehmer und sonstige reiche Leute kennenlernte.«

Holmes nickte kaum merklich und erkundigte sich dann nach dem Fastnachtsverein, dessen Vorstand der Ermordete angehört hatte. Freudig griffen die anderen das Thema auf. Wir wurden ausführlich in die komplizierten Strukturen der organisierten Fastnacht im Allgemeinen und die Organisation dieses Vereines im Besonderen eingeweiht, und bald schwirrte mir der Kopf vor lauter Mitgliedern des Großen Rats, des Komitees und der Garden. Offenbar waren die Männer am Tisch alle Mitglieder desselben Vereins.

»Sie müssen sich unbedingt den großen Umzug am nächsten Montag ansehen«, hörte ich jemanden sagen und hoffte, dass wir dann bereits Direktor Klingelschmidts Mörder gefasst hätten.

Mein wahrscheinlich schon leicht glasiger Blick wanderte von einem Gesicht zum anderen, und mir graute bei der Vorstellung, dass einer meiner Saufkumpanen womöglich ein Mörder war.

»Sie können natürlich gern ins Hotel zurückkehren«, raunte Holmes mir zu, was wohl im Klartext hieß, dass er in dieser Nacht noch etwas vorhatte, bei dem er mich nicht gebrauchen konnte.

»So leid es mir tut, ich muss Sie leider jetzt verlassen. Es war ein langer Tag«, griff ich die günstige Gelegenheit beim Schopf und erhob mich leicht schwankend von der Bank.

»Mister Tristram! Es war schön, Ihre Bekanntschaft gemacht zu haben«, verabschiedete sich Herr Neundorf unerwartet freundlich von mir. »Ich gebe morgen einen Maskenball. Ich würde mich freuen, wenn Sie und Mister Sigerson kommen können.«

Holmes sagte sogleich in unser beider Namen zu, während ich die alte, angestoßene Uhr aus der Tasche holte, die ich immer auf Reisen mitnahm. Verstohlen klappte ich sie auf und stellte fest, dass es erst elf Uhr war. Der Bauunternehmer meinte also tatsächlich den folgenden Tag. Nur mühsam ein Gähnen unterdrückend, schloss ich den Deckel und bedankte mich für die Einladung. Dann wünschte ich den Anwesenden eine gute Nacht und ging so gerade aus dem Lokal, wie ich konnte.

Nachdem die Tür hinter mir ins Schloss gefallen war, blieb ich einen Augenblick lang in der Kälte stehen und atmete tief durch, was mich sofort ernüchterte. Plötzlich hörte ich eine aufgeregte Stimme durch das hell erleuchtete Fenster, das wegen der vielen Raucher in der Weinstube schräg gestellt war. Vielleicht war der Mann betrunken, denn jemand redete beruhigend auf ihn ein. Er sprach mal jammernd, dann wieder zornig, aber leider nicht laut genug, dass ich ihn verstehen konnte. Worum es wohl ging? Wahrscheinlich um Geld. Ich rief mir ins Gedächtnis, dass mich das fremde Gespräch nichts anging, als ich plötzlich den Namen Klingelschmidt aufzuschnappen glaubte. Beunruhigt wartete ich auf den nächsten Satz, doch die Stimme verstummte abrupt.

Ich sagte mir, dass es schließlich nicht verboten sei, sich über verstorbene Stammgäste zu unterhalten, zog meinen Schal enger um den Hals und machte mich auf den Heimweg. Keine Spaziergänger waren zu dieser späten Stunde unterwegs, niemand wartete an den Haltestellen der Pferdebahn, nur noch aus den Gastwirtschaften zurückkehrende Zecher begegneten mir, als ich zum Hotel zurückschwankte.

8. Prälat Schuster

Als ich am nächsten Morgen erwachte, war es noch dunkel, aber am Himmel zeigte sich bereits ein Lichtstreif. Während ich dalag und Energie sammelte, um nach meiner Uhr zu greifen, erwog ich kurz, einfach zu verschlafen. Doch das Pflichtbewusstsein siegte über meine Müdigkeit. Leider musste ich feststellen, dass es bereits sieben Uhr war. Verkatert und von Kopfschmerzen geplagt, setzte ich mich auf, erhob mich dann ganz langsam und zog den Vorhang vor dem Fenster auf. Als ich mich wieder umwandte, erblickte ich auf dem Boden einen Zettel, der unter der Tür hindurchgeschoben worden war. Neugierig bückte ich mich, hob ihn auf und erkannte sofort Holmes' Handschrift. Mit knappen Worten teilte er mir mit, dass Prälat Schuster eingewilligt habe, uns um elf Uhr in seinem Haus zu empfangen.

Ich war dem Geistlichen aufrichtig dankbar für den späten Termin und kroch erfreut in mein schönes, warmes Bett zurück. Selbst wenn ich erst um neun Uhr aufstehen würde, blieb mir noch genug Zeit, um ausgiebig zu frühstücken und meinem Schwager und meiner Frau zu schreiben. Schuldbewusst fragte ich mich, wie viele vertröstende Briefe ich meiner lieben Gattin Violetta wohl im Lauf der Jahre geschickt hatte. Während ich schon wieder wegdöste, stach mir ein beißender Geruch in die Nase, der von einem morgendlichen Experiment herrührte, das Holmes in seinem Zimmer betrieb. Tränen brannten mir in den Augen, und ich legte mir das Kissen auf den Kopf.

Anderthalb Stunden später trank ich gerade die zweite Tasse Kaffee, als Holmes den Frühstücksraum betrat und sich zu mir setzte. Ich hoffte auf einen Bericht über seine nächtlichen Abenteuer, aber es war mir nicht vergönnt. Auf meine diesbezügliche Frage wurde ich mit einem nichtssagenden »Ich musste noch etwas klären« abgespeist.

»Was hat uns der gestrige Abend eigentlich gebracht außer einer hohen Wirtshausrechnung und der Einladung zum Maskenball?«, erkundigte ich mich enttäuscht und tauchte mein Messer schwungvoll in den Latwergetopf[8], um die untere Hälfte meines Brötchens mit diesem köstlichen Fruchtaufstrich zu bedecken. Die Konfitüre im Hotel war ganz ausgezeichnet und machte den dünnen Kaffee wieder wett.

»Die Spesen werde ich Frau Klingelschmidt in Rechnung stellen, und diesen Maskenball wollte ich unbedingt besuchen«, gab Holmes bekannt. »Ansonsten lässt sich noch nicht abschätzen, ob wir etwas erfahren haben, das für unseren Fall relevant ist.«

Als wir das Hotel verließen, erstrahlte der Himmel in klarem Blau, und die Sonne schien. Mir tat das lan-

[8] Mit Kandis, Zimt und Anis gewürztes, dickes Pflaumenmus.

ge entbehrte Licht gut, auch wenn die Strahlen nicht wärmten. Dennoch hatte ich den Eindruck, dass es etwas milder als am Vortag wäre. Vielleicht gewöhnte ich mich aber auch langsam an diese sibirische Kälte.

Am späten Vormittag ging es ruhig zu. Die Kinder waren wohl in der Schule, die Hausfrauen hatten ihre Einkäufe getätigt und waren mit Kochen und Putzen beschäftigt oder zum Schwatz bei der Nachbarin. Auch die Handwerker gingen ihrer Arbeit bei dieser Kälte nicht im Freien nach, wenn man von den Arbeitern auf den zahlreichen Baustellen absah.

»Was genau ist eigentlich ein Prälat?«, fragte Holmes mich unterwegs, wohl da ich in einem katholischen Land lebte.

»Das ist ein Ehrentitel, der verdienten Priestern vom Papst verliehen wird«, entgegnete ich und fragte mich insgeheim, um welche Art von Verdiensten es sich bei Prälat Schuster gehandelt haben mochte.

Unter Holmes' Führung überquerten wir den Marktplatz. In dicke Mäntel gewickelt, Hüte und Mützen tief in die Stirn gezogen, die Hände in Handschuhe gehüllt, standen die Marktverkäufer mit vor Kälte roten Nasen da, um Obst, Gemüse, Wildbret, Wurst und Schinken zu verkaufen. Doch der eisige Wind, der über die Domplätze fegte, hatte einen Großteil der sonstigen Kundschaft vertrieben. Im Vorbeigehen bewunderte ich den mittelalterlichen Dom, dessen roter Stein in der Sonne glühte. Bald umrundeten wir dessen Ost-Apsis, passierten eine Durchfahrt und folgten einer Gasse, in der elegante, zweistöckige Bauten in lückenloser Reihe standen. Vor einem frisch verputzten Haus mit fein gearbeiteten Simsen blieb Holmes schließlich stehen und klingelte.

»Bitte erwähnen Sie nicht den Mord an Direktor Klingelschmidt«, instruierte er mich, kaum dass das Schellen verhallt war.

Leider blieb mir nicht genug Zeit, um nach dem Zweck dieser Weisung zu fragen, denn die Tür wurde sogleich von einer älteren Frau mit frisch gestärkter Haube geöffnet, die wirkte, als ob sie gut kochen könnte.

»Sie sind die beiden Herren aus England?«, vergewisserte sie sich auf Deutsch, bevor sie uns einließ.

»Der Prälat hat zugesagt, uns um elf zu empfangen«, bestätigte Holmes.

»Der gnädige Herr erwartet Sie schon im Bibliothekszimmer. Wenn Sie vielleicht Ihre Mäntel ablegen möchten«, entgegnete die Haushälterin und begutachtete mit kritischer Miene unsere vom Schneematsch auf den Domplätzen bespritzen Schuhe.

Man konnte es ihr nicht verdenken, denn im ganzen Haus war der Boden gewischt und auf Hochglanz gewienert. Auf den Tischen lagen weiße Spitzendecken, auf denen feine Porzellanvasen mit Trockenblumen standen. Die ältere Frau geleitete uns in einen quadratischen Raum, dessen Wände bis zur Decke mit Regalen aus schwarz lackiertem Holz bedeckt waren. Darin reihten sich kostbar gebundene Folianten aneinander. Es roch nach alten Büchern, Ledereinbänden, kaltem Kaffee und Zigarren.

In einen pelzbesetzten Hausmantel gehüllt, saß der Prälat an einem kleinen Tisch vor dem Fenster und schaute hinaus. Die Wintersonne schien durch die Glasscheibe und warf Strahlen auf einen typischen Bücherwurm mit kleinen Äuglein hinter einer Brille mit Metallrand. Der Haarkranz, der sein ansonsten kahles Haupt umgab, war fast grau. Infolge seiner sitzenden Tätigkeit war sein Rücken leicht gebeugt.

»Was für ein herrlicher Tag!«, sagte er mehr zu sich selbst, bevor er sich erhob und uns mit vollendeter Höflichkeit begrüßte. Zum Glück sprach er gut Französisch, weshalb ich eine gewisse Chance hatte, mich am Gespräch zu beteiligen, die ich aber aufgrund Holmes' Warnung besser nicht wahrnahm.

»Es ist sehr freundlich von Ihnen, uns zu empfangen. Wir haben Sie doch hoffentlich nicht bei der Arbeit gestört?«, sagte Holmes und warf einen schnellen Blick auf das großformatige Heft auf dem Schreibtisch.

»Ich betreue gerade die Gemälde-Sammlung eines verstorbenen Adligen. Sie umfasst zahlreiche italienische, deutsche und niederländische Meister, aber auch moderne Kunst«, verkündete der Hausherr mit unüberhörbarem Stolz, bevor er sich in der detaillierten Schilderung der einzelnen Kunstwerke verlor.

»Es muss eine sehr verantwortungsvolle Aufgabe sein, eine Sammlung dieses Rangs aufzubauen«, sagte Holmes, als der Prälat geendet hatte, und betrachtete das Bestandsverzeichnis, das ihn offenbar magisch anzog.

»In diesem Fall war ich nicht für den Erwerb der Kunstwerke zuständig. Ich erstelle nur ein Inventar«, bedauerte der Prälat und klappte das großformatige Heft zu. Dann machte er eine einladende Geste in Richtung des runden, schwarzen Tisches mit den vier mit rotem Samt bezogenen Stühlen, der in der Mitte des Bibliothekszimmers stand, bot uns aber nichts zum Trinken an.

»Schön haben Sie es hier«, sagte ich, nachdem ich mich niedergelassen hatte, und schaute mich bewundernd um. »Die Einrichtung erinnert mich an die Möbel, die ich im Haus des …« Ein warnender Blick von Holmes brachte mich zum Verstummen. Schmerzlich wurde mir bewusst, dass ich mich fast verplaudert hätte. »Irgendwo in Mainz habe ich schon ähnliche Möbel gesehen, erinnere mich aber beim besten Willen nicht mehr daran, wo genau das war.«

»Das könnte in fast jedem besseren Haus gewesen sein. Die Möbel der Firma Bembé aus schwarz polierter Buche sind hier zurzeit sehr beliebt«, erklärte der Hausherr, bevor er seine Aufmerksamkeit wieder Holmes zuwandte. »Darf ich fragen, was *Sie* sammeln, Herr Sigerson?«

Fast erwartete ich die Antwort: die Aschen aller in- und ausländischen Zigarettensorten.

»Alte Handschriften«, entgegnete Holmes jedoch vage, und ich fragte mich, ob er belastendes Beweismaterial meinte. »Aber ich interessiere mich auch für Skulpturen. Mister Tristram ist übrigens der Schwiegersohn des verstorbenen Maestro Lorenzo Boldoni aus Florenz«, fügte er dann hinzu, und sein Blick blieb auf einer auf einem kleinen Podest stehenden, farbig gefassten Holzskulptur einer barocken Immaculata haften, die sich mit großer Geschwindigkeit um die eigene Achse zu drehen schien.

»Ach, tatsächlich.« Der Hausherr beugte sich vor und musterte mich wie einen seltenen Schmetterling, ehe er fortfuhr. »Ich habe erst neulich eine Arbeit aus der

Werkstatt Boldoni gesehen. Aber ich entsinne mich nicht mehr, wo das war.«

Er hatte bestimmt den Namen Klingelschmidt genauso wenig vergessen wie ich.

»Hier in Mainz?«, fragte ich arglos, worauf Prälat Schuster entschuldigend mit den Schultern zuckte.

»Es kann auch in Worms gewesen sein. Es war eine Büste von annehmbarer Qualität«, erläuterte er und lehnte sich wieder zurück. »Können Sie sich vorstellen, dass ich letztes Jahr in Berlin eine schlecht gearbeitete Büste im Renaissancestil gesehen habe, auf deren Unterseite nachträglich und sehr dilettantisch das Zeichen der Firma Boldoni angebracht worden war?«

Einen Augenblick lang meinte ich mich verhört zu haben. Neulich hatte ich im Scherz Direktor Klingelschmidt gegenüber behauptet, dass der als Fälscher verschriene Maestro Boldoni inzwischen selbst nachgeahmt werde. Nun deutete der kunstsinnige Prälat an, dass diese Möglichkeit weniger abwegig sei als vermutet.

»Sie scheinen ja ein Kenner von Fälschungen zu sein«, sagte Holmes ohne jede Ironie.

»Ich bin eben nicht darauf erpicht, nachgemachte Kunstwerke zu vermitteln. Schließlich habe ich einen guten Ruf zu verlieren«, entgegnete der Prälat irritiert und rückte seine Brille zurecht.

»Das beruhigt mich ungemein«, seufzte Holmes und räusperte sich dann. »Ich habe Ihnen ja geschrieben, dass ich einen Ratschlag benötige.«

Der Hausherr nickte und bedeutete Holmes mit einer ungeduldigen Handbewegung, endlich zur Sache zu kommen.

»Es ist mir ja schrecklich peinlich. Aber leider hat sich die Angelegenheit in der Zwischenzeit erledigt. Jemand ist mir zuvorgekommen und hat das gute Stück gekauft. Doch es erschien mir unhöflich, den Termin mit Ihnen einfach abzusagen.«

»Hat es sich um eine Handschrift gehandelt?«

»Nein, um ein altes Schmuckstück«, behauptete Holmes. »Direktor Klingelschmidt hatte mir wärmstens empfohlen, Sie vor dem Kauf nach Ihrer Meinung zu fragen.«

Jetzt war der Name also doch gefallen.

Sofort verdüsterte sich die Miene des Hausherrn. »Wir sind alle in Gottes Hand«, verkündete er mit pathetisch zum Himmel gewandten Augen. »Vorgestern wollte er noch wegen einer Lappalie vor Gericht gehen – und heute ist er tot.« Es war typisch für einen Geistlichen, sich gleich in allgemeinen Betrachtungen zu verlieren. »Er ist tot?«, wiederholte Holmes mit gut gespieltem Entsetzen, und auch ich bemühte mich um einen betroffenen Gesichtsausdruck. »Ich wusste gar nicht, dass er krank war.«

»Soviel ich weiß, war er kerngesund. Er wurde vor seinem Haus erstochen. So stand es jedenfalls in der Zeitung«, sagte der Prälat ohne sichtbare Gefühlsregung.

»Wer macht denn so etwas?«, rief ich aus.

»Das versucht die Polizei gerade herauszufinden«, entgegnete der Geistliche sachlich.

Ich spürte seinen Versuch, vorsichtig zu sein, um nichts von sich und seinen Geschäftspraktiken preiszugeben.

»Aber Sie kannten ihn doch recht gut«, sagte Holmes und blickte den Hausherrn scharf an. Dieser machte nur eine relativierende Handbewegung. »Sie haben daher bestimmt mitbekommen, ob er Feinde hatte?«

»So streitlustig, wie er war, hatte er überall Feinde. Aber man bringt doch niemanden gleich um, nur weil er ein Querulant ist.«

»Vielleicht hat es ja etwas mit seinem Aufenthalt in England zu tun«, überlegte Holmes

»Das liegt zu lange zurück. Man wartet wohl kaum zwanzig Jahre, bevor man sich an jemandem rächt.«

Holmes' warnender Blick hielt mich von dem Hinweis ab, dass der Mörder in der Zwischenzeit im Gefängnis gesessen haben könnte.

»Wo wir einmal von ungeklärten Todesfällen sprechen. Wissen Sie zufällig Genaueres über die Pulverturmexplosion?«, fragte Holmes.

Ein Thema, das dem Prälaten offenbar nicht behagte, denn seine Antwort fiel recht knapp aus. »Nicht mehr, als in den alten Zeitungsartikel steht, und das ist fast nichts. Schließlich war ich nicht dabei.«

»Aber es muss doch noch immer Augenzeugen geben. Hat man sie denn nicht systematisch befragt?«

Der Prälat schaute sehnsüchtig aus dem Fenster und dachte ein paar Sekunden lang nach.

»Da kann ich Sie nur an Theodor Listmann verweisen. Er ist pensionierter Lehrer und hat ein phänomenales Gedächtnis. Er ist über wirklich alles in der Stadt informiert, egal ob es historischer, gesellschaftlicher oder kulinarischer Natur ist«, sagte er schließlich. »Wenn ich mich recht entsinne, wohnt er in der Seilergasse. Das ist nicht weit von hier. Aber ich glaube, wenn er etwas Neues über die Explosion des Pulverturms herausbekommen hätte, wäre er längst damit an die Öffentlichkeit getreten.«

»Sie kennen doch bestimmt auch Martin Reichert?«, erkundigte sich Holmes etwas unvermittelt, nachdem er Listmanns Anschrift in sein Notizbuch geschrieben hatte.

»Nein, der Name sagt mir leider gar nichts!«, entgegnete der Hausherr, ohne zu zögern, und in seinen haselnussfarbenen Augen spiegelte sich Besorgnis. Mit einer ruckartigen Bewegung schlug er die Beine übereinander und wippte nervös mit seinem rechten Fuß.

»Er ist der Besitzer einer gut gehenden Drogerie in der Altstadt«, erklärte Holmes, worauf der Prälat ihn anstarrte, als ob er ihm einen sentimentalen Liebesroman empfohlen hätte. »Ein unbedarft aussehender, blonder, junger Mann«, präzisierte Holmes.

Der Blick des Hausherrn wurde wieder milder. »Ach ja, in einer Seitenstraße der Augustinerstraße, jetzt weiß ich, wen Sie meinen! Aber ich wusste gar nicht, dass ihm der Laden gehört. Ich habe ihn immer für einen Angestellten gehalten. Wahrscheinlich habe ich im ganzen Leben nicht mehr als zehn Worte mit ihm gewechselt«, sagte er nachdenklich, bevor er nochmals aus dem Fenster schaute. »Kann ich sonst noch etwas für Sie tun, meine Herren?« Diese Frage konnte man nur als Rauswurf bezeichnen.

»Sie haben schon mehr als genug für uns getan. Daher möchte ich Ihre kostbare Zeit nicht weiter in Anspruch nehmen«, sagte Holmes daraufhin übertrieben höflich und erhob sich.

»Auf Wiedersehen, Mister Sigerson! Auf Wiedersehen, Mister Tristram! Es war nett, mit Ihnen zu plaudern. Wenn Sie zufällig wieder einmal in der Gegend sein sollten, schauen Sie doch bei mir vorbei.«

Der Prälat ahnte gar nicht, wie leichtsinnig es war, uns gegenüber eine solche Höflichkeitsfloskel zu äußern, denn Holmes würde bestimmt auf das Angebot zurückkommen. Der Hausherr brachte uns höchstselbst zur Tür, wo wir uns nochmals verabschiedeten.

»Was halten Sie von Hochwürden?«, fragte ich, nachdem wir uns ein paar Schritte vom Haus entfernt hatten.

»Er hat es faustdick hinter den Ohren«, sagte Holmes in für ihn seltener Unmissverständlichkeit und machte sich auf den Weg zum Hotel.

Es war schon fast Mittagszeit, und die Straßen belebten sich langsam wieder. Vor allem vor dem Bahnhof herrschte emsige Betriebsamkeit. Vergnügt betrat ich unser Hotel und ging zur Rezeption, um mir den Zimmerschlüssel geben zu lassen. Die gute Laune verging mir sofort wieder, als ich Kommissar Louis Werner bemerkte, der mit dem neugierigen Hotelangestellten plauderte, der schon bei seiner letzten Stippvisite Dienst gehabt hatte. Neben dem Kommissar stand der Assistent von neulich, der wieder kein Wort sagte. Bei unserem Anblick verzog sich Louis Werners Gesicht zu einem boshaften Lächeln. Er beendete unverzüglich das Gespräch und schritt auf uns zu.

»Entgegen Ihrer Absichtserklärung haben Sie noch immer nicht beim Schott-Verlag vorgesprochen, Mister Sigerson«, sagte er ohne Umschweife. Offenbar hatte er uns beschatten lassen.

Am liebsten hätte ich ihn darauf hingewiesen, dass es ihn nichts anging, wie wir unsere Zeit verbrachten.

»Ich bin wegen meiner gesellschaftlichen Verpflichtungen noch nicht dazu gekommen«, erwiderte Holmes verärgert.

Am Empfang notierte der Hotelangestellte gerade die Personalien eines jungen Mannes, der wie ein Handlungsreisender aussah. Der Rezeptionist tat so, als ob ihn diese Arbeit völlig in Anspruch nähme, doch ich war sicher, dass er unsere Unterhaltung belauschte.

»Dafür liegt mir der Rapport eines Schutzmanns vor, in dem er von zwei verdächtigen Engländern berichtet, deren Beschreibung genau auf Sie passt«, sagte der Kommissar, zog ein Notizbuch aus der Tasche und blätterte absichtlich lange darin herum. »Da haben wir es. Hier steht, dass Sie sich ausgerechnet in der Nähe der Villa Klingelschmidt herumgetrieben haben.«

Holmes war selten um eine Antwort verlegen, aber diese unverschämte Verkehrung des Sachverhalts verschlug selbst ihm für einen Augenblick die Sprache. »Wir haben uns nicht herumgetrieben, sondern einen Kondolenzbesuch bei der Witwe des Sektfabrikanten gemacht«, stellte er dann richtig, ging gemessenen Schrittes zur Rezeption und ließ sich unbeeindruckt seinen Zimmerschlüssel geben.

Der Kommissar versuchte nicht, ihn aufzuhalten, sondern wandte sich nun an mich.

»In dem Bericht steht, dass Sie beide abgerissene Kleidung trugen und offenbar auf der Flucht waren. Im Hotel hat man mir bestätig, dass Sie eine verschmutzte Hose zum Reinigen an der Rezeption abgeben haben.«

»Abgerissene Kleidung?«, wiederholte ich empört. »Wir hatten es eben eilig, bei dem schlechten Wetter in unsere Hotelzimmer zurückzukehren«, versuchte ich die absurde Anschuldigung zu entkräften.

Holmes war inzwischen mit seinem Schlüssel zurückgekehrt, und Kommissar Werner schaute ihn scharf an. »Wenn Sie meinen, dass Sie einfach hinter meinem Rücken ermitteln können, so haben Sie sich getäuscht. Ich kann Ihnen nur noch einmal den dringenden Rat geben, sich aus unserer Arbeit herauszuhalten«, sagte er mit gefährlich sanfter Stimme. »Machen Sie besser keinen Fehler!« Er ließ die letzten Worte als unausgesprochene Drohung im Raum stehen, bevor er seinem Assistenten das Zeichen zum Aufbruch gab und sie davonstolzierten.

9. Die Drogerie

Nachdem wir ein recht manierliches Mittagsmahl im Hotel zu uns genommen hatten, begab ich mich in mein Zimmer, um den Brief an meine Frau zu beenden, wozu ich am Morgen leider doch nicht gekommen war. Dann schrieb ich meinem Schwager, dass sich die Angelegenheit schwieriger als erwartet gestaltete, da Direktor Klingelschmidt schon im Begriff gewesen sei, juristische Schritte zu unternehmen. Das entsprach ja durchaus der Wahrheit und sicherte mich ab, falls unsere Klientin uns nicht bezahlen sollte. Kaum hatte ich den letzten Abschnitt formuliert, pochte es dreimal an die Zimmertür – das mit Holmes vereinbarte Klopf-Zeichen.

»Kommen Sie nur herein!«, rief ich, ohne von meinem Stuhl aufzustehen.

Die Tür wurde geöffnet, und Holmes trat ein, in den Händen ein Bündel aus braunem Stoff, wie ich vermutete, die Mönchskutte, die uns derartige Schwierigkeiten mit der Polizei beschert hatte. »Denken Sie daran, dass wir heute Abend bei Herrn Neundorf zum Maskenball eingeladen sind.« Holmes sagte das in dem schaudernden Tonfall, in dem ich über einen bevorstehenden Zahnarztbesuch oder eine schmerzhafte Operation sprechen würde, und legte das Stoffbündel auf mein frisch gemachtes Bett.

»Es ist ein hartes Los, Delikatessen zu vertilgen und Champagner in sich hineinzuschlürfen«, bemerkte ich belustigt und faltete das Schreiben an meine Frau zusammen.

»Wenn Sie Ihre Briefe bei der Post aufgegeben haben, könnten Sie vielleicht so freundlich sein, Herrn Reichert in seiner Drogerie aufzusuchen und ihn in ein Gespräch über Direktor Klingelschmidt zu verwickeln«, sagte Holmes und nannte mir die Adresse des Ladens, die ich sogleich auf einem Hotelbriefbogen notierte.

»Und was machen Sie in der Zwischenzeit?«, erkundigte ich mich dann ohne große Hoffnung auf eine ausführliche Antwort.

»Ich verblüffe die Spione des Kommissars, indem ich doch noch zum Schott-Verlag gehe. Außerdem möchte ich mir ein neues Fastnachtskostüm besorgen. Sie können sich also gern heute Abend als Franziskaner verkleiden«, sagte Holmes und deutete auf das Stoffbündel auf meinem Bett.

Ich wollte protestieren, dass mich die Polizei damit endgültig für Direktor Klingelschmidts Mörder halte, aber Holmes hatte mit seinen langen Beinen bereits die Zimmertür erreicht, und ich hörte seine Schritte im Flur leiser werden. Wahrscheinlich musste ich dankbar sein, dass ich nicht damit beauftragt wurde, in Doktor Kaufmanns Arztpraxis vorzusprechen und einen Patienten zu mimen.

Um mögliche Polizeispitzel abzuschütteln, verließ ich vorsichtshalber das Hotel durch den Lieferanteneingang. Draußen stellte ich erfreut fest, dass die Temperatur in den vergangenen Stunden um mindestens zwei Grad angestiegen war. Der Schnee begann bereits zu schmelzen und verwandelte sich unter den Füßen der Passanten zu schwarzem Matsch, der an den Schuhen haften blieb. Nachdem ich die Hauptpost im Brand[9] aufgesucht und dort meine Post frankiert und in den Briefkasten geworfen hatte, erwarb ich in einem kleinen Schreibwarenladen einen Stadtplan, um mich nicht im Gewirr der Altstadtgassen zu verlaufen. Ich markierte darauf die Straße, in der sich die Drogerie befand, und marschierte zur Altstadt. Noch immer schien die Sonne, und so sagte ich mir, dass Herr Reichert bestimmt auch in einer Stunde noch seinen Laden hütete. Kurz entschlossen überquerte ich den Marktplatz, um endlich den Dom zu besichtigen. Doch leider fand dort gerade ein Trauergottesdienst statt.

Frustriert lenkte ich in meine Schritte in die Altstadt, wo ich mich trotz meines Stadtplans mehrfach verlief. Ich stand gerade in einer besonders schmalen und obendrein gebogenen Gasse und hielt nach einem Straßenschild Ausschau, als ich Hufgetrappel und das Rumpeln von Rädern über unebenes Kopfsteinpflaster hörte.

»Achtung, passen Sie auf!«, rief mir erschrocken ein Dachdecker zu, der auf einem der alten Häuser herumwerkelte.

Das Poltern kam gnadenlos näher, doch es war unmöglich, in der engen Gasse zur Seite zu springen. Er-

---

9 *Am Brand* ist der Name eines bürgerlichen Siedlungsbezirks in Mainz. Der Name entstand in Erinnerung an eine Feuersbrunst im Mittelalter.

schaudernd stellte ich mich vor das rechte Haus und presste den Rücken gegen die Mauer. Ehe ich mich versah, bog mit großer Geschwindigkeit eine schwarze Kutsche um die Kurve.

»Sind Sie lebensmüde?«, schrie mich der Kutscher mit hochrotem Kopf an, ohne jedoch anzuhalten oder wenigstens seine Geschwindigkeit zu drosseln.

»Sie sind wohl wahnsinnig, mit diesem Tempo durch die Altstadt zu rasen!«, rief der Dachdecker dem Flegel nach.

Mir hingegen fielen vor Schreck keine deutschen Worte ein. Schwer atmend und mit vor Aufregung klopfendem Herzen sah ich der geschlossenen Kutsche nach. Ich konnte gerade noch ein Wappen an ihrer Tür erkennen, das ich irgendwo schon einmal gesehen hatte. Ohne die Warnung des Handwerkers wäre ich unweigerlich unter die Räder gekommen. Ob das ein Mordanschlag war? Aber der Kutscher konnte nicht wissen, dass ich um diese Uhrzeit in der Altstadt unterwegs war. Als das Fuhrwerk um die Ecke abgebogen war, wischte ich mir mit dem Handrücken über meine vor Aufregung verschwitzte Stirn und schaute dann zu dem Dachdecker hoch.

»Vielen Dank, dass Sie mich gewarnt haben«, rief ich ihm auf Englisch zu und hoffte, dass er wenigstens den Sinn meiner Worte erahnte.

Noch immer völlig durcheinander, ging ich weiter, hielt mich aber vorsichtshalber dicht an der Wand. In der nächsten Straße wurde ich mitten im Trubel von einem eiligen Passanten angerempelt. Automatisch griff ich nach meiner Brieftasche, die sich jedoch noch an ihrem Platz befand.

Eine alte Frau blieb stehen und blickte mich mitfühlend an. »Kann ich Ihnen helfen?«, fragte sie, und ich nannte den Namen der von mir gesuchten Straße.

Trotz meiner völlig unzureichenden Fremdsprachenkenntnisse verstand ich zu meiner eigenen Überraschung ihre Wegbeschreibung. Ich brauchte nur zweimal um die Ecke zu gehen, und schon sah ich vor mir Herrn Reicherts Drogerie, die sich in einer engen, aber sehr lebhaften Straße befand. Als ich mich dem Geschäft näherte, überquerte eine schlanke Nonne den Fahrweg und ging vor mir in das Geschäft hinein. Da ich allein mit dem Ladenbesitzer sprechen wollte, verlangsamte ich meine Schritte und ließ die Umgebung etwas auf mich wirken. Im linken Nachbarhaus war ein Gemüseladen, im rechten ein Geschäft für Tabakwaren, neben dessen Eingang ein alter, gefleckter Hund angebunden war und leise jaulte. Ein als Cowboy verkleideter, etwa fünfjähriger Junge kam strahlend vorbei. Ich starrte ihn einen Augenblick lang an, bevor mir wieder einfiel, was ich über die hiesigen Fastnachtsbräuche gehört hatte.

Mit müßiggängerischer Miene schlenderte ich zum Schaufenster der Drogerie und gab vor, die darin präsentierte Ware zu betrachten. Hier lagen Beutel mit Kräutermischungen zwischen Zahncreme, Backpulver und dicken Wachskerzen. Ein Werbeschild wies darauf hin, dass Drogen aus Kräutern frisch zubereitet würden. Plötzlich erinnerte ich mich daran, dass meine Frau Violetta mich gebeten hatte, ein Reisemitbringsel für unsere Haushälterin zu kaufen.

Eine Ladenklingel bimmelte an der Tür, als die Nonne mit einer großen Schachtel in der Hand wieder auf die Straße trat. Ich erhaschte kurz einen Blick auf ihr Gesicht und stellte fest, dass sie trotz ihrer Jugend verhärmt wirkte. Mich bedankend, übernahm ich die schmiedeeiserne Türklinke von der Ordensfrau und trat ein.

Das Schaufenster hatte nur einen kleinen Vorgeschmack auf die Warenfülle im Inneren der Drogerie geboten. Bis zur Decke türmten sich Gläser, Porzellangefäße, Blechdosen und Stoffsäckchen auf einfachen Holzregalen.

Hinter der Ladentheke stand Martin Reichert und packte Kerzen unterschiedlicher Dicke in ihre Kartons zurück. Erstaunt stellte ich fest, dass er älter war, als seine jugendliche Art den Anschein erweckt hatte. Er konnte ohne Weiteres über vierzig sein. Seine selbst für einen Stubenhocker ungewöhnlich helle Haut zeigte, dass er die wenigen Sonnentage im Norden nicht genutzt hatte.

Als er mich sah, stutzte er kurz, wohl weil er mich erst auf den zweiten Blick wiedererkannte. Kein Wunder, so dunkel, wie es in der Weinstube gewesen war.

»Guten Tag, Mister Tristram! Was verschafft mir denn die unerwartete Ehre Ihres Besuches?«, begrüßte er mich dann in holprigem Englisch. Unmöglich zu sagen, ob er sich über das Wiedersehen freute oder ob er peinlich berührt war.

»Ja, die Welt ist klein«, erwiderte ich und fügte in Gedanken *und Mainz ist noch viel kleiner* hinzu.

»Womit kann ich dienen?«

Täuschte ich mich oder hatte die Stimme des blonden Manns einen spöttischen Unterton? Bei Tageslicht sah er bei Weitem nicht mehr so unbedarft wie in der Weinstube aus.

»Ich suche ein Geschenk für unsere treue Haushälterin, eine ältere Dame«, verkündete ich.

Der Ladenbesitzer zog gedankenverloren seine schief sitzende Jacke zurecht und rieb sich dann die Hände.

»Wie wäre es mit einem Buch über Kräuterheilkunde?«, schlug er schließlich vor und deutete auf ein Regalbrett mit Publikationen. Schon in der Weinwirtschaft war mir aufgefallen, dass er seine Worte mit Gesten zu unterstreichen pflegte. Doch dort hatte er wenig Platz dazu gehabt, während er in seinem Laden weniger eingeengt war.

»Vielleicht hätte ich erwähnen sollen, dass Giovanna Italienerin ist«, erläuterte ich und betrachte dabei ein großes Glasgefäß mit der Aufschrift *Franzbranntwein*. »Gehörte eigentlich auch Direktor Klingelschmidt zu Ihren Kunden?«, fragte ich dann möglichst beiläufig.

Meine Bemerkung löste bei dem blonden Mann Heiterkeit aus. »Wie kommen Sie denn darauf?«, entfuhr es ihm in einem Tonfall, als ob das eine völlig abwegige Idee wäre.

»Ich dachte, er gehörte zu Ihrem Bekanntenkreis, und schließlich wäscht eine Hand die andere«, wunderte ich mich und drehte mich um, denn ich spürte einen unangenehmen Luftzug im Rücken. Doch ich konnte keine offen stehende Türöffnung erkennen. Offenbar waren die Fenster des Ladengeschäftes nicht dicht.

»Wilhelm hat hier nie etwas gekauft«, bedauerte der Ladenbesitzer mit einem Seitenblick auf seine Ware.

»Da muss ich gestern Abend wohl etwas falsch verstanden haben. Ich dachte, Sie seien im selben Fastnachtsverein«, sagte ich aufs Geratewohl.

»Das stimmt. Aber der verehrte Direktor Klingelschmidt war im Vorstand, während ich nur ein einfacher Gardesoldat bin. Der Verein setzt sich nämlich aus Mitgliedern aller Gesellschaftsschichten zusammen, und wie überall haben die besseren Kreise das Sagen«, sagte Herr Reichert nicht ohne Bitterkeit. »Trotzdem sollten Sie sich den Rosenmontagszug nicht entgehen lassen, da Sie das Glück haben, zur Fastnachtszeit in Mainz zu sein«, fügte er etwas versöhnlicher hinzu, was mich belustigte. Bisher hatte noch jeder gesagt, dass ich besser hätte zu einer milderen Jahreszeit an den Rhein fahren sollen.

»Haben Sie eigentlich auch verzierte Kerzen?«, fragte ich, da ich mich an die Erwerbung der Nonne erinnerte.

Herr Reichert zog eine Schublade auf, holte eine Pappschachtel heraus, stellte sie auf die Verkaufstheke und hob den Deckel hoch. Darin lagen mit religiösen Motiven verzierte, weiße Kerzen, die ich reichlich kitschig fand. Da ich aber annahm, dass sie unserer Giovanna gefallen würden, erkundigte ich mich nach ihrem Preis. Er erschien mir akzeptabel, und so erwarb ich gleich drei davon.

»Sie betreiben den Laden ganz allein?«, erkundigte ich mich, während Herr Reichert meine Neuerwerbung in Seidenpapier einschlug und in eine Pappschachtel legte.

»Ich habe ihn von meinem Vater übernommen«, entgegnete mein Gesprächspartner, der Frage ausweichend.

»Grüßen Sie Doktor Kaufmann, wenn Sie ihn zufällig treffen sollten«, sagte ich und wartete vergeblich auf eine abfällige Äußerung über seinen Stammtisch-Genossen. Enttäuscht über das unergiebige Gespräch verabschiedete ich mich und wandte mich zum Gehen.

»Auf Wiedersehen, Mister Tristram. Sie wissen ja, wir treffen uns jeden Freitag im *Rosenkranz*«, verabschiedete mich Herr Reichert unerwartet freundlich, als ich die Tür aufstieß und das Glöckchen bimmelte.

Auf der Straße stellte ich missmutig fest, dass die Sonne ihr Gastspiel schon wieder beendet hatte. Ein milchiger Himmel lastete schwer über der Stadt, und ein heftiger Wind war aufgefrischt.

Während ich durch den Schneematsch zum Hotel zurückstapfte, rekapitulierte ich, was wir über Direktor Klingelschmidts Bekannten erfahren hatten: Niemand von ihnen behauptete, der Freund des Sektfabrikanten gewesen zu sein, und trotzdem haben sich die Männer jeden Freitag zum Stammtisch getroffen, zumindest wenn man von Prälat Schuster absah, der wohl den Besuch einer Weinstube nicht mit der Würde seines Amtes vereinbar erachtete.

10. Der Maskenball

Als ich Holmes wiedersah, stand er als Napoleon ausstaffiert am Fenster seines Hotelzimmers, schaute auf den Bahnhofsvorplatz hinab und rauchte. Das Kostüm bestand aus einem kurzen Rock mit glänzenden Messingknöpfen, einer Kniebundhose, weißen Strümpfen und dem charakteristischen Dreispitz. Holmes sah dem berühmten Korsen recht ähnlich, zumindest wenn man davon absah, dass er sein historisches Vorbild um mindestens einen Kopf überragte.

Offenbar hatte er dem Hotelpersonal verboten, in seinem Zimmer aufzuräumen, denn hier herrschte mittlerweile ein unbeschreibliches Chaos. Die Einrichtung verschwand fast unter Tageszeitungen, Büchern, Notizzetteln und anderen Papieren. Auf dem Teppich, der den größten Teil des Parkettfußbodens bedeckte, lagen ein leicht ramponierter Geigenkasten, neue und gebrauchte Kleidungsstücke und Pappschachteln unterschiedlicher Größe, in denen ich Ascheproben deutscher Zigaretten vermutete. Auf dem ungemachten Bett waren ausgeschnittene Zeitungsartikel verstreut, größtenteils Berichte über Straftaten. Wie es im Bad aussah, wollte ich lieber gar nicht wissen, da Holmes dort wohl seine chemischen

Apparaturen aufgebaut hatte, nach denen ich mich im Hotelzimmer vergeblich umgesehen hatte.

»Wollen Sie mit dieser Aufmachung demonstrieren, dass Sie der Napoleon der Verbrechensbekämpfung sind?«, fragte ich belustigt, nachdem ich einen Stuhl freigeschaufelt und mich darauf niedergelassen hatte.

Holmes widersprach nicht, sondern wandte sich um und blickte mich mit fragend erhobenen Augenbrauen an, worauf ich ihm von dem Gespräch mit dem Drogisten berichtete. Ich ließ lieber unerwähnt, dass ich fast überfahren worden wäre, denn ich wollte mir nicht schon wieder vorwerfen lassen, dass ich meiner Umgebung nicht die nötige Aufmerksamkeit schenkte.

»Mit einer dieser schrecklichen Kerzen können Sie ja Ihr Kostüm ergänzen«, schlug Holmes scherzhaft vor und schob seine linke Hand unter die Knopfleiste seiner Jacke – die für Napoleon typische Geste.

»Das geht nicht. Sie sind ein Geschenk«, widersprach ich, hatte aber den Eindruck, dass Holmes in Gedanken schon wieder woanders sei. Mit grüblerischer Miene zog er an seiner unvermeidlichen Pfeife, die aber bereits erloschen war, ging dann zu der Palme in der Zimmerecke und klopfte den Tabak über der Blumenerde aus.

»Ist Ihr Besuch bei diesem Musikverlag erfolgreich verlaufen?«, fragte ich, nachdem Holmes damit fertig war.

»Man hat mir gesagt, dass die Zeit noch nicht reif für meine Kompositionen sei. Aber mein Besuch beim Schott-Verlag hat sich trotzdem gelohnt, denn ich habe dort Musiknoten für meine Geige erworben. Ich ziehe nämlich die deutsche Musik der französischen vor. Sie ist tiefsinniger«, bekannte Holmes und steckte seine Pfeife in die Jackentasche. »Wegen meiner Kutte müssen wir uns übrigens keine Sorgen mehr machen. Ich habe heute Nachmittag herauszufinden versucht, wie viele Mönchsgewänder in den letzten Wochen an ›Fastnachts-Freunde‹ verkauft worden sind«, er sprach das Wort wie »Wahnsinnige« aus. »Aber ich konnte die exakte Zahl nicht in Erfahrung bringen. Es gibt einfach zu viele Schneider in der Stadt, die dergleichen anfertigen.«

Voller Tatendrang schlüpfte Holmes in seinen Mantel und griff dann nach einer alten Tasche aus abgegriffenem Leder, die inmitten eines bunten Sammelsuriums der verschiedensten Gegenstände auf dem Bett lag. Ich hätte zu gern gewusst, was er damit vorhatte, wagte aber nicht zu fragen.

»Ich warte in der Eingangshalle auf Sie!«, verkündete er dann mit einem missbilligenden Blick auf seine Taschenuhr.

Wenn Holmes eine heiße Spur verfolgte, vergaß er manchmal alle Umgangsformen. Daher versuchte ich diese Behandlung nicht persönlich zu nehmen. Ich verließ schleunigst den Raum, suchte mein eigenes Hotelzimmer auf und legte mir dort rasch die Mönchskutte an. Wegen der Kälte streifte ich noch meinen Wintermantel darüber und wickelte mir einen warmen Wollschal um den Hals. Schnell zog ich die Tür ins Schloss und fuhr mit dem Aufzug hinunter zu Holmes, der bereits stocksteif auf einem Sessel saß und gelangweilt im *Mainzer Anzeiger*[10] herumblätterte. Als er mich sah, faltete er die Zeitung achtlos zusammen, legte sie auf das Fensterbrett und erhob sich.

---

[10] Der Vorläufer der *Allgemeine Zeitung*.

Vor dem Hotel stellte ich fest, dass in der Zwischenzeit die nächtliche Kälte den gesamten angetauten Schnee hatte wieder gefrieren lassen. Während wir in der Dunkelheit zum Droschkenstand gingen, setzten wir daher unsere Füße ganz vorsichtig auf das von einer dünnen Eisschicht bedeckte Pflaster. Trotzdem rutschte ich mehrfach aus, ruderte mit den Armen in der Luft und konnte gerade noch verhindern, zu Boden zu fallen.

Als wir die am Bahnhof parkenden Kutschen bereits vor uns sahen, kamen uns zwei halbwüchsige Jungen entgegen. Sie trugen dicke Jacken, auf ihren Köpfen saßen Pudelmützen, und ihre Hände steckten in dicken Wollfäustlingen. Bei unserem Anblick stießen sie einander kichernd mit den Ellbogen in die Rippen. Holmes war von Hause aus eine auffällige Erscheinung. Aber in einem Napoleon-Kostüm wirkte ein Mann seiner Größe skurril. Ohne die Knaben eines Blicks zu würdigen, steuerte er das dritte Fuhrwerk an und nannte dem Kutscher, einem derb wirkenden Mann undefinierbaren Alters, unser Ziel.

Der Fuhrmann schaute uns finster an, verkniff sich aber gerade noch eine abfällige Bemerkung über unseren zukünftigen Gastgeber. Geräuschvoll schloss er den Schlag, bestieg den Kutschbock und knallte mit der Peitsche. Das Pferd wieherte leise, bevor es unsicher lostrabte. Weißer Dampf entwich seinen Nüstern, und sein Fell glänzte vor Wassertropfen.

Kaum waren wir in die Bahnhofsstraße eingebogen, gerieten wir in einen Stau.

»Das Durchkommen wird auch von Tag zu Tag schwieriger. Jetzt sind die Straßen auch noch am Abend verstopft«, schimpfte der Kutscher, und ich reckte den Hals aus dem Fenster, um herauszufinden, warum zu dieser späten Stunde so viel Betrieb sei, konnte die Ursache aber nicht erkennen.

Von irgendwoher erklang das schrille Geräusch einer Polizeipfeife, und unser Kutscher fluchte unflätig los, zumindest ließ sein zorniger Tonfall das vermuten. Beunruhigt hielt ich mein Gesicht so nahe an die Scheibe der Kutsche, dass mein Atem sie beschlug, konnte aber nicht erkennen, warum es nicht voranging. Mehrere Minuten lang geschah gar nichts, dann begannen die Kutschen, Einspänner, Lastkarren und bäuerlichen Fuhrwerke vor uns sich wieder langsam in Bewegung zu setzen. Holmes trommelte ungeduldig auf dem Sitz herum. Der echte Napoleon hätte während des Wartens bestimmt bereits zwei oder drei Briefe diktiert.

Als wir um die nächste Ecke gebogen waren, zeigte sich, dass eine Fahrbahn gesperrt war, und es ging weiterhin nur noch im Schritttempo voran. So vertrödelten wir kostbare Zeit, bis wir die Unfallstelle passierten. Der Wagen eines Bierkutschers hatte einen Einspänner gerammt. Kein Wunder bei dem Glatteis. Zum Glück waren offenbar keine Personen zu Schaden gekommen, doch eine der Deichseln des kleineren Gefährts war gebrochen, der Brauereiwagen hatte ein Rad verloren, und die Besitzer der Fuhrwerke waren sich nicht über die Zuweisung der Schuld einig.

Endlich ging es in zügigem Tempo weiter. Wir durchquerten die Innenstadt, fuhren eine Weile am Rhein entlang, rumpelten dann über eine gefrorene Landstraße und gerieten mehrfach ins Schleudern. Schließlich erreichten wir eine schmucke Villa mit akkurat geschnittenen immergrünen Hecken und im Sommer wahrscheinlich gepflegtem Rasen.

Wir hielten vor einem pompösen Eingangstor, das einem Schloss alle Ehre gemacht hätte, und rumpelten über eine gewundene Auffahrt, die zu einem gepflasterten Hof mit zwei kahlen Lindenbäumen führte. Dahinter lag ein prächtiges Herrenhaus, vor dem der Kutscher scharf bremste. Für seine plumpe Statur sprang er erstaunlich behände vom Bock herunter und riss den Schlag auf.

»Bitte holen Sie uns um elf Uhr wieder ab«, sagte Holmes, nachdem er unsere Rechnung beglichen hatte.

»Und wenn Sie es sich anders überlegen? Ich habe keine Lust, umsonst nach hier draußen zu fahren!«, beschwerte sich der grobe Geselle.

»Wir überlegen es uns ganz bestimmt nicht anders. Wir können schließlich kaum zu Fuß in die Stadt zurücklaufen«, entgegnete Holmes entschieden. »Falls wir nicht um Punkt elf Uhr vor dem Eingang warten, informieren Sie bitte umgehend Kommissar Werner, dass Sie Herrn Sigerson und Herrn Tristram hier abgeliefert haben.«

Inständig hoffte ich, dass der Besuch des Maskenballs doch nicht so gefährlich war, wie sich das anhörte.

»Wenn Sie es sagen«, brummte der Kutscher, knallte mit der Peitsche, und sein Pferd trabte los, als ob der Leibhaftige hinter ihm her wäre.

Holmes und ich schritten die breiten Stufen zu einem Portal mit Dreiecksgiebel hinauf und betraten einen großzügigen Eingangsraum, in dem Palmen in Keramiktöpfen standen. An der Garderobe, die eine ganze Wand einnahm, hingen schon zahlreiche Mäntel, Umhänge und Winterjacken. Wortlos nahm ein älterer Bediensteter in einer Lakaienuniform des 18. Jahrhunderts unsere Wollmäntel in Empfang und bürstete sie ab, bevor er sie an die Garderobe hängte.

Von seiner Tasche hingegen wollte Holmes sich nicht trennen, und ich fragte mich erneut, was sie enthielt.

Wir folgten den anderen Neuankömmlingen, die lebhaft plaudernd in den Ballsaal drängten. Er war bereits gut gefüllt, aber es wurde noch nicht getanzt. Bewundernd schaute ich mich um. Die stuckierte Decke wurde von weißen Marmorsäulen getragen. Spiegel an den Wänden ließen den Raum noch größer wirken, als er ohnehin schon war, auf dem Boden war feines Parkett ausgelegt, und vor den hohen Fenstern hingen schwere Brokatvorhänge. In der hinteren Raumecke standen ein schwarzes Klavier und einige Hocker für die Musiker. Zu dieser Ausstattung hätten Kronleuchter mit Kerzen gut gepasst, doch der Ballsaal wurde von modernen Gaslampen beleuchtet. Die Gäste standen in fantasievollen Verkleidungen eng beieinander, tranken Sekt und lachten. Wenn sie überhaupt Masken trugen, bedeckten diese nur einen Teil des Gesichts. Sie erkannten einander wahrscheinlich beim ersten Satz oder auf den zweiten Blick. Ich vermutete, dass hier die lokalen Honoratioren versammelt seien, darunter bestimmt auch Politiker und Beamte, die für die Genehmigung von Bauprojekten zuständig waren. Mehrere Diener im schwarzen Anzug standen zu ihren Diensten bereit.

Der Hausherr war als Sultan verkleidet, sowohl seine mit echtem und unechtem Schmuck behängte Gattin wie auch seine etwa achtzehnjährige Tochter gingen als Haremsdamen. Erstaunt registrierte ich, dass der neulich noch so biedere Herr Neundorf sich in seiner Villa ganz anders als in der Weinstube benahm. Mit distinguiertem, weltgewohntem Auftreten schüttelte er hier eine Hand, machte dort einer Dame ein Kompliment und stieß ab und zu mit dem einen oder anderen Gast an.

Holmes verschwendete keine Mühe darauf, die Aufmerksamkeit des Gastgebers auf sich zu ziehen, sondern zog sich in eine stille Ecke zurück und notierte seine Eindrücke in sein Notizbuch. Bald klappte er es aber energisch zu und schritt auf einen stattlichen Husaren zu. Neugierig schloss ich mich an. Im Näherkommen erkannte ich, dass es Doktor Friedrich Kaufmann war. Eigentlich konnte man den hünenhaften Mediziner selbst in einer Menschenmenge kaum übersehen, aber seine gelungene Kostümierung hatte mich getäuscht.

»Guten Abend, meine Herren. Schön, Sie wiederzusehen«, begrüßte uns der Arzt, der wahrscheinlich unsere Namen vergessen hatte. »Das ist meine Gattin Veronika«, stellte er uns dann einer ebenfalls auffallend hochgewachsenen Rokoko-Dame vor, die mit einem Sektglas in der Hand neben ihm stand.

»Wie schade, dass Direktor Klingelschmidt den Ball nicht mehr besuchen kann. Er hat mir gegenüber erwähnt, wie sehr er sich darauf freue«, behauptete Holmes, eine Bemerkung, die bei Doktor Kaufmann auf sichtliches Befremden stieß.

»Ich hatte immer den Eindruck, dass Wilhelm diese gesellschaftlichen Ereignisse eher aus geschäftlichen Gründen besucht hat«, sagte er und schaute beifallheischend seine Frau an, die aber nur gelangweilt mit den Schultern zuckte.

»Schenkt man hier eigentlich den Klingelschmidt'schen Sekt aus?«, erkundigte ich mich, als ich einen flinken, blonden Kellner sah, der mit Sektgläsern herumging.

»Keine Ahnung«, brummte Doktor Kaufmann, bevor er den Ober herbeiwinkte und die Frage an ihn weiterleitete.

»Wir beziehen den Sekt schon seit Jahren bei der Kellerei Lauteren[11]«, antwortete der blond gelockte Kellner mit einem höflichen Kopfnicken und machte Anstalten, seine Runde fortzusetzen.

»Einen Augenblick bitte«, sagte ich, nahm mir ein gefülltes Glas und stellte das alte auf das Tablett.

»Das hätte ich mir eigentlich denken können«, erklärte Doktor Kaufmann mit verschwörerischer Miene, als der Kellner außer Hörweite war. »Schließlich ist die Familie Lauteren nicht aus der Stadtpolitik wegzudenken, genau die Art Leute, deren Bekanntschaft für einen Bauunternehmer hilfreich ist.«

»Das scheint ja ein einträgliches Gewerbe zu sein. Ich habe den Eindruck, dass hier zurzeit sehr viel gebaut wird«, sagte Holmes nachdenklich.

»Das kann man wohl sagen«, bestätigte der Arzt. »Es kann einem passieren, dass man morgens aus dem Haus geht und abends die Straße kaum wiedererkennt.

---

[11] 1833 gelang Christian Ludwig Lauteren erstmals die Herstellung von Sekt in Deutschland.

Es ist so, als ob man die Stadt gerade völlig umkrempelt. Vor allem jenseits der alten Stadtmauern werden ganze neue Straßenzüge hochgezogen.«

»Wegen der Explosion des Pulverturms?«, fragte Holmes und holte seine Pfeife aus der Jackentasche. Einen Moment lang dachte ich, er würde sie anzünden. Doch er realisierte noch rechtzeitig, wo er war, und steckte sie wieder ein.

»Die Schäden sind längst behoben«, verkündete Doktor Kaufmann voller Lokalpatriotismus. »Aber Mainz ist nun einmal Garnisonsstadt. 1871 wurde endlich wenigstens der innere Festungsring gesprengt. Seitdem hat sich das Stadtgebiet mehr als verdoppelt, und Mainz konnte zu einer modernen Großstadt ausgebaut werden.«

Walzerklänge drangen an mein Ohr, und ich drehte mich nach der Kapelle um. Um einen schlanken, nervös wirkenden Pianisten hatten sich zwei junge Violinisten und ein wesentlich älterer Cellist versammelt. Beim Anblick der Gäste, die ihre Begleiterinnen aufforderten, bedauerte ich, dass es mir nicht gelungen war, Violetta die Reise ins winterliche Deutschland schmackhaft zu machen. Doch sie war Italienerin, und wie viele ihrer Landsleute fror sie leicht.

»Aber zurück zu Direktor Klingelschmidt«, unternahm Holmes einen letzten Versuch, die Befragung fortzusetzen. »Sie waren doch sein Freund …«

»Zumindest kam ich besser als die meisten mit ihm aus«, unterbrach der Hüne schmunzelnd, wurde aber schnell wieder ernst. »Uns ist inzwischen allen klar geworden, wie wenig wir über ihn wussten. Zum Beispiel war mir bisher nicht bekannt, dass er seine guten Fremdsprachkenntnisse einem Aufenthalt in England verdankte.«

Seine Frau verlagerte inzwischen ungeduldig ihr Gewicht von einem Fuß auf den anderen und schaute sehnsüchtig auf die tanzenden Paare.

»Haben Sie vielleicht eine Idee, wer so wenig mit ihm auskam, dass er ihn erstochen hat?«, fragte Holmes leicht gereizt.

»Es wird ein Einbrecher gewesen sein, den er auf frischer Tat erwischt hat«, schlug Veronika Kaufmann vor, wohl im Versuch, das ihr nicht genehme Gesprächsthema endlich zu beenden.

»Im Garten?«, entfuhr es mir.

»Dann war es eben ein Raubmord«, sagte sie mit einer wegwerfenden Handbewegung.

»Er ist aber nicht bestohlen worden«, widersprach ihr Holmes.

Veronika Kaufmann hielt ihrem Gatten anklagend das leere Sektglas vor die Nase.

»Aber genug von dieser misslichen Angelegenheit. Ich hole meiner Frau ein neues Glas Sekt, und dann tanzen wir«, kündigte Herr Kaufmann an, seine Stimme war eisig, sein Körper wirkte angespannt.

»Ich fürchte, Herr Neundorf lädt uns nie wieder ein, wenn wir weiterhin seine Gäste mit Fragen malträtieren«, sagte ich leise zu Holmes, als die beiden sich von uns entfernt hatten.

»Ich hoffe doch, dass unsere Ermittlungen es nicht erforderlich machen, nochmals eine derart banale Lustbarkeit zu besuchen«, brummte Holmes schlecht gelaunt. Wenn er einen Fall bearbeitete, interessierte er sich für nichts anderes und konnte recht ungesellig sein. »Ich wäre Ihnen dankbar, wenn Sie sich weiterhin umhören. Sollte jemand nach mir fragen, sagen Sie einfach, ich sei kurz zum Rauchen vor die Tür getreten«, sagte er dann nebulös, und schon war er in der Menge untergetaucht.

Noch immer tanzte nur eine Minderheit der Besucher des Balls, die meisten tranken lieber Sekt und plauderten. Um nicht länger allein herumzustehen, suchte ich Herrn Reicherts freundliches Gesicht unter den Gästen, aber man hatte ihn offenbar nicht eingeladen. Möglichst dezent schaute ich mich daraufhin nach Herrn Neundorf um und bemerkte ihn schließlich auf der anderen Seite des Saals, zusammen mit einem ältlichen Clown und einem kräftigen Indianer. Sie machten einen vergnügten Eindruck und schienen auf einen Jubilar oder einen Geschäftsabschluss anzustoßen. Neugierig schlängelte ich mich zwischen den in Gruppen herumstehenden Gästen hindurch, bis ich die drei Männer erreichte. Ich hörte etwas von einem »geringfügigen Entgegenkommen«.

»Ich frage mich, ob die Arbeiten nicht allzu übereilt durchgeführt werden«, entgegnete der Indianer, und ich versuchte, mir seine Stimme und seine durch die Kriegsbemalung verfremdete Physiognomie zu merken.

Doch ehe ich weitere interessante Dinge mithören konnte, bemerkte mich der Hausherr. »Guten Abend, Mister Tristram, wo haben Sie denn Mister Sigerson gelassen?«, begrüßte er mich mit einem schwer zu deutenden Gesichtsausdruck. Seine in der Weinstube so joviale Stimme hatte sich in Gegenwart seiner Geschäftspartner verändert, war kühler und reservierter geworden.

»Er ist nur kurz zum Rauchen ins Freie getreten«, wiederholte ich die Ausrede, die Holmes mir aufgetragen hatte. »Es war sehr freundlich von Ihnen, uns eingeladen zu haben.«

»Das ist doch selbstverständlich. Wenn Sie einmal zur Fastnachtszeit in Mainz sind, sollten Sie unbedingt einen Hausball besuchen«, sagte er und nickte mir gönnerhaft zu, was ich als Aufforderung verstand, ihn in Frieden zu lassen.

»Sie müssen auch unbedingt den Rosenmontagszug anschauen«, rief mir der Clown hinterher, was mich aber auch nicht aufmunterte. So reserviert hatte ich mir den Empfang durch Herrn Neundorf nicht vorgestellt.

Frustriert schlenderte ich davon. Als ich wieder zurückschaute standen die drei Männer noch immer beieinander, und ich bedauerte, nicht von den Lippen lesen zu können.

Ohne den guten Sekt hätte ich mich zu Tode gelangweilt, dachte ich eine Stunde später. Noch immer war Holmes nicht wieder aufgetaucht, und ich stand zwischen den fröhlich feiernden Gästen allein herum.

»Ich glaube, die Tochter des Hauses würde gern tanzen«, raunte mir plötzlich ein dicklicher Kellner auf Englisch zu.

Verblüfft drehte ich mich um und erblickte Holmes im schwarzen Anzug und mit einem Tablett in der

Hand. Bevor ich nachfragen konnte, was dieser Mummenschanz sollte, war der Meisterdetektiv bereits weitergeeilt und sammelte leere Gläser ein.

Die Tochter des Bauunternehmers stand allein am Fenster und schaute blasiert auf die Mitte des Saales, wo getanzt wurde. Bei ihrem Haremsdamen-Kostüm hatte sie keine Kosten gescheut. Sie war mit einer türkisfarbenen Pluderhose und einem weißen, mit Blumen bestickten Oberteil bekleidet. Ihre Füße steckten in roten, seidenen Pantoffeln mit hochgebogenen Spitzen, und ihr dunkelblondes Haar fiel unter einem durchsichtigen Schleier aus Seide in schönen Wellen den Rücken herunter. Mit ihrer hellen Haut wäre sie die Zierde jedes orientalischen Harems gewesen, wenn nur ihre leicht schräg stehenden, graublauen Augen weniger hochmütig dreingeschaut hätten.

Ohne große Begeisterung durchquerte ich den Ballsaal, bis ich zu dem Mädchen gelangte. Als sie mich sah, verschränkt sie die Arme vor der Brust, als würde sie frieren.

»Entschuldigen Sie, Fräulein Neundorf, sprechen Sie zufällig Englisch?«, fragte ich mit einer angedeuteten Verbeugung.

Als sie bejahte, stellte ich mich vor, forderte sie aber nicht zum Tanz auf. Erstens war ich schließlich verheiratet, und zweitens wäre meine Mönchskutte dabei äußerst hinderlich gewesen.

»Sie sind ein Geschäftsfreund meines Vaters?«, fragte das Mädchen leicht schnippisch und strich sich eine Strähne aus der Stirn. Dabei bemerkte ich an ihrer schlanken Hand einen prächtigen Ring. Um einen funkelnden Smaragd befand sich ein Kranz von winzigen Diamanten. Ob das ein Verlobungsring war?

»Nein, ich bin ein Bekannter Direktor Klingelschmidts«, behauptete ich in der Hoffnung, etwas Neues über ihn zu erfahren.

»Ach, Sie meinen den Sektfabrikanten?«, sagte das Mädchen kühl und herablassend. Damit war für sie der Fall erledigt.

Was für eine verzogene Göre, durchfuhr es mich, aber Holmes hatte sich sicher etwas dabei gedacht, als er mich damit beauftragte, ihr Gesellschaft zu leisten. Verstohlen schaute ich mich nach ihm um, da ich zu gern gewusst hätte, wo er steckte. Aber es gelang mir nicht, ihn unter den schwarz gekleideten Kellnern auszumachen.

»Sie kannten ihn doch bestimmt?«, hakte ich nach.

»Nur vom Hörensagen«, entgegnete Fräulein Neundorf desinteressiert. Mein Instinkt sagte mir jedoch, dass sie mehr wusste, als sie zugab.

»Er ist ermordet worden. Die Zeitungen haben tagelang darüber berichtet«, präzisierte ich so höflich ich konnte.

»Die Mutter verbietet mir die Zeitungslektüre. Höchstens den Fortsetzungsroman in der *Gartenlaube* darf ich ab und zu lesen«, sagte das Mädchen nach einem kurzen, aber verräterischen Zögern.

Halbherzig erwähnte ich einen Maskenball, den ich viele Jahre zuvor in Venedig besucht hatte. Aber das Gespräch kam schnell ins Stocken, und auch meine Klage über die Kompliziertheit der deutschen Sprache hielt es nicht lange in Gang.

»Erstaunlich, dass bei diesem Wetter so viele Gäste gekommen sind«, sagte ich, da diese Bemerkung mir den Vorwand bot, meinen Blick auf der Suche nach Holmes durch den Ballsaal schweifen zu lassen.

»Ich mag den Winter nicht. Da ist man auf sich selbst zurückgeworfen«, erwiderte meine junge Gesprächspartnerin. Ich fand, dass ihre Stimme wie die eines eingeschnappten Kindes klang.

»Fräulein Ernestine! Darf ich Sie um den nächsten Walzer bitten?«, sagte in diesem Augenblick ein als Chinese verkleideter Student, der trotz seines jugendlichen Alters wie ein Hagestolz wirkte.

Wie konnte man das Mädchen nur Ernestine nennen? Nur alte Herzoginnen hießen so, dachte ich belustigt, kam dann aber zu dem Schluss, dass der Name gut zu ihrer abweisenden Art passte!

Als Ernestine freudig akzeptierte, hätte ich mich am liebsten bei dem Chinesen dafür bedankt, dass er mich erlöst hatte. Nachdem die beiden jungen Leute in der Menge untergetaucht waren, konsultierte ich meine Taschenuhr und stellte erfreut fest, dass es bereits halb elf war. Holmes hatte den Kutscher für elf Uhr bestellt, weshalb ich innerlich schon meinen Rückzug plante, obwohl der Ball noch im vollen Gange war.

Doch die Höflichkeit gebot, sich vom Hausherrn zu verabschieden. Ich schaute mich nach ihm um und sah, dass er mit bekümmertem Gesicht und verkrampfter Körperhaltung auf einem der wenigen Stühle im Ballsaal saß. Seine Gattin stand neben ihm und redete auf ihn ein. Hatte der Bauunternehmer seine Geschäftspartner doch nicht von seinem Projekt überzeugen können? Aber das hätte er sich wohl nicht so zu Herzen genommen. Neugierig bahnte ich mir einen Weg durch den Saal. Doch ehe ich Herrn Neundorf erreichte, war er schon jäh aufgesprungen und hatte fluchtartig den Ball verlassen.

Seine Frau hingegen stand noch immer etwas ratlos neben dem nun leeren Sitzmöbel. Als ich sie aus der Nähe sah, bemerkte ich, dass sie das ältere Ebenbild ihrer Tochter war, aber herzlicher zu sein schien.

»Ich möchte mich nochmals für die Einladung bedanken. Doch leider muss ich jetzt aufbrechen«, verabschiedete ich mich von ihr.

Frau Neundorf murmelte eine Höflichkeitsfloskel, die ich nur sinngemäß erfasste.

»Ihr Gatte fühlt sich nicht wohl?«, wagte ich einen Vorstoß.

»Wahrscheinlich hat er nur etwas Falsches gegessen. Er hat einen recht empfindlichen Magen. Aber Sie werden mich entschuldigen. Ich möchte doch lieber nachschauen, ob er einen Arzt braucht«, sagte die Hausherrin zerstreut und wandte sich zum Gehen.

Ich wollte noch meine besten Genesungswünsche ausrichten, aber Frau Neundorf war schon in der Menge verschwunden. Auch ich verließ den Ball und eilte zum Ausgang. In der Eingangshalle ließ ich mir meinen Mantel reichen, streifte ihn über meine Kutte und trat ins Freie, wo mir der Wind Regentropfen ins Gesicht blies. Fröstelnd fragte ich mich, wie die echten Klosterbrüder ohne Mantel durch den Winter kamen. Doch zum Glück stand die Droschke bereits im Hof. Holmes, noch immer als Ober verkleidet, hatte bereits in der Fahrgastkabine Platz genommen und bedeutete mir mit einer ungeduldigen Handbewegung, mich zu beeilen.

»War Ihr Auftritt als Kellner erfolgreich?«, erkundigte ich mich, nachdem ich ebenfalls eingestiegen war.

»Das kann man wohl sagen. Mein Trinkgeld reicht für die Rückfahrt mit der Droschke«, sagte Holmes trocken.

Der Kutscher knallte mit der Peitsche, und das Pferd setzte sich so schnell in Bewegung, dass der Kies unter den Rädern des Fuhrwerks wegspritzte.

»Ich habe mich vorhin mit dem Personal unterhalten und dabei erfahren, was ich herausfinden wollte«, erzählte Holmes, während wir über die nächtlichen Straßen polterten.

Wenn ich etwas an ihm wirklich hasste, dann war es seine Geheimniskrämerei. »Und was genau war das?«

»Womit Herrn Neundorfs Baufirma gerade so beschäftigt ist«, entgegnete Holmes zu meinem Erstaunen, denn meist musste man ihm alles einzeln aus der Nase ziehen. »Es trifft sich gut, dass morgen Sonntag ist. Da ruht die Arbeit, und wir können ungestört das Gelände unter die Lupe nehmen.«

Es war nicht gerade meine Lieblingsbeschäftigung, an regnerischen Tagen und zumal bei diesen eisigen Temperaturen Bauplätze zu inspizieren.

»Eigentlich sollten Sie ja mit der Tochter des Hauses tanzen«, tadelte mich Holmes.

Ich versuchte gar nicht erst, meine Beweggründe zu erläutern, denn Holmes schreckte nicht einmal davor zurück, einem Mädchen die Ehe zu versprechen, wenn es seinen Ermittlungen diente[12], sondern beschränkte mich auf den Hinweis, dass Mönche nicht tanzten.

»Der Hausherr hat vorhin den Ball verlassen, weil er sich unpässlich fühlte«, berichtete ich dann mit einem unterdrückten Gähnen.

»Das ist mir auch aufgefallen«, bemerkte Holmes in einem gleichgültigen Tonfall, der mich geradezu provozierte.

Verärgert erwog ich kurz, meine anderen Beobachtungen für mich zu behalten, brachte es dann aber doch nicht fertig. »Ich habe übrigens vorhin etwas Interessantes mitbekommen«, sagte ich und referierte die Gesprächsfetzen, die ich aufgeschnappt hatte.

»Das wundert mich gar nicht«, entgegnete Holmes. »Heute Nachmittag habe ich alle lokalen Tageszeitungen studiert, die ich im Hotel und in der Bücherei auftreiben konnte. Dabei ist mir im Gesellschaftsteil immer wieder der Name Friedrich Neundorf untergekommen.«

»Vielleicht hat Direktor Klingelschmidt etwas über die unsoliden Geschäftspraktiken des Bauunternehmers herausgefunden und wollte ihn erpressen. Ob daraufhin Herr Neundorf den Sektfabrikanten für immer zum Schweigen gebracht hat?«, überlegte ich.

»Das sind doch reine Spekulationen«, erwiderte Holmes kopfschüttelnd, schloss die Augen und streckte sich.

Trotz meiner Müdigkeit versuchte ich, mir auf der Rückfahrt Gedanken über unseren Fall zu machen. Das

---

[12] Im Fall Charles Augustus Milverton.

gleichmäßige Rumpeln und Schaukeln von Kutschen regte gewöhnlich meine Fantasie an. Aber die vielen Sektgläser, die ich aus Langeweile geleert hatte, forderten ihren Tribut und ließen mich sogleich einschlafen.

11. Das Grundstück

Am nächsten Morgen wusste ich zuerst nicht, wann und wie ich ins Bett gekommen war. Ich erinnerte mich nur vage an eine Droschkenfahrt, als in der Ferne die Glocken den Sonntag einläuteten und ein bohrender Schmerz an den Schläfen die Erinnerung an den Maskenball in Herrn Neundorfs Villa zurückbrachte. Mit einem herzhaften Gähnen drehte ich mich gegen die Wand und schlief wieder ein. Als ich eine Stunde später aufstand, waren es noch immer nur wenige Grad über dem Gefrierpunkt, und es nieselte.

Nach einem ausgiebigen Frühstück brachen wir um zehn Uhr auf. Holmes hatte sich so lange gedulden müssen, weil er abwarten wollte, bis das Erdreich aufgetaut war. Ich erkundigte mich lieber nicht danach, warum er sich für die Bodenbeschaffenheit interessierte. Trotzdem hatte ich eine dunkle Vorahnung, denn er führte die gleiche alte Ledertasche wie am Vortag mit sich, aber diesmal schien sie schwerer zu sein.

Wenigstens hatte sich in der Zwischenzeit der Nieselregen gelegt. Ich war davon ausgegangen, dass sich der Baugrund, den wir in Augenschein nehmen wollten, in der rasch wachsenden Mainzer Neustadt befand. Doch

Holmes schlug einen anderen Weg als erwartet ein: Wieder einmal stiegen wir den Stephansberg genannten Hügel hinauf. Schmelzwasser tropfte von den Dächern, in den Gärten lagen noch schmutzige Schneereste auf der Erde, und die Bürgersteige waren glitschig. Kein Wunder, dass wir unterwegs keiner Menschenseele begegneten! Wer nicht den Gottesdienst besuchte, war wohl bei diesem garstigen Wetter zu Hause geblieben.

Schließlich endete unser Fußmarsch vor einem kleinen, verwilderten Grundstück zwischen zwei stattlichen Wohnhäusern. Bei diesem Anblick sank Herr Neundorf beträchtlich in meiner Achtung, denn ich hatte mir unter seinem »neuen Projekt« etwas Imposantes vorgestellt wie ein Amtshaus, ein Schulgebäude oder ein Luxushotel.

»Wenn Herr Neundorf momentan nur diesen einen Auftrag hat, wird er sich nicht mehr lange leisten können, in seiner vornehmen Villa Maskenbälle zu geben«, überlegte ich. »Oder handelt es sich bei seiner Baufirma nur um eine Tarnung für illegale Geschäfte und Direktor Klingelschmidt hat das herausgefunden?«

Doch Holmes hörte mir nicht zu, sondern begutachtete den reparaturbedürftigen Gartenzaun, der die Parzelle umgab.

Altersschwach wie die Umzäunung war, mussten wir nur durch den Spalt zwischen zwei besonders morschen Brettern schlüpfen, und schon hatten wir das von Unkraut überwucherte Grundstück betreten. Mehrere verkohlte Feuerstellen, eine zerbrochene Flasche und über das gesamte Terrain verstreute Zigarettenkippen zeigten, dass wir nicht die ersten ungebetenen Besucher des Geländes waren.

»Hier hat früher schon einmal ein Gebäude gestanden«, sagte Holmes und betrachtete den Boden.

»Selbstverständlich. Auf diesem Hügel befand sich vor fast zweitausend Jahren das Römerlager. Deshalb heißt das Viertel noch heute Kästrich, was von *castrum* kommt«, berichtete ich, eine Information, die ich meinem Reiseführer verdankte.

»Das meinte ich nicht«, entgegnete Holmes belustigt und begann das Gelände abzusuchen – wohl nach Mauerresten, Fußabdrücken und sonstigen Spuren menschlicher Besiedlung.

Hoch oben am trüben Himmel zogen einige Krähen ihre Kreise. Ihr Krächzen übertönte sogar das ferne Poltern eines Fuhrwerks. Ansonsten herrschte in der an Werktagen so belebten Straße eine gespenstische Stille. Ganz langsam ging ich auf dem Grundstück herum. Am Zaun hatte kurz zuvor jemand gegraben. Vielleicht war es ein Schatzsucher gewesen, vielleicht hatte aber auch nur ein Hund einen Knochen hier verbuddelt. Als ich meinen Blick wieder hob, fiel mir auf, dass die Fassade des linken Nachbarhauses heruntergekommener als die des rechten wirkte. Von den Fensterläden blätterte die grüne Farbe ab, auf den Dachschindeln wuchs Moos, und im Garten wucherte das Unkraut. Ein leichter Sprühregen setzte ein, und ich begann zu frösteln. Um mich aufzuwärmen drehte ich eine zweite Runde, nun entgegen dem Uhrzeigersinn, und blieb schließlich vor der rückwärtigen Mauer des Grundstücks stehen, wo in den abbröckelnden Putz ein Herz und zwei Vornamen eingeritzt waren. Sonst fand ich nichts Ungewöhnliches.

Holmes klaubte etwas Kleines vom Boden auf, zog seine Lupe aus der Jackentasche und betrachtete seinen Fund. Neugierig gesellte ich mich zu ihm.

»Das ist Marmor, aber er ist nicht verwittert genug, um römisch zu sein. Vielleicht ist er bei der Explosion des Pulvermagazins hierhergeflogen«, sagte Holmes und präsentierte auf der Handfläche ein nur etwa einen Inch großes, weißes Fragment.

»Genauer gesagt ist es Carrara-Marmor«, präzisierte ich. Diese Sorte kannte ich gut, denn mein Schwager verarbeitete sie zu Grabmonumenten und Büsten im Renaissance-Stil.

Wortlos ließ Holmes den Steinsplitter in seine Tasche gleiten und starrte wieder auf den aufgeweichten Boden.

Meine Kleidung war inzwischen durch und durch feucht, und ich bedauerte, keinen Regenschirm mitgenommen zu haben. Bibbernd schlenderte ich zu einem großen Stein im Windschatten des rechten, äußerst adretten Nachbarhauses und ließ mich darauf nieder. Mit einer Mischung aus Faszination und Skepsis beobachtete ich Holmes, wie er durch seine Lupe das Erdreich begutachtete. Noch immer war mir schleierhaft, was er hier eigentlich suchte. Wir hatten schon manchen schwierigen Fall gemeinsam gelöst. Aber diesmal hatte ich das Gefühl, dass wir gar nicht von der Stelle kamen.

Plötzlich begannen die Glocken der nahe gelegenen Stephanskirche vehement zu läuten. Wenige Minuten nach Verhallen des letzten Glockenschlags kamen kleine Gruppen von Kirchgängern im Sonntagsstaat vorbei, darunter auffallend wenige Männer. Vermutlich waren die Herren der Schöpfung nach dem Gottesdienst zum Frühschoppen gegangen. Nicht von ungefähr schien in Mainz mindestens jedes zehnte Haus eine Gastwirtschaft zu beherbergen.

Holmes beäugte die Passanten mit missmutiger Miene, aber die Kirchgänger waren ins Gespräch vertieft und schenkten uns keinerlei Beachtung. Beruhigt holte Holmes aus seiner Ledertasche einen Klappspaten hervor und ging zur hinteren Ecke des Grundstücks. Er spuckte sich in die Hände und begann mit gebeugtem Rücken zu graben. Holmes hatte erst wenige Inches ausgehoben, als an der Hauswand über mir ein Fenster geräuschvoll aufgerissen wurde. Der leicht zerzauste Kopf einer alten, schwarz gekleideten Frau kam zum Vorschein. Ihr einziger Schmuck war eine schlichte, wohl unechte Perlenkette, die um ihren Hals spannte.

Als die alte Mainzerin das Wort an uns richtete, musste sie ihre etwas schrille Stimme nicht einmal erheben, denn ihr Tonfall war so schneidend, dass er eine Mauer durchdrungen hätte. Die Intonation ähnelte der des Prälaten, war jedoch weniger angenehm. Vermutlich lag es an ihrem ausgeprägten Dialekt, dass ich kein Wort verstand.

Holmes hob den Kopf, verzog das Gesicht und richtete sich dann wieder auf, reagierte aber nicht auf die verbale Attacke, sondern schaute die alte Frau an wie etwas, das er noch nicht identifizieren konnte. »Ich glaube, wir sollten ein andermal wiederkommen«, informierte er mich dann sichtlich vergrätzt.

Das war die erste Enttäuschung an diesem Tag, und es sollten noch weitere folgen.

Eilig kehrten wir zu der Bresche im Gartenzaum zurück und schlüpften rasch wieder hindurch auf den Bürgersteig.

»Was hat sie gesagt?«, fragte ich, nachdem wir das Grundstück verlassen hatten.

»Dass es sich nicht schickt, am heiligen Sonntag zu arbeiten.«

Dieser Kommentar hätte von unserer Haushälterin Giovanna stammen können, und ich schmunzelte in mich hinein.

Mittlerweile hatte ich das Gefühl, dass die feuchte Kälte mir unter die Haut gekrochen war. »Wir sollten in der nächsten Gastwirtschaft Unterschlupf suchen«, schlug ich daher vor und wartete auf Widerspruch, der jedoch zum Glück ausblieb.

Bevor wir auch nur die nächste Kreuzung erreicht hatten, fielen die ersten dicken Regentropfen und durchnässten endgültig unsere Kleidung. Seit meiner Ankunft in Mainz hatte ich nicht so gefroren – und das wollte etwas heißen. Aber glücklicherweise erreichten wir in diesem Moment eine einfache Gastwirtschaft, in die ich jedoch normalerweise keinen Fuß gesetzt hätte.

Die Tür sah aus, als ob sie quietschen würde, ließ sich aber zu meinem Erstaunen geräuschlos öffnen. Im winzigen, schlecht beleuchteten und obendrein mit dunklem Holz getäfelten Schankraum lag der Geruch von abgestandenem Bier, der jedem Gegenstand anzuhaften schien. Der vierschrötige Wirt lehnte gelangweilt an der Theke und blätterte im *Mainzer Anzeiger* vom Vortag. Als er uns sah, bekam er runde Augen, nahm sofort Haltung an und legte die Zeitung beiseite. Die Gespräche im Raum verstummten, und auch die anderen Gäste gafften uns an. Es waren einfache Männer aller Altersstufen mit abgekämpften Mienen und schwieligen Händen, die in ihrer sauberen, aber einfachen Kleidung wie Handwerker und Arbeiter im Sonntagsstaat aussahen.

Wir hängten unsere durchweichten Mäntel an die einfachen Messinghaken neben der Tür, die als Garderobe dienten, legten unsere Hüte auf das Brett darüber und nahmen an einem Tisch vor dem einzigen Fenster Platz. Durch die Scheibe sah ich, dass der Regen inzwischen in langen Schnüren fiel.

Es gab keine gedruckte Speisekarte, sondern die wenigen Gerichte waren mit einer kindlichen Handschrift auf eine Schiefertafel notiert. Man hatte die Wahl zwischen Kotelett, Bratwurst und Frikadelle. Als Beilage gab es Brot, Kartoffelsalat oder Bratkartoffeln. Wir entschieden uns für Kotelett mit Kartoffeln, was das teuerste Gericht war, und bestellten dazu einheimisches Bier, da man hier leider keinen Wein ausschenkte.

Auf den einfachen Holztischen lagen keine Tischdecken, aber wenigstens stellte der Wirt einen Messingständer mit einer brennenden Kerze auf unsere Tafel, was eine heimelige Atmosphäre schuf und auch innerlich wärmte.

»Haben Sie irgendetwas Interessantes auf diesem Grundstück herausgefunden?«, fragte ich Holmes, nachdem wir unsere Bestellung aufgegeben hatten.

»Noch nicht«, entgegnete er mürrisch.

»Könnten Sie mir wenigstens sagen, warum wir diesen Ausflug unternommen haben?«, hakte ich nach und schaute verärgert aus dem Fenster. Der Regen war noch stärker geworden. Mit voller Wucht prasselte er auf das Dach und lief in breiten Strömen die Glasscheibe hinab.

Holmes warf mir einen vorwurfsvollen Blick zu, als ob er mich für das Missglücken der Gelände-Sondierung und den heftigen Regenschauer verantwortlich machen würde. »Die Bemerkung, die Sie auf dem Ball aufgeschnappt haben, hat mich neugierig gemacht. Ich habe mich gefragt, warum es Herrn Neundorf wichtig war, den Auftrag zu beschleunigen. Daher wollte ich herausfinden, was früher auf dem Grundstück gestanden hat und nun so schnell wie möglich überbaut werden soll«, sagte er dann. »Aber ich habe mittlerweile das ungute Gefühl, dass Herr Neundorf über ein anderes Projekt gesprochen hat.«

Das außerdem vielleicht nicht das Geringste mit unserem Fall zu tun hatte, dachte ich, als der Wirt an unseren Tisch trat.

»Wohl bekomm's«, sagte er und knallte zwei Steingutkrüge so schwungvoll auf die Holzplatte, dass der Inhalt überschwappte und die talgigen Kerzen zu flackern begannen.

»Halten Sie den Bauunternehmer für Direktor Klingelschmidts Mörder?«, frage ich, wobei ich tunlichst vermied, die Verben *annehmen, glauben* oder *vermuten* zu verwenden. Sonst hätte Holmes unweigerlich betont, dass er niemals etwas anzunehmen pflege, sondern stets die von ihm entwickelte wissenschaftliche Methode der Deduktion anwende.

»Ich habe Herrn Neundorf zumindest noch nicht aus dem Kreis der Verdächtigen ausgeschlossen«, sagte er unverbindlich.

»Meiner Meinung nach hat er sich höchst verdächtig verhalten, und auch dem Prälaten traue ich nicht über den Weg. Herrn Reichert, den Drogisten, kann ich nur schwer einschätzen. Aber ein Motiv hat doch eigentlich nur der Wiesbadener Kunsthändler, den Direktor Klingelschmidt verklagen wollte«, überlegte ich, nachdem ich einen Schluck des angenehm würzigen Biers getrunken hatte.

»Sie haben Doktor Kaufmann vergessen. Auch von ihm habe ich mir noch kein Bild machen können. Leider war er auf dem Ball ja nicht besonders gesprächig«, fügte Holmes hinzu, der für seine Begriffe an diesem Tag ungewöhnlich mitteilsam war.

In diesem Augenblick brachte der Wirt zwei riesige Teller, auf denen jeweils ein großes Kotelett lag.

Holmes beäugte sein Kotelett, schnitt dann ein Stück ab und schob es sich in den Mund. Nachdem er den Bissen heruntergeschluckt hatte, schob er seinen Teller weg, was mich erstaunte, da das Fleisch zart und saftig aussah. Ich ließ mich von seiner berufsbedingten Enthaltsamkeit nicht irritieren, sondern begann heißhungrig das Mahl. Ich wurde nicht enttäuscht, denn das Kotelett war vorzüglich, und die Bratkartoffeln standen ihnen nicht nach. Holmes hingegen holte seinen Tabakbeutel aus der Jackentasche und stopfte ganz gemächlich seine Pfeife. Als er damit fertig war, griff er nach der Kerze und zündete den Tabak an.

Nachdem Holmes einige süchtige Züge genommen hatte, lehnte er sich zufrieden zurück.

»Wie gut, dass ich im Hotelzimmer noch eine Garnitur trockene Kleidung habe«, sagte ich, um mich selbst aufzumuntern, und spießte die Gabel in mein Kotelett.

»Uns bleibt allerdings nicht viel Zeit, um unsere Kleidung zu wechseln, denn wir sind um drei Uhr an der über den Rhein führenden Straßenbrücke verabredet, und zwar mit Theodor Listmann, dem pensionierten Volksschullehrer, den Prälat Schuster uns gegenüber erwähnt hat. Wir werden ihm bei seinem sonntäglichen Spaziergang Gesellschaft leisten«, kündigte Holmes an, und ich hätte mich fast vor Schreck verschluckt.

Hastig würgte ich einen nur halb gekauten Bissen herunter. »Wollen Sie allen Ernstes bei diesem Hundewetter spazieren gehen?«, rief ich dann entrüstet aus.

Ich hatte in meiner Empörung ganz vergessen, dass ich mich an einem öffentlichen Ort befand. Der Wirt wandte sich uns mit fragender Miene zu, und auch die Aufmerksamkeit der anderen Gäste hatte ich auf mich gezogen. Verlegen lächelte ich in die Runde, zuckte entschuldigend mit den Achseln und prostete den anderen Gästen zu.

»Herr Listmann hat uns den Treffpunkt vorgeschlagen. Er konnte gestern nicht wissen, dass es heute regnen würde«, gab Holmes gelassen zurück.

Kopfschüttelnd bestellte ich ein zweites Bier und setzte meine Mahlzeit fort. Als mein Teller leer war, schüttete es immer noch. Die einzelnen Bäche vereinten sich im Rinnstein und würden bald den Bürgersteig überfluten. Trotzdem konnten wir nicht warten, bis die Niederschläge nachließen, denn die Gaststätte schloss um zwei Uhr nach dem Mittagstisch. Die anderen Gäste gingen nach und nach, der Wirt sammelte die Krüge ein und fuhr mit dem Lappen über die Tische, um das übergeschwappte Bier aufzuwischen.

Nachdem wir unsere Zeche beglichen hatten, schlüpften wir in unsere tropfnassen Mäntel. Mit hochgestellten Mantelkragen, in die Stirn gezogenen Hüten und gesenkten Köpfen stürmten wir den Stephansberg wieder hinunter, bis wir endlich eine Haltestelle der Pferdebahn erreichten.

12. Der Lehrer

Wegen des anhaltend schlechten Wetters fuhren wir mit einer Mietkutsche zum Rhein, obwohl es nur ein Fußweg von zwanzig Minuten gewesen wäre. In der Fahrgastkabine war es bitterkalt, und draußen regnete es mit unverminderter Heftigkeit. Durch das Tauwetter lösten sich immer wieder Schnee- und Eismassen von den Dächern und stürzten auf die Straße herab. Ich zog meinen bereits recht feuchten Mantel fester um die Beine, was jedoch nicht gegen das klamme Lederpolster unter mir half. Der Wind heulte um das Gefährt, aber wenigstens herrschte wenig Verkehr, und wir kamen zügig voran.

Als die Droschke kurz vor der Rheinbrücke hielt, hatten die Niederschläge endlich nachgelassen. Doch das Straßenpflaster war von Pfützen übersät, und die ungepflasterten Wege waren in eine Matschpiste verwandelt, in der Karren und Fuhrwerke nur mühsam vorankamen. Nachdem ich ausgestiegen war, spürte ich den kalten Wind, der vom Ufer her wehte. Ich blieb einen Augenblick stehen und bewunderte das eindrucksvolle Panorama. Es wurde vom romanischen Dom dominiert, den ich zu meinem Bedauern noch immer nicht besichtigt hatte. Neben der Schiffsanlegestelle erhoben sich in langer Reihe moderne Hotelbauten und Gasthöfe, die sich jedoch harmonisch in das Stadtbild einfügten, genauso wie die moderne Stadthalle. Wie die Einheimischen bereits mehrfach uns gegenüber betont hatten, war sie damals die größte Halle Deutschlands.

Bei besserem Wetter hätte das Rheinufer bestimmt zu einem Spaziergang eingeladen. Es gab sogar Trinkhäuschen mit Mineralwasser[13]. Zur sicheren Abtrennung von Fußgängern und Uferbetrieb war das gesamte Ufer von einer mit Eisenstäben gespickten Mauer gesäumt. Auf den Treppen zum Fluss standen zahlreiche hölzerne Lagerschuppen. Davor schaukelten dampfbetriebene Lastkähne in den Wellen, während ich auf der anderen Flussseite einen flachen Strand erblickte, auf dem Flöße lagen.

»Da ist er ja«, sagte Holmes und nickte mit dem Kopf in Richtung eines hageren, bereits etwas steifen, älteren Mannes, der uns eilig entgegenschritt. Mit seiner Nickelbrille, seinem von grauen Strähnen durchzogenen, schütteren Haar und dem ebenfalls grauen, dünnen Bart sah Theodor Listmann genauso aus, wie ich ihn mir vorgestellt hatte, nur dass seine abgenutzte Kleidung von Armut und Ehelosigkeit zeugte. Seine altmodische Hose war an den Knien ausgebeult und der für einen Winterspaziergang viel zu dünne Gehrock etwas zu eng und an den Nähten verblichen. Auch sein Zylinder war alt, leicht zerbeult und speckig.

---

[13] Dialektausdruck für Sprudel.

»Das ist Herr Theodor Listmann, mein Kollege, Mister David Tristram«, machte Holmes uns bekannt, als wir ihn erreicht hatten.

»Ich sage es Ihnen gleich: Von den Römern habe ich keine Ahnung«, verkündete der pensionierte Lehrer entschieden und warf einen sehnsüchtigen Blick auf eines der teuer aussehenden Hotels an der Rheinstraße.

»Wir können uns gern bei einem Glas Sherry unterhalten«, bot Holmes an, ein Vorschlag, den Herr Listmann freudig akzeptierte.

»Wer hätte gedacht, dass ausgerechnet heute so ein garstiges Wetter ist«, brummte er, bevor er mit so schnellen Schritten losmarschierte, dass selbst Holmes ihm nur mit Mühe folgen konnte. Wahrscheinlich hatte er dem Treffen nur zugestimmt, weil er auf eine Einladung spekuliert hatte. Umso ärgerlicher, dass wir durch die halbe Stadt gefahren waren, statt in unserem eigenen Quartier zu bleiben.

Das Prachthotel, in das der ehemalige Lehrer uns lockte, sah aus wie ein Schloss und war wohl noch teurer als unsere eigene Unterkunft. Vor der frisch geputzten Flügeltür stand ein livrierter Page, der uns die Tür aufhielt und sie hinter uns wieder behutsam schloss.

In der mit Parfüm erfüllten und mit Teppichen bedeckten Hotelhalle trat uns sogleich der Empfangschef im weißen Jackett entgegen. Sein Blick blieb auf den ausgebeulten Hosenbeinen unseres Begleiters haften. Holmes ignorierte dieses ungebührliche Verhalten und teilte ihm äußerst ungerührt mit, dass wir einen Drink zu uns nehmen wollten.

»Wenn Sie mir bitte folgen möchten«, entgegnete der Hotelangestellte leicht verschnupft und geleitete uns mit steifen, zeremoniellen Bewegungen in das fast leere, im Rokoko-Stil eingerichtete Hotel-Restaurant. Es war angenehm warm und besaß große Fenster, durch die man auf den Rhein sehen konnte. Die Tische waren mit feinen, weißen Leinentüchern gedeckt, die bis zum Parkettfußboden reichten.

»Am besten, wir setzen uns an diesen Ecktisch«, sagte unser Gast, deutete in den Raum und ging dann forsch voran, ohne auf eine Reaktion unsererseits zu warten.

Als wir ihm folgten, kamen wir an einem älteren Paar vorbei, das sich bei einer Tasse Kaffee angeregt unterhielt. Die kleinen Törtchen auf ihren Kuchentellern waren ein wahrer Augenschmaus. Wenn sie nur halb so gut schmeckten, wie sie aussahen, waren sie köstlich.

Ich wählte einen Platz mit Blick auf das Ufer, während unser Gast sich offenbar in dunklen Winkeln am wohlsten fühlte. Kaum hatten wir uns niedergelassen, kam schon ein befrackter Kellner herangeschossen, dessen Scheitel so akkurat war, als wäre er mit dem Messer gezogen worden.

»Drei Sherry, bitte«, gab Holmes die Bestellung auf, und ich beschloss ein andermal zurückzukommen und eines der Törtchen zu probieren.

»Für mich bitte einen Riesling«, korrigierte unser Gast mit einem verlegenen Lächeln. Seine Brille hatte sich beschlagen. Er nahm sie ab und polierte die Gläser mit einem blütenweißen, aber an einer Ecke ausgebesserten Taschentuch. »Wofür haben Sie sich noch einmal interessiert? Für die Mainzer Stiftsfehde?«, fragte er, nachdem er seine Brille wieder aufgesetzt hatte.

»Nein, für die Pulverturm-Explosion.« Holmes' eisiger Tonfall zeigte, dass er unserem Gegenüber diese Vergesslichkeit nicht abnahm.

»War es wirklich so grauenhaft, wie die Zeitungen behaupten?«, erkundigte ich mich. Langsam steckte mich Holmes mit seiner Begeisterung für das historische Unglück an. Trotzdem war ich immer noch der Ansicht, dass wir den Mord an Direktor Klingelschmidt nicht aus den Augen verlieren sollten, auch wenn niemand den Sektfabrikanten zu vermissen schien.

»Es war am 18. November 1857. Es gab einen Knall, und die Trümmer flogen vom Martinsturm des Gautors bis zum Rhein. Natürlich war das nahe gelegene Viertel besonders stark betroffen. Insgesamt waren 42 Todesfälle zu beklagen. 57 Häuser wurden ganz und 64 teilweise zerstört, darunter das altehrwürdige Stift St. Stephan. Es heißt, dass kein Haus in der Stadt ohne Schäden davongekommen sei«, erzählte Herr Listmann in dem trockenen Tonfall, in dem er wohl früher seine Schüler gelangweilt hatte. Dann machte er eine dramatische Pause.

Holmes hatte mit regloser Miene gelauscht, ohne Erstaunen oder Runzeln der Stirn. Kein Wunder, denn die gleichen Zahlen hatte er mir bereits am Tag seiner Ankunft vorgebetet. Holmes setzte gerade an, Herrn Listmann zum Weitersprechen aufzufordern, als der junge Kellner unsere Getränke auf einem silbernen Tablett brachte. Holmes bedankte sich mechanisch und ignorierte das vor ihm stehende, feine Sherryglas böhmischer Herstellung. Ich hingegen genehmigte mir umgehend einen kleinen Schluck, während Herr Listmann sein Weinglas in einem Zug zur Hälfte leerte.

»Bereits am nächsten Tag kamen die Schaulustigen von nah und fern, um die Ruinen zu begaffen«, berichtete der ehemalige Lehrer, nachdem er sich mit einer frisch gestärkten Serviette den Mund betupft hatte.

»So sind die Menschen nun einmal, immer auf der Jagd nach Sensationen«, sagte Holmes und schaute gelangweilt aus dem Fenster.

»Wussten Sie, dass 1852, also nur fünf Jahre zuvor, ein Meteorit[14] ganz in der Nähe gefunden wurde?«, fragte unser Gesprächspartner.

»Er ist 1857 hier eingeschlagen?«, fragte ich fasziniert.

»Nein, das war schon vor 4,56 Milliarden Jahren. Aber ein Landwirt hat ihn 1852 beim Pflügen an der Pariser Chaussee entdeckt«, entgegnete Herr Listmann, und ich fragte mich, ob er sich über uns lustig machte.

»Ich sehe beim besten Willen keinen Kausalzusammenhang zwischen der Explosion und dem Meteoriten. Außerdem erinnern mich kleine Himmelskörper unangenehm an einen ehemaligen Widersacher[15]«, rügte ihn Holmes.

Der vorwurfsvolle Ton der letzten Worte verfehlte nicht seine Wirkung: Der ehemalige Lehrer ließ die Schultern hängen und schaute verdrießlich auf das blassrosafarbene Tischtuch aus Batist. »Meiner Mei-

---

[14] Der Mainzer Meteor wog 1,8 kg.

[15] Nämlich an Professor Moriarty, der die Abhandlung *Dynamik eines Asteroiden* verfasste, der in derartige Höhen der Mathematik aufstieg, dass niemand in der Lage war, sie zu rezensieren.

nung nach war es ein Unfall. Bestimmt war ein unachtsamer Raucher schuld an der Katastrophe«, sagte er unvermittelt und ließ sich dann weitschweifig über die Gefahren des Rauchens für die eigene Gesundheit und die Sicherheit seiner Mitmenschen aus.

Ich erwartete jeden Augenblick, dass Holmes aus Protest seine Pfeife anzündete, doch er ließ die Litanei mit vor der Brust verschränkten Armen über sich ergehen.

Als der ehemalige Lehrer seine Ausführungen endlich beendet hatte, nippte Holmes an seinem Sherryglas. »Ich habe noch eine letzte Frage«, sagte er mit trügerischer Beiläufigkeit. »Kannten Sie zufällig Direktor Klingelschmidt? Er wohnte ja dort, ganz in der Nähe.«

Ich erwartete längst keine brauchbare Antwort auf diese Frage mehr. Wem auch immer wir sie stellten, winkte ab. Man konnte fast den Eindruck gewinnen, dass der verstorbene Unternehmer ein Einsiedler gewesen sei.

»Ist das nicht der Mann, der sich das Foto eines Engels hat andrehen lassen?«, fragte Herr Listmann belustigt.

»Das würde durchaus zu ihm passen. Wer an die Echtheit einer vermeintlichen Renaissance-Büste glaubt, die ihm zu einem Spottpreis angeboten wird, ist wirklich reichlich vertrauensselig«, bemerkte ich boshaft.

»Außerdem war Direktor Klingelschmidt ausgesprochen religiös«, pflichtete Holmes mir zu meinem Erstaunen bei. »Haben Sie diese Geschichte aus seinem eigenen Munde gehört?«

»Einer meiner Schüler hat sie zu Hause aufgeschnappt. Sein Vater war wohl im selben Fastnachtsverein wie Klingelschmidt.«

»Kannten Sie Direktor Klingelschmidt persönlich?«, hakte Holmes nach.

»Nur seine Produkte«, erwiderte Herr Listmann nach einem verdächtig langen Zögern. »Trotzdem war ich schockiert, als ich in der Zeitung las, dass er ermordet wurde. Ist man denn heutzutage nicht einmal in seinem eigenen Garten sicher?«

»Ich dachte, Prälat Schuster könne Sie vielleicht miteinander bekannt gemacht haben«, erklärte Holmes bedauernd. »Aber den Bauunternehmer Herrn Neundorf kennen Sie doch bestimmt?«

»Auch den kenne ich nicht persönlich. Aber ich habe schon viel von ihm gehört, leider wenig Gutes. Er ist der Schrecken aller Altertumsforscher, weil er sie nicht informiert, wenn er auf altes Gemäuer oder irgendwelche Bodenfunde stößt«, ereiferte er sich lauter als nötig.

Der Kellner, der zufällig vorbeikam, bedachte unseren Gast mit einem abschätzigen Blick, als ob er genau dieses Verhalten von ihm erwartet hätte.

»Das erklärt die Gesprächsfetzen, die ich beim Maskenball mitbekommen habe«, sagte ich auf Englisch zu Holmes.

Da er nicht widersprach, ging ich davon aus, dass er meine Meinung teilte. Jedenfalls erhoffte er sich nichts von einer Fortsetzung der Unterhaltung, denn er winkte den Ober herbei, verlangte die Rechnung und bezahlte.

Der Abschied von Herrn Listmann fiel recht frostig aus.

»Grüßen Sie doch bitte Herrn Neundorf von mir, wenn Sie ihn das nächste Mal sehen«, sagte Holmes zu dem ehemaligen Lehrer, als dieser sich ziemlich verdattert ebenfalls von seinem Stuhl erhob.

»Ja, das mache ich«, versprach er automatisch, bevor er sich daran erinnerte, dass er den Bauunternehmer angeblich nicht kannte. Er hüstelte verlegen, nickte uns zu und entfernte sich mit langen Schritten.

Eigentlich hätte ich an diesem Nachmittag gern nun endlich den Mainzer Dom besucht. Doch wusste ich aus Italien, dass man sonntags besser keine Kirchen besichtigte, und so schloss ich mich Holmes an, der zum Palasthotel zurückkehrte.

13. Die Besucherin

In der Eingangshalle unseres Hotels angekommen, schauten wir uns, nun schon gewohnheitsmäßig, nach Kommissar Werner um. Aber diesmal war die Luft rein. Offenbar gönnte sich die Mainzer Polizei am Wochenende eine wohlverdiente Ruhepause.

Wir hatten uns gerade in meinem frisch geputzten und ordentlich aufgeräumten Hotelzimmer niedergelassen, um über das Gespräch mit Herrn Listmann zu beraten, als es derart schwach an die Tür klopfte, dass ich zunächst nicht reagierte. Holmes hingegen sprang so energisch von seinem Ohrensessel auf, dass ich mich fragte, ob mein Reisegefährte auf jemand Bestimmtes hoffte. Als er zur Tür schritt und sie öffnete, erwartete ich den Besuch eines unserer neuen Mainzer Bekannten. Doch draußen stand nur ein livrierter Hotelpage, der mit einer höflichen Verbeugung einen Briefumschlag überreichte, den Holmes sofort an sich nahm.

»Eine junge Dame möchte in der Empfangshalle mit uns sprechen«, informierte er mich, nachdem er den Umschlag aufgerissen und die Nachricht gelesen hatte.

»Wer mag das wohl sein?«, überlegte ich irritiert, denn eine Besucherin hatte ich wirklich nicht erwartet. Unsere Klientin war es jedenfalls nicht, da man sie beim besten Willen nicht als jung bezeichnen konnte.

Holmes war bereits in den Flur getreten, und ich hörte, wie er dem Jungen etwas nachrief. Es war seltsam, dass der Laufbursche nicht einmal auf ein Trinkgeld gewartete hatte. Neugierig verließ auch ich das Hotelzimmer, zog die Tür hinter mir ins Schloss und hastete Holmes hinterher, der sein Gespräch mit dem Jungen schon beendet hatte und nun auf den Aufzug wartete.

An der Rezeption stand eine gut gekleidete und ausgesprochen hübsche, junge Dame. Sie hatte einen makellosen Teint, kastanienbraune, hochgesteckte Haare und blaugraue Augen, mit denen sie bekümmert dreinblickte. Nervös trat sie von einem Fuß auf den anderen und schaute sich ständig um, als ob sie befürchtete, verfolgt zu werden. »Mister Sigerson?«, vergewisserte sie sich, als sie uns bemerkte, und ihr fragender Blick wanderte zwischen uns hin und her.

»Das bin ich«, gab Holmes sich zu erkennen.

»Ich habe von Ihnen gehört«, sagte sie und senkte die Stimme. Sie sprach passabel Englisch, jedenfalls wesentlich besser als ich Deutsch. »Man sagt, dass Sie zuverlässig Kriminalfälle lösen.«

Holmes widersprach nicht.

»Könnte ich Sie alleine sprechen?«, fragte sie immer noch leise und ohne mich anzuschauen. Ich beschloss, ihren leicht vorwurfsvollen Tonfall zu ignorieren, und blieb stehen.

»Mister Tristram ist mein Partner und genießt mein uneingeschränktes Vertrauen«, versicherte Holmes.

»Es ist schon schwer genug, mich Ihnen zu offenbaren.«

»Könnten Sie uns bitte drei Gläser Cognac an dem Tisch dort hinten servieren?«, fragte Holmes den Rezeptionisten und deutete auf eine mit Pferdehaar gepolsterte Sitzgruppe in einer dunklen Ecke, wo wir außer Hörweite des Hotelpersonals waren. Ich war ihm dankbar, dass er nicht das Hotel verlassen wollte, denn ich hatte langsam genug von dem Wetter und den Gastwirtschaften.

»Selbstverständlich«, murmelte der Mann am Empfang erstaunt. Wahrscheinlich bewirtete man hier sonst keine jungen Mädchen mit hochprozentigen Getränken. Dann entfernte sich der Hotelangestellte hastig, wohl um die Bestellung an die Bar weiterzugeben.

Unsere Besucherin äußerte keine weiteren Einwände, sondern durchquerte schweigend mit uns die Hotelhalle. Holmes komplimentierte sie auf das plüschbezogene Kanapee vor der Wand, während wir uns auf zwei Sesseln ihr gegenüber niederließen. Dann forderte er die Unbekannte mit einer Handbewegung zum Sprechen auf.

»Es ist sehr freundlich, dass Sie mich am Sonntag empfangen. Ich bin …«, begann die junge Dame. Doch bevor sie ihren Namen nennen konnte, nahte schon ein hochnäsig aussehender Kellner mit einem Tablett und stellte vor uns drei riesige Cognac-Schwenker auf den Tisch, in denen die winzigen Rationen umso knapper erschienen. Der Hotelangestellte hielt beim Servieren den Blick diskret gesenkt, obwohl seine Neugier ganz offensichtlich war.

»Ich heiße ...«, begann unsere Besucherin erneut, nachdem der Kellner sich wieder entfernt hatte.

»Sagen Sie nichts: Ich kann mir denken, wer Sie sind«, fiel Holmes ihr sogleich ins Wort, wenn auch in einem entschuldigenden Tonfall.

Die junge Frau rutschte unbehaglich auf ihrem Sessel hin und her. Ihr Gesichtsausdruck zeigte mehr als deutlich, dass sie es nicht gewohnt war, unterbrochen zu werden. Mit dem Cognac-Schwenker in der Hand musterten Holmes' scharfe Augen sie vom braunen, glänzenden Haar, das aus einer Pelzmütze herausragte, bis zu den schwarzen Stiefeln aus feinem Leder.

»Ich habe Sie gestern Abend auf dem Maskenball in der Villa Neundorf gesehen. Sie waren als Prinzessin verkleidet und haben mit Ihrem Verlobten getanzt, der als Schornsteinfeger kostümiert war. Nach der Familienähnlichkeit zu Fräulein Ernestine Neundorf zu schließen, sind Sie die ältere Tochter des Bauunternehmers«, sagte er schließlich.

Darauf hätte ich auch selbst kommen können. Schließlich hatte ich reichlich Gelegenheit gehabt, ihre jüngere Schwester aus der Nähe zu betrachten. Beide hatten das gleiche ovale Gesicht und die gleiche Augenfarbe, nur dass die jüngere Schwester viel hochmütiger gewirkt hatte.

»Offenbar hatten Sie Streit mit mindestens einem Elternteil. Sonst hätten Sie ihnen auf dem Ball Gesellschaft geleistet. Wahrscheinlich ist der Grund dafür, dass man nicht glücklich über die Wahl Ihres Verlobten ist. Ihre Eltern hätten es sicher vorgezogen, wenn Sie eine Verbindung zu einer der einflussreichen Familien in der Stadt eingegangen wären.«

Wenig beeindruckt nahm die junge Frau Holmes' Beobachtungen zur Kenntnis, doch seine nächste Bemerkung verblüffte sie.

»Ihr Vorname ist Michaela.«

Das war zur damaligen Zeit ein sehr ungewöhnlicher Name.

»Woher wissen Sie das?«, fragte unsere Besucherin wie vom Donner gerührt und genehmigte sich einen großen Schluck. Als ihr der Cognac in der Kehle brannte, verschluckte sie sich fast. Offenbar war sie keine harten alkoholischen Getränke gewöhnt.

»Ihrem Vater scheint es nicht an Selbstbewusstsein zu mangeln. Er hat Ihrer jüngeren Schwester die weibliche Form seines zweiten Vornamens gegeben, und sein erster Taufname lautet Michael, woraus ich Ihren Namen geschlossen habe«, trumpfte Holmes auf.

Der jungen Frau fehlten einen Moment lang die Worte.

»Sie haben sich nicht allein auf den Weg in die Stadt gemacht, sondern in Begleitung einer ängstlichen, äußerst gesprächigen, älteren Frau mit Neigung zu eingebildeten Krankheiten«, fuhr Holmes fort.

»Unsere Haushälterin ist in die Stadt gefahren, um eine Bekannte zu besuchen, und ich habe mich ihr angeschlossen. Die Arme sieht mittlerweile recht schlecht und ist stark schwerhörig, eine ideale Anstandsdame«, entgegnete unsere Besucherin, ohne sich danach zu erkundigen, woraus Holmes die Existenz ihrer Begleiterin geschlossen hatte. »Jemand hat gestern versucht, meinen Vater zu vergiften«, brach es dann unvermittelt aus ihr heraus.

Also hatte mich mein Eindruck am Vortag doch nicht getäuscht! Beruhigt genehmigte ich mir einen Schluck Cognac, der mir viel besser als der Sherry zuvor am Rheinufer schmeckte.

»Deshalb ist ihm auf dem Maskenball schlecht geworden?«, fragte ich, worauf Holmes mich tadelnd anblickte.

Der Portier riss die Eingangstür für einen distinguierten Herrn mit Zylinder auf, und scharfe Zugluft strömte durch die Hotelhalle. Kein Wunder, dass sich in den letzten Tagen häufig Hotelgäste in dieser dunklen Ecke niedergelassen hatten, um hier auf ihre Gattinnen oder auf Geschäftsfreunde zu warten. Die Sitzgelegenheiten waren so weit wie möglich von der Tür entfernt, auch wenn man selbst hier nicht vor Zugluft sicher war.

Mit einem weiteren Schluck Cognac versuchte ich die Kälte aus meinen Knochen zu vertreiben.

»Am Morgen war Vater noch kerngesund, und mittags hat er sich mit großem Appetit über den Braten hergemacht. Doch auf dem Ball hat er sich ganz plötzlich vor Schmerzen gewunden. Dabei hat er dasselbe gegessen wie wir alle«, berichtete Michaela Neundorf äußerlich gefasst. Aber ein Flackern in ihren blaugrauen Augen verriet ihre Beklommenheit.

»Hat Ihr Vater selbst den Verdacht geäußert, dass da Gift im Spiel war?«, bohrte Holmes mit skeptischer Miene nach.

Zarte Röte stieg der Tochter des Bauunternehmers ins Gesicht, als sie die Sachlage zu erklären suchte: »Er hat versucht, die Sache herunterzuspielen. Doch es war ihm anzusehen, dass er Angst hat.«

»Dann sollte er Anzeige bei der Polizei erstatten.«

»Das wollte er leider nicht«, bedauerte Michaela Neundorf.

Wahrscheinlich scheute er die Polizei, weil er nicht ihre Aufmerksamkeit auf seine Firma lenken wollte.

»Daraufhin bin ich heimlich zur Polizeiwache gegangen. Aber der Kommissar sagte mir nur, dass er mit mir fühle«, berichtete unsere Besucherin in einem sarkastischen Tonfall. »Ich habe ihm erwidert, dass er sich sein Mitgefühl sparen könne, sondern lieber der Sache nachgehen solle. Doch er meinte, da alle Töpfe, Teller und Gläser bereits gespült seien, könne man kein Gift mehr nachweisen.«

»Ihrem Vater gefällt es sicher gar nicht, dass Sie hinter seinem Rücken versucht haben, die Polizei einzuschalten. Außerdem muss ich leider dem Kommissar recht geben. Wenn alle Hinweise vernichtet wurden, kann auch der beste Ermittler nichts mehr ausrichten. Die Spur ist kalt, wenn es denn jemals eine Spur gegeben haben sollte«, bemerkte Holmes und trank einen Schluck. Sein nüchtern vorgebrachter Bescheid ließ die Augen der jungen Frau vor Empörung funkeln.

»Falls Sie befürchten, dass ich mir Ihre Dienste nicht leisten kann: Meine Mutter hat mir etwas Geld hinterlassen, weshalb ich Ihnen selbstverständlich Ihr übliches Honorar zahlen kann«, verkündete sie indigniert und schob die Unterlippe vor.

»Dann ist Fräulein Ernestine also nur Ihre Halbschwester?«, fragte Holmes, was das Mädchen bestätigte. Sie hatte die Hände auf dem Schoß gefaltet und schien trotz ihres einstudierten, sittsamen Verhaltens kurz vor einem Wutanfall zu sein. Offenbar war sie es gewohnt, immer ihren Willen durchzusetzen.

»So leid es mir tut. Ich kann nichts für Sie tun, denn ich bin kein Leibwächter. Außerdem habe ich bereits einen Fall«, beharrte Holmes mit ruhiger Stimme. »Wenn Sie Ihrem Vater helfen möchten, halten Sie bitte Augen und Ohren offen. Falls Sie irgendetwas Verdächtiges bemerken sollten, teilen Sie es mir bitte unverzüglich mit. Jede noch so unbedeutend erscheinende Kleinigkeit kann wichtig sein. Zum Beispiel würde ich gerne wissen, woher Ihr Vater Direktor Klingelschmidt kannte. Aus dem Fastnachtsverein?«

»Nein. Er kannte ihn schon länger …«, die junge Frau stockte. Ich sah das wachsende Entsetzen in ihren Augen, und der letzte Rest von Farbe wich aus ihrem Gesicht. Sie kramte in ihrer kleinen, mit Perlen besetzten Tasche, zog ein spitzenbesetztes Taschentuch heraus und betupfte sich die Nase. »Daran habe ich gar nicht gedacht. Meinen Sie, dass Direktor Klingelschmidts Mörder auch meinem Vater nach dem Leben trachtet?«

»Seine Witwe hat uns gebeten, den gewaltsamen Tod ihres Gatten aufzuklären. Nun fragen wir uns, was Direktor Klingelschmidt getan hat, dass er in tödliche Gefahr geraten ist. Daher ermitteln wir momentan in alle Richtungen«, sagte Holmes reichlich nebulös.

»Waren Sie deshalb auf dem Grundstück, das Vater neulich gekauft hat?«, entfuhr es der Tochter des Bauunternehmers. Als sie begriff, dass sie sich verplaudert hatte, biss sie sich auf die Lippe und schaute dann auf einen Punkt an der Wand, um uns nicht ins Gesicht blicken zu müssen.

»Wer sagt, dass wir auf dem unbebauten Grundstück waren?«, fragte ich befremdet.

Auf dem Gesicht unserer Gesprächspartnerin erschien ein seltsamer Ausdruck, den ich nicht deuten konnte. »Eine Nachbarin. Sie hat Vater berichtet, dass sie dort zwei verdächtige Gestalten gesehen hat, die am heiligen Sonntag ein Loch graben wollten. Sie hat vermutet, dass Sie nach einem Schatz gesucht haben. Vater war so leichtsinnig zu erwähnen, dass er dort ein paar römische Kupfermünzen gefunden hat, und nun ist die halbe Straße in hellem Aufruhr«, entgegnete sie sichtlich verlegen.

»Natürlich erwartete ich nicht, einen Schatz auf dem Grundstück zu heben. Aber ich interessiere mich für Archäologie und hoffte auf römische Relikte zu stoßen. Vielleicht gibt es ja eine unterirdische Kammer, die nach Abriss der früheren Bebauung zugänglich ist. Dass das Terrain Ihrem Vater gehört, wusste ich nicht«, behauptete Holmes scheinheilig und blickte unsere Besucherin an. »Hat Ihr Vater Sie zu mir geschickt, um mich nach unserem Interesse an dem Grundstück zu fragen?«

Fräulein Michaela Neundorf zuckte leicht zusammen, öffnete den Mund, schloss ihn wieder und öffnete ihn erneut. »Nein, das hat er ganz bestimmt nicht«, beteuerte sie.

Holmes schaute sie zweifelnd an und erkundigte sich dann nochmals danach, wo und bei welcher Gelegenheit ihr Vater den Sektfabrikanten kennengelernt habe.

»Das weiß ich leider nicht genau. Ich glaube, es war im Ausland.«

»Und danach hat Ihr Vater seine Baufirma gegründet?«, fragte Holmes.

»Er hat sie gegründet, nachdem er meine Mutter geheiratet hat. Sie hatte eine recht große Mitgift«, betonte unsere Besucherin, der diese Feststellung sehr wichtig zu sein schien.

»Ihr Vater kannte also Direktor Klingelschmidt länger als Doktor Kaufmann und Herrn Reichert?«

»Das weiß ich nicht. Er kennt jedenfalls alle drei seit sehr vielen Jahren«, antwortete die Tochter des Bauunternehmers kopfschüttelnd. »Nun sucht die Polizei die Mitglieder des Stammtisches nacheinander auf und behandelt sie wie Tatverdächtige.«

Holmes angespannte Züge zeigten, dass diese Information ein Mosaikstein war, den er in das Gesamtbild einfügte. Ich hingegen tappte noch völlig im Dunkeln.

»Vielleicht ist diese empörende Behandlung Ihrem Vater auf den Magen geschlagen«, vermutete ich, doch unsere Gesprächspartnerin ignorierte mich.

»Mister Sigerson. Ich würde Sie gern damit beauftragen, seine Unschuld zu beweisen«, verkündete sie in einem theatralischen Tonfall.

»Wie ich schon sagte: Wir haben bereits eine Klientin, und wir haben ihr versprochen, die Wahrheit herausfinden, so wenig sie manchen auch gefallen mag«, erwiderte Holmes entschieden und legte seine Fingerspitzen aneinander. »Direktor Klingelschmidts Tochter soll ja Nonne sein?«, fragte er dann unvermittelt.

Michaela Neundorf zuckte mit den Schultern, eine Geste, die zugleich Nachsicht und Resignation auszudrücken schien, und betrachtete dann eine Sekunde lang ihre leicht zitternden Hände. Ich bemerkte, dass sie mit zwei wertvollen Ringen geschmückt waren. »Sie war schon als Kind etwas seltsam. Wenn ich nur an ihre geistesabwesenden Blicke zurückdenke. Trotzdem hatte ich den Eindruck, dass ihr Vater sie zu der Entscheidung gedrängt hat, ins Kloster vom Guten Hirten einzutreten. Seit er unter den Einfluss von Prälat Schuster geraten ist, war er ein schrecklicher ... äh ... ein eifriger Kirchgänger.«

Holmes nickte bedächtig. »Das Kloster befindet sich in Mainz?«, erkundigte er sich.

»Ja, am Stephansberg. Es wurde von Ida Hahn-Hahn[16] gegründet«, entgegnete unsere Besucherin, führte das Glas an den Mund und blickte dann Holmes flehentlich an. »Wenn jemand meinen Vater vergiften wollte, versucht er es bestimmt noch einmal.«

»Solange er sich nicht bedroht fühlt, sind uns die Hände gebunden«, bedauerte der Meisterdetektiv. »Wir arbeiten aber weiterhin an der Aufklärung des Mordes an Direktor Klingelschmidt. Wenn wir den Täter gefasst haben, ist auch Ihr Vater in Sicherheit«, beteuerte er dann mit einem angedeuteten Lächeln. Wenn er wollte, konnte er erstaunlich einfühlsam sein.

»Ich muss jetzt leider wieder gehen«, sagte unsere Besucherin und erhob sich.

Es war Holmes gelungen, sie zu beruhigen. Sie verließ uns zuversichtlicher, als sie gekommen war, auch wenn

---

[16] Ida Hahn-Hahn, eigentlich Ida Marie Louise Sophie Friederike Gustave Gräfin von Hahn (Tressow 1805 - Mainz 1880), Klostergründerin und eine der meistgelesenen Schriftstellerinnen ihrer Zeit.

sie ihre winzige Handtasche umklammerte, als ob es im Hotel vor Räubern wimmelte. Unsere Blicke folgten der jungen Frau, bis sie den Ausgang erreichte, der Page ihr die Tür öffnete und abermals ein kalter Luftzug durch den Eingangsbereich wehte. Ich beobachtete, wie der Rezeptionist mit seinem Taschenmesser einen Bleistift schärfte, und fragte mich, ob er ein Polizeispitzel sei, der unser Kommen und Gehen überwachte.

»Hoffentlich geht diese grässliche, alte Nachbarin nicht zur Polizei. Es käme Kommissar Werner gerade zupass, uns wegen Einbruchs zu belangen«, entrüstete ich mich dann und trank den letzten Schluck Cognac.

»Zum Glück hat die Nachbarin zuerst Herrn Neundorf informiert, und der wird es ihr ausgeredet haben. Er möchte bestimmt nicht, dass die Polizei bei ihm herumschnüffelt, weil er garantiert etwas zu verbergen hat.«

»Halten Sie es für möglich, dass es wirklich ein Mordversuch war?«, fragte ich irritiert, denn Holmes' Verhalten hatte das Gegenteil suggeriert.

»Mit der Zeit hält man alles für möglich«, brummte er und kramte in der Jackentasche nach seiner Pfeife und dem Tabakbeutel. »Ich kann einfach den Verdacht nicht loswerden, dass Herr Neundorf den Vergiftungsversuch nur vorgetäuscht hat, damit er einen Vorwand hat, seine Tochter zu uns zu schicken, um uns auszuhorchen. Dabei ist er so geschickt vorgegangen, dass sie im guten Glauben gehandelt hat«, fügte er hinzu, als er seine Rauchutensilien zutage gefördert hatte.

»Aus diesem Grund haben Sie den Auftrag ausgeschlagen?«, erkundigte ich mich enttäuscht, denn ich hätte ein kleines Zubrot gut gebrauchen können.

»Ich möchte nicht hinter Herrn Neundorfs Rücken ermitteln, zumal die weiblichen Mitglieder seiner Familie zur Hysterie neigen«, verkündete Holmes reichlich ungalant und lenkte damit meine Gedanken zu unserer auffällig gefassten Klientin.

»Und ich habe noch immer den Verdacht, dass Frau Klingelschmidt Ihren Mann umgebracht hat. Vielleicht hatte sie Angst, dass er sein Vermögen der Kirche vermacht«, überlegte ich, während ich Holmes zusah, wie er seine Pfeife stopfte.

»Das behalten Sie besser für sich, wenn wir die Kellerei der Klingelschmidts besuchen«, ermahnte er mich.

Wieder einmal wurde die Eingangstür des Hotels aufgerissen, und Kaltluft strömte herein, weshalb ich mich schnellstens in mein Zimmer zurückzog.

Offenbar hielt es auch Holmes nicht mehr lange in der Lobby, denn wenige Minuten später drang durch den Flur der Klagegesang von Geigenmusik, wenn es denn Musik war, und ich wunderte mich, dass die Hotelleitung nicht dagegen einschritt. Doch das Violinenspiel verstummte bald, Holmes' Zimmertür wurde geräuschvoll geöffnet und gleich darauf wieder zugeschlagen.

14. Die Sektkellerei

Als ich am nächsten Morgen aufstand, überzogen filigrane Eiskristalle die Fensterscheiben meines Hotelzimmers. Offenbar war die Temperatur über Nacht wieder unter den Gefrierpunkt gefallen. An diesem kalten Februartag schien der Frühling so weit weg wie nie zuvor. Nachdem wir gefrühstückt hatten, war das Straßenpflaster noch immer mit Raureif bedeckt, der unter den Füßen knirschte, und als wir das repräsentative Firmengebäude neben dem Wohnhaus unserer Klientin erreichten, schlugen die Domglocken neun Uhr. Die Witwe hätte uns die Hausnummer der Kellerei nicht nennen müssen, denn an der Fassade des Gebäudes stand in fetten Buchstaben *Klingelschmidt'sche Sektkellerei.* Der Haupteingang bestand aus zwei massiven Eichenflügeln, die obendrein mit eisernen Beschlägen verstärkt waren. Holmes legte seine Hand auf die elegant geschwungene Türklinke und drückte sie herunter. Wider Erwarten war nicht abgeschlossen, und wir betraten einen breiten, aber in seiner Düsternis wenig einladenden, gefliesten Flur.

»Das ist wohl der Verkaufsraum. Dort wird man uns sicher weiterhelfen können«, sagte Holmes und deutete nach rechts auf die nur angelehnte Tür. Auf einem kleinen, weißen Schild neben dem Türrahmen stand der Name *Peter Weiland*.

Als wir den hellen Büroraum betraten, schlug uns wohlige Wärme entgegen. Sie strahlte von einem gemauerten Kamin aus, in dem ein frisch entfachtes Feuer loderte. Kisten voller leerer Sektflaschen stapelten sich an der gegenüberliegenden Wand, während vor einer dritten Mauer Aktenschränke standen. Hier saß ein lethargisch wirkender Mann in einem korrekten, schwarzen Anzug und Hemd mit Stehkragen hinter einem riesigen, schwer beladenen Schreibtisch aus Nussbaumholz. Herr Weiland war leicht untersetzt, und seine gerötete Gesichtshaut ließ vermuten, dass er gewissenhaft jeden Sekt probierte, bevor er ihn weiterempfahl. Sein kurz geschorenes Haar war bereits von grauen Strähnen durchzogen, während sein buschiger Schnurrbart noch braun war.

»Guten Morgen, meine Herren!«, begrüßte er uns enthusiastisch.

Nachdem wir seinen Gruß erwidert hatten, blieb mein Blick auf einigen riesigen Flaschen haften, die in einer Vitrine ausgestellt waren.

»Sie verkaufen Ihren Sekt auch in …« Mir fehlten die Worte, und ich deutete auf die überdimensionierten Flaschen.

»Selbstverständlich! Außer der Standardgröße gibt es auch die Demi genannte halbe Flasche, die doppelte Magnum-Flasche, die Dreiliterflasche Jeroboam, die Viereinhalbliterflasche Rehoboam, die Sechsliterflasche Methusalem, die Neunliterflasche Salmanassar, die

Zwölfliterflasche Balthasar, die Fünfzehnliterflasche Nebukadnezar ...«

In diesem Augenblick riss Holmes sein ohnehin sehr dünner Geduldsfaden. »Das ist zwar alles hochinteressant, aber wir sind hier leider in der falschen Abteilung. Eigentlich sind wir mit Ihrem Kellermeister verabredet. Er wollte uns in den Gewölben herumführen«, behauptete er.

»Sie sind mit Herrn Becker verabredet?«, vergewisserte sich Peter Weiland irritiert.

»Ein Mann um die vierzig, der freitags immer bei Frau Direktor Klingelschmidt vorspricht«, charakterisierte ihn Holmes.

»Ja, das ist Herr Becker. Der wird wohl wie immer unten im Weinkeller sein! Er hat mir gar nicht gesagt, dass er Besuch erwartet«, sagte Herr Weiland mit einer vagen Geste in den Flur. Seine gepflegten Hände ließen erkennen, dass er nicht körperlich arbeitete.

»Ich dachte, er führt die Geschäfte, seit Direktor Klingelschmidt tot ist«, entgegnet Holmes erstaunt. Sein Blick ruhte nachdenklich auf den hohen Papierstapeln auf dem Schreibtisch.

»Er überwacht die Sektproduktion«, präzisierte der Angestellte. »Für die Geschäfte ist offiziell der junge Herr Klingelschmidt zuständig.«

»Und inoffiziell?«

»Kümmert sich Frau Direktor darum. Das hat sie schon getan, als der Betrieb noch ihrem Bruder gehörte. Den Herrn Direktor interessierten eh nur die Reklame und die geschäftlichen Kontakte«, berichtete Peter Weiland erstaunlich leutselig.

Noch bevor ein kaum hörbarer, aber verzweifelter Aufschrei aus der Tiefe drang, hatte ich das unbestimmte Gefühl, dass etwas Schreckliches geschehen sei, was auch umgehend bestätigt wurde. Der Klagelaut klang so herzzerreißend, dass mir das Blut in den Adern gefror.

»Was war das?«, fragte Holmes alarmiert.

»Keine Ahnung«, brummte der Angestellte unbeteiligt.

»Wir sollten besser nachschauen, was da unten passiert ist«, schlug Holmes mit angespannter Miene vor.

Herr Weiland schluckte eine missbilligende Bemerkung hinunter, die ihm offenbar bereits auf der Zunge lang, akzeptierte aber dann Holmes' selbstsicheres Auftreten und erhob sich ohne übermäßige Hast von seinem Bürostuhl. Wortlos folgten wir ihm aus dem Zimmer und durch den Korridor bis zu einer frisch lackierten, grünen, zweiflügligen Tür in der rechten Ecke, hinter der eine steinerne Treppe nach unten führte.

»Sollten Sie nicht besser vorher die Haustür abschließen?«, fragte Holmes befremdet, nachdem Herr Weiland die Kellertür geöffnet hatte.

»Wie sollten dann die Kunden hereinkommen? Außerdem bin ich ja nur ganz kurz weg«, entgegnete dieser leicht ungehalten, griff nach einer Blendlampe, die an einem Haken an der Wand hing, und zündete sie an. Mit dem flackernden Licht in der Hand stieg er die steilen Steinstufen hinab, und wir folgten ihm, so schnell es die dürftige Beleuchtung zuließ. Wir gelangten zunächst in ein quadratisches Kellergewölbe mit niedriger Decke, in dem der Geruch von Sekt, Wachs und Staub in der Luft hing. Hier fanden wohl die Verkostungen statt, denn die Wände waren mit Fassböden und Küferwerkzeug dekoriert, und in der Raummitte standen drei als Tische umfunktionierte Fässer, auf denen talgige Kerzen funzelten.

»Wie Sie sehen, gibt es hier unten absolut nichts Beunruhigendes«, sagte der Angestellte, doch Holmes ging unbeirrt weiter.

Es folgte ein langer, tonnengewölbter Saal, in dem auf hohen Holzgestellen riesige Mengen von Sektflaschen lagerten. Die Decke war mit einer schwarzen Schicht bedeckt, und es roch nach Moder, Schimmel und Weißwein. Während wir Reihen von mannshohen Gestellen zum Rütteln der Sektflaschen passierten, ließ unsere Laterne unheimliche Schatten an den Wänden tanzen. Noch immer waren wir keiner Menschenseele begegnet. Dabei konnte der Kellermeister doch unmöglich die gesamte Arbeit allein bewältigen.

»Wie viele Beschäftigte hat eigentlich diese Sektkellerei?«, fragte ich, nachdem ich mir die deutschen Worte mühsam zusammengesucht hatte.

»Das hängt von der Jahreszeit ab. Im Winter ruht die Arbeit in den Weinbergen, aber hier gibt es trotzdem noch einiges zu tun«, sagte Peter Weiland so ausweichend, als befürchtete er, das Finanzamt könne zuhören.

Während dieses Wortwechsels hatten wir einen Torbogen am Ende des lang gestreckten Saals erreicht. Von hier aus konnte man über eine breite Treppe in einen noch tieferen Gewölbekeller gelangen. Doch ehe der Angestellte auch nur die erste Stufe betreten hatte, polterten uns bereits laute Schritte entgegen. Neugierig hielt ich inne und sah, wie sich ein breitschultriger, gut aussehender Mann von Anfang zwanzig näherte. Über seiner einfachen Arbeitskleidung trug er eine speckige Lederschürze. Helle Strähnen ragten unter einer groben Mütze hervor, und selbst im gelblichen Licht der Lampe wirkte sein Gesicht kreidebleich. Als auch er uns erblickte, blieb er wie angewurzelt stehen und deutete in die Tiefe.

»Der Meister ...«, stammelte er, am ganzen Leib zitternd. Der Arbeiter schien einen Schock erlitten zu haben und war nicht imstande, zusammenhängend zu sprechen. »In einem Bottich ... tot«, stotterte er schließlich.

Herr Weiland schlug sich mit der Hand auf den Mund, als wollte er einen Schreckensschrei unterdrücken, doch aus seiner Kehle kam kein Laut. Es war die erste Gefühlsregung auf seinem bisher so reglosen Gesicht.

»Wollen Sie nicht besser einen Arzt holen?«, fragte er schließlich, worauf der junge Arbeiter nur heftig den Kopf schüttelte.

»Haben Sie irgendjemanden dort unten gesehen?«, fragte Holmes und packte den jungen Burschen am Ärmel.

»Keine ... Menschenseele«, stammelte dieser und wankte etwas Unverständliches vor sich hin murmelnd schwerfällig davon.

Beklommen stiegen wir die Treppe hinab, und je tiefer wir gelangten, desto wärmer wurde die Luft. Mit der Blendlaterne in der leicht zitternden Hand ging der Angestellte uns voraus bis zu einem muffig riechenden, lang gestreckten Raum mit Kreuzgewölbe. Er war durch

Lampen an den Seitenwänden hell erleuchtet und erinnerte an ein Kirchenschiff, nur dass die tragenden Säulen aus Gusseisen waren. Hier lagerte Wein in großen Fässern, die zu beiden Seiten des Mittelgangs standen.

Holmes beschleunigte seinen Gang derart, dass der Angestellte kaum mithalten konnte, wie das Schnaufen hinter uns zeigte. Wir durchmaßen den Kellerraum und gelangten zur rückwärtigen Wand, wo eine Laterne, die der Arbeiter bei seinem panischen Aufbruch nicht mitgenommen hatte, auf dem mit Weinflecken besudelten Boden stand. Sie beleuchtete einen riesigen Bottich, dem die Abdeckung fehlte und der inmitten einer Weinlache stand. Als ich bemerkte, dass an den Bottich eine Trittleiter angelehnt war, blieb ich einige Sekunden lang stehen. So sehr graute mir vor dem schrecklichen Anblick, der uns erwartete.

»Zwei Morde, und noch immer tappen wir im Dunkeln«, sagte ich, bevor ich schaudernd weiterschritt.

»Im Gegenteil. Wenn wir nicht dem Täter auf der Spur wären, hätte er es nicht für nötig befunden, einen weiteren Mord zu begehen«, widersprach Holmes, der ebenfalls stehen geblieben war. »Ich bin davon überzeugt, dass der Tod des Kellermeisters etwas mit dem Mord an Direktor Klingelschmidt zu tun hat. Wir müssen nur noch herausfinden, was genau es ist.«

Wir hatten inzwischen den mindestens sechs Fuß hohen Bottich erreicht.

»Wahrscheinlich hat sich der Junge getäuscht«, beharrte der Angestellte. Ohne sich um die Weinlachen auf dem Boden zu kümmern, stieg er mit der Laterne in der Hand die Leiter hinauf und schaute in den Bottich hinein. Der Lichtschein beleuchtete sein Gesicht, das sich fast völlig entfärbte und zu einer Schreckensmaske erstarrte. »Ja, das ist Herr Becker. Ich erkenne ihn an der Kleidung«, entfuhr es ihm entsetzt. Er hatte offenbar bis zu diesem Moment nicht geglaubt, dass sich wirklich eine Leiche im Weinbottich befand. Mit weichen Knien stieg er wieder hinab. Unten angelangt, stützte er sich mit der rechten Hand an der Wand ab. Er zitterte am ganzen Leib, und seine grünliche Haut wirkte, als würde er sich gleich übergeben. »Ich muss an die Luft«, stammelte er, machte aber keine Anstalten, den Tatort zu verlassen.

»Wenn die Tür nicht die ganze Zeit offen stehen würde, wäre das nicht passiert. Der Täter wäre weder unerkannt hereingekommen noch hätte er unbemerkt wieder verschwinden können!«, sagte ich empört.

Der Angestellte schluckte heftig und kämpfte wohl noch immer gegen einen Brechreiz an. Anscheinend hatte er weder meine Bemerkung verstanden, noch unsere auf Englisch geführte Unterhaltung mitverfolgt, denn er stammelte: »Das war doch sicher ein Arbeitsunfall?«

Aber ich glaubte nicht an einen Unfall und schon gar nicht an eine natürliche Todesursache. Holmes schien es genauso zu gehen, denn er erwiderte nichts, sondern stieg die Sprossen hinauf und betrachtete einige Minuten lang mit wissenschaftlichem Interesse den Toten. Als er die Leiter wieder hinabgestiegen war, gab ich mir einen Ruck und spähte ebenfalls in den Bottich. Ich sah einen Leichnam, der mit dem Gesicht nach unten im Weißwein trieb. Lange ertrug ich den Anblick nicht, dann schaute ich entsetzt weg.

Beim Abwenden des Blicks bemerkte ich, dass sich in der Ecke ein Ausgang befand. Neugierig eilte ich die Leiter hinab, ging zu einer grob gezimmerten Tür und drückte eine alte, rostige Klinke herunter. Als ich die Tür aufgezogen hatte, sah ich dahinter eine steile, hölzerne Treppe, die nach oben führte. Ich vermeinte im Treppenschacht Schritte zu hören und nahm einen schwachen Kräutergeruch wahr. Ob ich die Spur des Mörders gewittert hatte? Voller Tatendrang drehte ich mich zu Holmes um, der sich inzwischen hinter mir aufgebaut hatte.

»Schauen Sie doch bitte nach, wohin die Treppe führt«, sagte er so leise, dass Herr Weiland es nicht hören konnte.

Ich holte die Blendlampe, die noch immer neben dem großen Bottich stand, und schlüpfte durch die Hintertür. Zwei Stufen auf einmal nehmend, rannte ich hinauf bis zu einem Absatz, wo sich ein Durchgang in den oberen Kellerbereich öffnete. Von hier aus führte jedoch auch eine schmale Treppe noch weiter nach oben. Ich entschied mich für den Aufgang, war aber mittlerweile völlig außer Atem, weshalb ich nur noch eine Stufe auf einmal nahm. Trotzdem verlangsamten sich meine Schritte. Der Aufstieg schien gar kein Ende mehr zu nehmen.

Schließlich trennten mich nur noch zwölf Stufen von einer einfachen Holztür. Je höher ich stieg, desto heller wurde es, denn durch den breiten Türspalt strömte Tageslicht hindurch. Endlich war ich oben angelangt und stand vor einer geschlossenen Tür. Was mochte sich wohl dahinter befinden? Vielleicht lauerte dort der

Mörder des Kellermeisters auf seine Verfolger. Angestrengt lauschte ich mit dem Ohr an der Tür nach Stimmen, doch kein Laut war zu vernehmen. Ich drückte die verrostete Klinke herunter und versuchte die Tür so leise wie möglich zu öffnen, was mir aber nicht gelang. Enttäuscht rüttelte ich an der Klinke, obwohl es völlig sinnlos war. Die Tür war offenbar von innen verriegelt. Vehement pochte ich mit den Knöcheln gegen das Holz, doch dahinter regte sich nichts. Ich klopfte erneut, diesmal noch kräftiger. Aber wieder wurde mir nicht geöffnet. Enttäuschung stieg in mir auf. Ich sagte mir, dass sich wahrscheinlich auf der anderen Seite des Türflügels eine Vorratskammer befand oder ein Arbeitsraum, der im Winter nicht genutzt wurde. Erst jetzt bemerkte ich beschämt, dass meine Schuhe Weinflecken auf den Stufen hinterlassen hatten. Ernüchtert und noch immer schwer atmend stieg ich wieder in die Tiefe hinab.

Inzwischen hatten Holmes und Herr Weiland den toten Kellermeister aus dem Bottich gehievt und auf den Boden gelegt. Ich hatte mit mehr Mordfällen zu tun gehabt, als mir lieb war. Trotzdem zog sich mein Magen jedes Mal wieder zusammen. Ich würde wohl niemals so emotionslos auf den Anblick eines Toten reagieren wie Holmes.

Ich musste würgen, um den aufkommenden Brechreiz zu unterdrücken. Nur mit äußerster Willensanstrengung überwand ich meine Abscheu und brachte es über mich, den Toten zu betrachten. Sein aufgedunsenes Gesicht hatte eine fahle Farbe, sein Mund war leicht geöffnet, das Haar klebte am Schädel, und am Hinterkopf klaffte eine Wunde. Unschlüssig, was als Nächstes zu tun sei, beobachtete ich, wie die vor Wein triefende Kleidung schnell eine Pfütze auf dem Boden entstehen ließ, die sich mit der Lache um den Bottich vereinigte.

»Die Treppe endet vor einer abgeschlossenen Tür«, sagte ich leise zu Holmes, der gerade dabei war, den toten Kellermeister eingehend zu examinieren.

»Ich habe mir schon gedacht, dass es eine Verbindung zum Wohnhaus der Klingelschmidts gibt. Das gefällt mir gar nicht, denn so wissen wir nicht einmal, welchen Weg der Mörder genommen hat«, entgegnete er, ohne von seiner Arbeit aufzuschauen.

»Wie lange mag er schon tot sein?«, überlegte ich und schaute auf den großen Bottich, um den toten Augen des Kellermeisters auszuweichen.

»Die Leichenstarre hat noch nicht eingesetzt. Herr Becker kann also nicht bereits gestern gestorben sein«, bemerkte Holmes. »Und die Wunde am Hinterkopf bestätigt meine Vermutung, dass er eines gewaltsamen Todes gestorben ist.«

»Kann er sich die Verletzung nicht auch beim Sturz in den Bottich zugezogen haben«, fragte ich.

»Das ist unwahrscheinlich, aber nicht völlig auszuschließen«, gab Holmes zu und deutete dann auf eine blaue Verfärbung an der rechten Schulter des Verstorbenen. »Schauen Sie sich diesen Bluterguss an. Man hat den Kellermeister von hinten gepackt und hinuntergedrückt. Sonst wäre ein guter Schwimmer wie Herr Becker wohl kaum in einem Bottich ertrunken.«

»Woher wissen Sie, dass Herr Becker ein guter Schwimmer war?«, unterbrach ich erstaunt.

»Das sieht man an der Art, wie seine Brust- und Schultermuskulatur ausgebildet ist«, belehrte mich Holmes leicht gereizt. »Es finden sich keine Anzeichen eines Kampfes und keine Abwehrverletzungen. Der Kellermeister kannte wohl seinen Mörder, und der Angriff kam für ihn völlig überraschend. Der Täter hat dann seine Schuhe sorgfältig abgewischt, sodass er keine Spuren hinterlassen hat.«

»Aber der Boden ist doch mit Fußabdrücken übersät«, wunderte ich mich.

»Als wir hier eintrafen, waren nur die Spuren des jungen Arbeiters zu sehen«, verkündete Holmes vorwurfsvoll und stand auf. »Wann begann Herr Becker morgens gewöhnlich mit seiner Arbeit?«, fragte er Herrn Weiland auf Deutsch.

»Spätestens um sieben Uhr. Er war ein eingefleischter Frühaufsteher und hatte daher einen eigenen Schlüssel. Das Verkaufsbüro öffnet erst um neun. Wahrscheinlich war Herr Becker da schon tot«, antwortete der Angestellte. »Wer konnte nur so etwas tun?«, stammelte er dann und sah betreten zu Boden.

»Das versuche auch ich herauszufinden. Hatten Sie heute Morgen bereits Kundenbesuch?«

»Ja, ein gewisser Doktor Kaufmann hat sich eine halbe Stunde ausführlich beraten lassen, am Ende dann aber doch keinen Sekt gekauft.«

Ich war gerade dabei, den Boden nach Spuren abzusuchen, hielt aber wie elektrisiert in der Bewegung inne, denn ich hatte nicht erwartet, den Kunden zu kennen. Ob Doktor Kaufmann den Kellermeister umgebracht hatte? Dann war er auch Direktor Klingelschmidts Mörder!

»Haben Sie zufällig auch einen Mann gesehen, der eine Mönchskutte trug?«, fragte ich, worauf mich Herr Weiland anschaute, als ob er an meinem Verstand zweifelte. Vielleicht hatte ich aber auch ein falsches Wort verwendet. Ich verfluchte zum wiederholten Mal meine schlechten Deutschkenntnisse, die mich davon abhielten, eine aktivere Rolle bei der Untersuchung zu spielen.

Holmes war bereits mit etwas anderem beschäftigt. Von einem Holzsplitter am Bottich löste er einen blauen Tuchfetzen und begutachtete ihn durch seine Lupe, die er immer mit sich führte.

»Kennen Sie die Manufaktur, die das hergestellt hat?«, fragte ich aufgeregt, denn er zog aus dergleichen Details manchmal die unglaublichsten Schlüsse.

»Nein, es ist ein Allerweltsgewebe, aus dem in Massenproduktion Arbeitskleidung gefertigt wird«, brummte Holmes schlecht gelaunt, bevor er zu dozieren begann. »Es stammt offensichtlich von der Jacke des Arbeiters, der uns vorhin über den Weg gelaufen ist. Sie haben ja sicher bemerkt, dass sie am Ellbogen schadhaft war. Dieses Missgeschick ist dem jungen Mann wohl passiert, als er seinen toten Vorgesetzten gefunden hat.«

Ich gab mir einen Ruck und kniete neben dem Toten nieder, um mir ebenfalls ein Bild zu machen.

In diesem Augenblick hörte ich hinter mir schwere Schritte. War der Täter zurückgekehrt, um sicherzugehen, dass es keine Zeugen gab? Ich drehte mich erschrocken um und erblickte den übereifrigen Schutzmann, dem wir schon einmal begegnet waren. In Siegerpose aufgebaut, schaute er im wahrsten Sinne des Wortes auf mich herab. In seinem vor Aufregung geröteten Gesicht las ich Genugtuung und eine geradezu erschreckende Begriffsstutzigkeit.

Hinter ihm standen der gut aussehende, junge Arbeiter, der den Toten gefunden hatte, Frau Klingelschmidt und ihr sommersprossiges Hausmädchen. Als die Witwe die Leiche ihres Kellermeisters sah, wandte sie sich mit schreckensstarrer Miene ab.

»Sie kommen gerade im richtigen Moment!«, versuchte ich gute Miene zum bösen Spiel zu machen und richtete mich auf.

»Weg von dem Mann! Wie konnten Sie sich erdreisten, den Toten zu bewegen?«, wurde ich in barschem Ton angefahren, und ich spürte, wie mir unter dem bohrenden Blick des Ordnungshüters langsam das Blut in den Kopf stieg.

»Wir mussten uns schließlich vergewissern, ob Herr Becker wirklich tot ist. Sonst hätten wir einen Arzt gerufen«, behauptete Holmes ungerührt.

»Man sieht doch auf den ersten Blick, dass er tot ist«, verkündete der Schutzmann. Als ob er Angst vor einer Berührung hätte, ging er in großem Abstand um die Leiche herum, wirkte aber weder abgestoßen noch bestürzt.

»Wie gut, dass mein Theodor das nicht mehr miterleben musste«, jammerte Frau Klingelschmidt, ihre weißen Hände ringend.

»Darf ich Sie fragen, was *Sie* schon wieder in der Gegend zu schaffen hatten?«, fuhr der Schutzmann uns an.

»Wir sind hier, weil Frau Klingelschmidt uns gebeten hat, den Mörder ihres Mannes zu ermitteln«, entgegnete Holmes in dem übertrieben geduldigen Tonfall, in dem man einem dummen Menschen einen sehr einfachen Sachverhalt erklärt.

Der Schutzmann schaute fragend die Witwe an, die sich darauf beschränkte, stumm zu nicken.

»Glauben Sie etwa, dass Herr Becker seinen Arbeitgeber umgebracht und sich danach aus Reue in einem Weinbottich ertränkt hat?«, fragte der Schutzmann und schüttelte dann den Kopf. »Selbstmord nach einem Rachemord, dergleichen soll es ja geben.«

Wenn die Lage nicht so ernst gewesen wäre, hätte ich über den absurden Vorschlag gelacht.

»Natürlich nicht. Ich wollte mit Herrn Becker sprechen, weil er sich in der Sektproduktion auskennt. Man kann ja nicht ausschließen, dass Direktor Klingelschmidts Mörder ein Konkurrent war.« Holmes' Ausdrucksweise zeigte jedoch, für wie unwahrscheinlich er das hielt.

Da aber nun auch der Kellermeister ermordet worden war, fragte ich mich, ob nicht doch jemand die Klingelschmidt'sche Sektkellerei ruinieren wollte.

»Möglicherweise hat er bei der Arbeit einen Schwächeanfall bekommen und ist in den Bottich gestürzt. Oder er hat einen Herzinfarkt erlitten«, sagte Frau Klingelschmidt, wie aus einem Trancezustand erwacht. »Am besten, wir rufen sofort Doktor Kaufmann, damit er die genaue Todesursache klärt und hier wieder gearbeitet werden kann.«

Beim Klang des Namens des Arztes zuckte Herr Weiland leicht zusammen, was seine Arbeitgeberin aber nicht zu bemerken schien. Für eine Frau, in deren engstem Umfeld der zweite Mann eines gewaltsamen Todes gestorben war, ging sie erstaunlich schnell zur Tagesordnung über. Ich nahm zu ihren Gunsten an, dass sie um den guten Ruf der Sektkellerei besorgt sei. Es würde ihr sicher gar nicht behagen, dass ihr Hausarzt zum engsten Kreis der Tatverdächtigen zählte.

»Für derartige Fragen ist der Polizeiarzt zuständig. Er sorgt auch dafür, dass der Tote vom Leichenwagen abgeholt wird«, erklärte der Schutzmann pompös.

»Nicht wahr, Ihr Hausmädchen hat vorhin die Leiche gefunden?«, fragte Holmes Frau Klingelschmidt.

Die Witwe war so überrascht, dass sie nur stumm nickte, bevor sie den beiden jungen Leuten einen vernichtenden Blick zuwarf. Der junge Arbeiter hatte sich wieder etwas gefangen, aber seine Freundin war bleich und zitterte.

»Sie kam völlig aufgelöst die Treppe heraufgerannt, weil sie eine Leiche in einem Bottich gesehen hatte. Als ich fragte, was sie dort zu schaffen habe, hat sie zugegeben, dass sie sich heimlich mit diesem jungen Burschen im Weinkeller getroffen hat. Um neun Uhr machte Herr Becker nämlich immer eine Pause, um sein zweites Frühstück zu sich zu nehmen«, berichtete Frau Klingelschmidt sichtlich echauffiert.

»Der Mörder unseres gnädigen Herrn ist zurückgekommen. Er wird uns noch alle umbringen«, schluchzte das Mädchen los.

»Reiß dich doch bitte zusammen«, wurde sie daraufhin von ihrer Arbeitgeberin angefahren, die sich dann Holmes zuwandte. »Woher wussten *Sie*, dass das Mädchen hier unten war?«

»Den Schrei, den wir im Verkaufsbüro gehört haben, hatte eindeutig ein weibliches Wesen ausgestoßen. Außerdem habe ich im hinteren Treppenschacht den Geruch der Seife wahrgenommen, die ich bereits in Ihrer Wohnung bemerkt hatte«, erläuterte Holmes. Wie immer, wenn er seine Beobachtungen und Schlussfolgerungen erklärte, schienen sie das reinste Kinderspiel zu sein.

»Offenbar gibt es von hier unten nicht nur eine Verbindung zur Villa«, sagte er dann und deutete auf eine kleine Tür, die mit einem verrosteten Riegel verschlossen war. Mir war der unscheinbare Durchgang bisher nicht aufgefallen.

»Als mein Vater die Kellereigebäude hat errichten lassen, stieß man bei den Ausschachtungsarbeiten auf ein wahres Labyrinth von unterirdischen Gängen. Vermutlich stammen sie noch aus der Römerzeit. Genau weiß man es aber nicht. Mein Vater brauchte mehrere Tage, um alle Gänge abzugehen. Sie waren stellenweise so breit, dass man ein Weinfass hindurchrollen konnte«, erklärte Frau Klingelschmidt und betrachtete ebenfalls die grobe Holztür. »Dieser da führt zum Teepavillon in unserem Garten. Soweit ich weiß, hat man die anderen Ausgänge verschließen lassen.«

»Herr Sigerson, da Herr Becker tot ist, gibt es hier ja wohl nichts mehr für Sie zu tun. Wenn Sie also bitte den Unglücksort uns Fachleuten überlassen würden«, unterbrach der Schutzmann das Gespräch, nahm seine Uniformmütze ab und strich sich über das spärliche Haar.

»Sie sind mir gegenüber im Vorteil, da Sie meinen Namen kennen«, entgegnete Holmes, woraufhin sich unser Gesprächspartner als Hans Braun vorstellte.

»Auf Wiedersehen, Schutzmann Braun!«, sagte Holmes mit einer ironischen Verbeugung in Richtung des Polizisten und gab mir das Zeichen zum Aufbruch.

Als wir den Gewölbekeller durchquerten, erwartete ich jeden Augenblick, Kommissar Werner in die Arme zu laufen, denn man hatte bestimmt längst die Kriminalpolizei informiert. Aber es gelang uns, ungehindert den Eingangsbereich zu erreichen. Mit dem unguten Gefühl, etwas Verbotenes zu tun, entriegelte ich die Haustür, und wir traten ins Freie.

Ein eisiger Wind schlug mir entgegen, doch trotz des garstigen Wetters war die Straße nicht mehr menschenleer. Vor dem Haus hatten sich Nachbarn und Passanten versammelt. Aufgeregt durcheinanderredend, standen sie in Gruppen auf dem Bürgersteig. Offenbar hatte sich die Neuigkeit vom Tod des Kellermeisters inzwischen in der Straße herumgesprochen. Als man uns bemerkte, ging ein Raunen durch die Menge, und mir wurde ganz mulmig zumute. Einige der Versammelten betrachteten uns mit unverhohlener Neugier, andere starrten uns an, als ob sie uns für das Verbrechen verantwortlich machten. Doch zum Glück wirkten die Schaulustigen eher neugierig als gewaltbereit. In einer Großstadt hätte sich längst der Pöbel zusammengerottet.

»Wer weiß, was in dieser unglückseligen Sektkellerei als Nächstes geschieht. Wenn ich Witwe Klingelschmidt wäre, würde ich die Bremsen an meiner Kutsche überprüfen lassen«, überlegte ich, nicht nur vor Kälte schaudernd, als mir plötzlich die verriegelte Tür wieder einfiel. »Was folgern Sie eigentlich aus der Existenz dieser unterirdischen Gänge? Könnte es nicht eine unterirdische Verbindung zu Herrn Neundorfs Grundstück geben?«, fragte ich ganz aufgeregt.

»Ich habe dort keinen Ausgang eines Schachtes gesehen«, entgegnete Holmes, der sich nicht von den Gaffern beunruhigen ließ, sondern seelenruhig zum Haus auf der anderen Straßenseite schritt, wo Herrn Wilhelmys Bedienstete dicht zusammengedrängt am Gartenzaun standen und tuschelten. Das Hausmädchen war leichenblass, das Gesicht der Haushälterin versteinert, und der alte Gärtner knetete seine Mütze in den Händen, als wollte er bei der Herrschaft vorsprechen. Bei unserem Anblick verzog er keine Miene. Anscheinend war es ihm unangenehm, uns zu kennen.

»Haben Sie noch einmal den Mönch gesehen?«, fragte Holmes den alten Mann auf Deutsch.

Das ernste Gesicht der Haushälterin, das bei unserem letzten Besuch keine Spur von Fröhlichkeit gezeigt hatte, erhellte sich, und sie begann zu kichern. Ihr heiseres Lachen ging aber schnell in ein Husten über. Wahrscheinlich hatte der Gärtner sie in der Zwischenzeit mit seiner Erkältung angesteckt.

»Nein, den habe ich nie wiedergesehen«, beteuerte der alte Mann so vehement, also ob man ihn selbst eines Verbrechens bezichtigt hätte.

»Das wäre auch zu schön gewesen«, murmelte der Meisterdetektiv, bevor er den Angestellten des Nachbarhauses zum Abschied zunickte und sich dann auf den Weg in die Stadt machte.

»Der Arbeiter und das Mädchen könnten gemeinsam den Kellermeister umgebracht haben, vielleicht in der

Hoffnung, dass er dessen Position erhält und sie endlich heiraten können«, sagte ich, während ich die Stufen zum Gehweg hinter Holmes hinabstieg.

»Man sollte keine noch so abwegige These ohne Überprüfung verwerfen. Ich glaube nicht, dass Herr Becker aus persönlichen Gründen ermordet wurde. Vermutlich wusste er etwas, das den Mörder seines Arbeitgebers entlarvt hätte«, entgegnete Holmes und schlug den Kragen seines Mantels hoch.

»Ob Doktor Kaufmann seine Hände im Spiel hatte? Es ist ja ein ziemlicher Zufall, dass er gerade in der Sektkellerei war, als man Herrn Becker ertränkt hat«, überlegte ich, ebenfalls fröstelnd.

»Um das herauszufinden, sollten wir den Arzt sofort in seiner Praxis aufsuchen. Ich möchte ihn unbedingt vor der Ankunft der Polizei sprechen. Zum Glück kenne ich die Anschrift, während sich die Polizei erst noch danach erkundigen muss. Trotzdem sollten wir uns beeilen«, brummte Holmes und schritt zügig, aber vorsichtig den Hang hinunter, denn das Pflaster war noch immer glatt.

15. Der Arzt

Die Praxisräume befanden sich in einem vornehmen, dreigeschossigen Neubau am Fischtorplatz. Es gab keinen Hauswart, und so gelangten wir ungehindert über eine Steintreppe mit rotem Läufer ins erste Geschoss. Holmes betätigte den Klopfer unter dem emaillierten Schild mit Namen und Öffnungszeiten der Praxis. Als die Tür von einer älteren Frau im weißen Kittel geöffnet wurde, schlug uns die charakteristische Geruchsmischung von Desinfektionsmitteln und Chloroform entgegen, die ich unangenehm mit Arztbesuchen verband.

»Haben Sie einen Termin?«, fragte die alles andere als zuvorkommend wirkende Frau, bei der es sich wohl um eine Krankenschwester handelte. Persönlicher Kummer und berufliche Erfahrungen hatten sich tief in ihre Gesichtszüge eingegraben. Auf damenhafte Kleidung schien sie keinen besonderen Wert zu legen, weshalb ich sie ohne die weiße Arbeitskleidung für eine Gouvernante gehalten hätte.

»Nein. Aber seit heute Morgen leide ich unter Fieber und schrecklichen Gliederschmerzen«, krächzte Holmes mit heiserer Stimme.

»Mir geht es auch nicht viel besser«, behauptete ich und schaute mich neugierig um, sah aber keine anderen Patienten in den Praxisräumen.

»Ich werde sehen, ob der Doktor sie noch empfangen kann. Sie können froh sein, dass heute Morgen ein anderer Patient abgesagt hat«, sagte die Frau im weißen Kittel und verschwand hinter einer Eichentür mit einer großen Füllung aus Mattglas.

Hatte der Patient wirklich abgesagt oder war er womöglich ganz plötzlich verstorben, fragte ich mich bang. Immerhin war der Arzt einer unserer Tatverdächtigen.

Bald hörte man ein leises Gemurmel, aber sosehr ich auch die Ohren spitzte, ich verstand kein Wort.

Die Tür öffnete sich wieder, und die ältere Frau kehrte zum Empfang zurück. »Der Herr Doktor erwartet Sie im Konsultationsraum«, gab sie in einem Tonfall bekannt, als ob das eine völlig unverdiente Gnade wäre, und hielt uns die Tür auf.

Wir bedankten uns und betraten einen Raum mit dunkel lackierten Möbeln. Doktor Kaufmann saß hinter einem Schreibtisch, der viel zu wuchtig für das kleine Zimmer war. Warmes Licht fiel seitlich durch ein zweiflügeliges Fenster und erleuchtete die hünenhafte Gestalt des Arztes. Es war das erste Mal, dass ich ihn bei Tageslicht sah, und fand, dass er für einen Mediziner einen erstaunlich ungesunden Eindruck erweckte. Seine Gesichtshaut war gelblich, und er hatte dunkle Ringe unter den Augen, die von mehr als einer schlaflosen Nacht zeugten. Außerdem wirkten sein buschiger Bart und das wirre Haupthaar zu nachlässig für einen Mediziner.

»Guten Morgen, meine Herren! Nehmen Sie doch Platz«, forderte Doktor Kaufmann uns auf und deutete auf zwei Stühle mit Armlehne vor seinem Schreibtisch. Wenn der Arzt über unser Eintreffen überrascht gewesen sein sollte, so ließ er es sich zumindest nicht anmerken. Aber die resolute Krankenschwester hatte ihm wohl zwei Engländer angekündigt, und er hatte sich inzwischen seinen Vers daraus gemacht.

»Wie ich höre, haben Sie sich eine fiebrige Erkältung zugezogen? Kein Wunder, wenn Sie bei diesem Wetter ständig draußen herumlaufen«, verkündete er, nachdem wir Platz genommen hatten.

Irritiert fragte ich mich, woher er wusste, wie wir die letzten Tage verbracht hatten.

»Uns führt eigentlich unsere Ermittlungsarbeit zu Ihnen, aber das wollte ich Ihrer Sprechstundenhilfe nicht sagen«, entgegnete Holmes.

Der Arzt beugte sich vor, griff automatisch nach dem Stethoskop, bevor er realisierte, was Holmes soeben gesagt hatte. Empört öffnete er den Mund zum Protest, doch Holmes brachte ihn mit einer beschwichtigenden Geste umgehend zum Schweigen.

»Wir werden Sie nicht lange aufhalten«, versprach der Detektiv mit einem gewinnenden Lächeln. »Haben Sie schon gehört, dass der Kellermeister der Klingelschmidts heute Morgen tot in einem Weinbottich aufgefunden worden ist?«

Der Mediziner ließ vor Bestürzung fast das Stethoskop fallen, das er noch immer in der Hand hielt. »Nein, das ist ja schrecklich. Wie konnte denn das passieren? Diese Sektkellerei wird anscheinend von einer Katastrophe nach der anderen heimgesucht«, entfuhr es ihm mit vor Entsetzen bleichem Gesicht.

Ich fand die Reaktion des Arztes reichlich übertrieben, denn wahrscheinlich kannte er Herrn Becker allenfalls vom Sehen.

»Er wurde niedergeschlagen und in Wein ertränkt, wobei die Reihenfolge keine Rolle spielt, da beides allein schon zum Tod geführt hätte«, informierte ihn Holmes sachlich.

»War es ein Bediensteter der Kellerei?«

Irrte ich mich oder hatte seine Stimme einen besorgten Unterton?

»Die Polizei tappt noch im Dunkeln«, erwiderte Holmes salomonisch. »Wahrscheinlich wird sie bald bei Ihnen vorbeischauen. Das Verbrechen wurde nämlich begangen, während Sie sich in der Sektkellerei aufgehalten haben.«

»Aber ich war doch nur im Verkaufsbüro. Wann war das noch einmal …?« Doktor Kaufmann schaute angestrengt in die Luft und gab vor, sein Gedächtnis zu durchforsten. »Es muss wohl so gegen halb neun Uhr gewesen sein, vielleicht auch um acht. Ich habe heute meine Praxis später geöffnet, weil meine Krankenschwester beim Arzt war.«

Mühsam verkniff ich mir die Frage, warum er sie nicht selbst behandelt hatte.

»Sie ist eine unverheiratete Tante meiner Frau und manchmal etwas schrullig. So besteht sie zum Beispiel darauf, immer noch ihren alten Hausarzt in Gonsenheim zu konsultieren. Der ist zwar bereits im Ruhestand, aber für Bertha macht er eine Ausnahme«, erklärte Doktor Kaufmann mit gedämpfter Stimme, nachdem er einen vorsichtigen Blick auf die geschlossene Tür geworfen hatte. »Und falls Sie sich fragen, warum ich heute in der Sektkellerei war: Meine Gattin und ich feiern demnächst unsere silberne Hochzeit. Deshalb wollte ich Sekt bestellen.«

Er begann sich langsam wie ein Verdächtigter zu benehmen. Zuerst musst man ihm jedes Wort einzeln aus der Nase ziehen, dann wurde er plötzlich gesprächig und rechtfertigte sich. Immerhin hielt Holmes es für möglich, dass unser Mann einer von Herrn Klingelschmidts Stammtischbrüdern war. Jemand, der mit Freunden den Abend verbringt und sie dann hinterrücks ersticht.

»Beziehen Sie schon immer den Sekt von der Kellerei Klingelschmidt?«, fragte Holmes.

»Nein, ich habe Wilhelm zwar regelmäßig in der Weinstube gesehen. Doch wenn ich einmal Sekt gekauft habe, was selten genug der Fall war, dann den von Kupferberg.«

»Und was hielt Herr Klingelschmidt davon?«, fragte Holmes und ließ seinen Blick durch den antiseptisch wirkenden Raum schweifen.

»Er behielt seine Meinung meist für sich.«

Das entsprach überhaupt nicht meinem Eindruck. Zumindest uns gegenüber hatte er kein Blatt vor den Mund genommen.

»Und warum wollten Sie die Marke wechseln?«, wollte Holmes wissen. Langsam begann er ungeduldig zu klingen.

»Auf Michaels Maskenball habe ich mich mit Herrn Carl Zuckmayer[17] unterhalten, er ist ein Patient von mir«, erzählte der Arzt in einem Tonfall, als ob man den Herrn kennen müsste. »Herr Zuckmayer hat mir die Klingelschmidt'sche Kellerei wärmstens empfohlen. Er muss es ja wissen. Schließlich ist er Weinkapselfabrikant.«

»Wenn ich mich richtig erinnere, hat Herr Neundorf auf seinem Ball den Sekt von Lauteren ausschenken lassen?«, warf ich ein, worauf der Arzt mit den Schultern zuckte.

»Wenn Sie mich fragen, ist er dort Kunde, weil die Geschäftsbeziehung zur Familie Lauteren für seine Baufirma vorteilhaft ist. Aber so viel Sekt kann er gar nicht beziehen, um dadurch Einfluss auf die Baupolitik zu nehmen«, sagte er dann in einem verschwörerischen Tonfall. Doch plötzlich erschien Argwohn auf seinen biederen Zügen. »Wie haben *Sie* eigentlich so schnell von dem Verbrechen erfahren?«, fragte er und lehnte sich auf seinem Stuhl zurück.

»Wie es der Zufall wollte, waren wir heute Morgen ebenfalls in der Sektkellerei. Sie wissen ja, dass wir den Mord an Direktor Klingelschmidt im Auftrag seiner Witwe aufklären sollen. Deshalb wollte ich mit seinem Kellermeister sprechen«, entgegnete Holmes und sah Doktor Kaufmann scharf an, der aber nicht mit der Wimper zuckte.

---

[17] Der Onkel des gleichnamigen Dramatikers.

»Ich finde es erstaunlich, dass Frau Klingelschmidt zwei Engländer damit beauftragt hat«, sagte der Arzt, uns missmutig musternd.

»Ich bin Norweger. Nur Herr Tristram ist Engländer«, verbesserte Holmes freundlich, aber bestimmt. »Offenbar hat Frau Klingelschmidt kein Vertrauen in die Polizei.«

»Und, haben Sie den Mörder des Sektfabrikanten bereits gefunden?«, fragte Doktor Kaufmann, und ich fühlte mich schuldig, weil ich inzwischen wegen des zweiten Todesfalls kaum noch einen Gedanken an Herrn Klingelschmidt verschwendet hatte.

»Noch nicht. Doch wir verfolgen eine vielversprechende Spur. Der Schleier beginnt sich endlich zu lüften«, behauptete Holmes.

Ich fragte mich, ob das stimmte oder ob er nur Doktor Kaufmann nervös machen wollte, damit er einen Fehler beging.

»Sie werden nun aber wohl auch den Mörder des Kellermeisters suchen?«, fragte der Mediziner.

»Ich weiß genau, wer Herrn Becker umgebracht hat«, sagte Holmes in einem triumphalen Tonfall – und ich hielt wie gebannt in der Bewegung inne.

»Und wer war es?«, wollte unser Gesprächspartner wissen.

Holmes zögerte einen Augenblick, um die Spannung zu erhöhen, was ihm auch gelang: Doktor Kaufmann und ich hingen an seinen Lippen.

»Der gleiche Täter, der auch Direktor Klingelschmidt ermordet hat«, entgegnete Holmes seelenruhig und blickte den Arzt an.

Erst als ich scharf einatmete, bemerkte ich, dass ich vor Anspannung und Neugier die Luft angehalten hatte.

»Sie verdächtigen doch hoffentlich nicht mich?«, fragte Doktor Kaufmann empört. »Da Herr Weiland der einzige Mitarbeiter im Verkaufsbüro war und die Tür die ganze Zeit offen stand, war es wohl nicht besonders schwierig, ins Haus zu gelangen.«

»Wir verdächtigen niemand Bestimmtes, sondern versuchen, ohne Ansehen der Person den Täter zu finden«, stellte Holmes klar. »Dazu können Sie vielleicht Ihr Scherflein beitragen, indem Sie folgende Frage beantworten: Haben Sie heute Morgen beim Betreten oder Verlassen des Verkaufsbüros irgendjemanden gesehen?«

Der Arzt schüttelte so vehement den Kopf, dass sein üppiges Haar noch mehr in Unordnung geriet. »Gesehen nicht. Aber während ich mit Herrn Weiland sprach, drang aus dem Flur eine Unterhaltung. Doch ich habe dem Gespräch damals noch keine besondere Bedeutung beigemessen. Alles, was ich mit Gewissheit sagen kann, ist, dass es zwei männliche Stimmen waren. Kurze Zeit später wurde die Haustür vehement zugeschlagen, und danach herrschte wieder Ruhe.«

Holmes nahm diese Auskunft mit einer ungeduldigen Geste zur Kenntnis.

»Kannten Sie Direktor Klingelschmidt schon lange?«, erkundigte er sich dann.

»Ich war seit zwanzig Jahren sein Hausarzt. Aber inzwischen frage ich mich, ob ich ihn wirklich gekannt habe«, seufzte Doktor Kaufmann und schaute auf die goldene Uhr auf seinem Schreibtisch.

»Wenn Ihnen noch etwas einfällt, teilen Sie es mir doch bitte unverzüglich mit. Jede noch so unbedeutende Kleinigkeit kann wichtig sein«, schärfte Holmes dem Arzt ein, bevor wir uns verabschiedeten.

Wir hatten uns mindestens eine Viertelstunde lang im Sprechzimmer aufgehalten. Doch als wir es wieder verließen, war noch immer kein weiterer Patient eingetroffen.

»Diese Praxis scheint ja nicht gerade eine Goldgrube zu sein«, sagte ich mit gedämpfter Stimme, als wir die Treppe hinunterstiegen.

Aber Holmes kommentierte meine Bemerkung nicht.

»Sie sind sich also hundertprozentig sicher, dass es nur einen Mörder gibt?«, fragte ich draußen auf der Straße, erhielt jedoch immer noch keine Antwort. »Könnte nicht zum Beispiel Herr Becker seinen Arbeitgeber im Auftrag von Frau Klingelschmidt umgebracht haben? Um den dafür vereinbarten Lohn zu sparen und zugleich den Mitwisser loszuwerden, hat sie daraufhin …«

»… den kräftigen Kellermeister in einem Bottich ertränkt«, sponn Holmes belustigt den Faden weiter.

»Aber sie ist kräftig genug, um ihren Mann zu erstechen«, wandte ich ein, denn die Witwe war mir nicht geheuer.

»Sie hätte ihn wohl kaum zu dem Zeitpunkt umgebracht, an dem jeden Augenblick mit dem Eintreffen des Kellermeisters zu rechnen war«, widersprach Holmes. »Beim jetzigen Stand der Dinge stelle ich mir den Tathergang folgendermaßen vor: Unser Mann hat als Mönch verkleidet dem Sektproduzenten im Garten aufgelauert und ihn umgebracht. Der Kellermeister wurde womöglich Zeuge des Verbrechens und hat den Mörder zu erpressen versucht. Zumindest hatte dieser Angst, dass er beobachtet wurde, und hat daher Herrn Becker ebenfalls zum Schweigen gebracht. Der Täter war mit den Lebensumständen und Gewohnheiten der Klingelschmidts nicht so vertraut. Er wusste zwar, wann Direktor Klingelschmidt gewöhnlich zu seinem Stammtisch aufbrach, aber nicht, dass der Kellermeister abends immer in der Villa seines Arbeitgebers vorbeischaute.«

Ich war einige Sekunden lang sprachlos, denn es geschah selten, dass mir Holmes vor Abschluss eines Falls Einblick in seine Gedankengänge gewährte.

»Könnte unser Mann nicht auch eine Frau sein?«, fragte ich, doch Holmes erinnerte mich nochmals daran, dass es einer nicht unbeträchtlichen Kraft bedurfte, um jemanden in einen derart großen Bottich zu werfen und ihn darin zu ertränken.

Unweigerlich stiegen vor meinem inneren Auge der hünenhafte Arzt sowie der starke Bauunternehmer auf. Aber auch der Drogist besaß sicherlich genug Körperkraft, um ein solches Verbrechen zu begehen.

»Und wenn der Mordanschlag in Wahrheit Herrn Becker galt und der Täter in der Dunkelheit zunächst den falschen Mann erstochen hat?«, überlegte ich – eine Idee, die mir schon während der Unterhaltung mit dem Arzt in den Sinn gekommen war.

»Vergessen Sie nicht, dass Direktor Klingelschmidts Tagesablauf so regelmäßig war, dass man die Uhr danach stellen konnte«, gab Holmes zu bedenken.

Nachdem er also meine Gedankengebäude wieder zum Einsturz gebracht hatte, schlenderte Holmes scheinbar ziellos die Rheinstraße entlang, doch sein angespannter Gesichtsausdruck passte nicht zu seinem lässigen Gang. Während wir unsere Zeit in der Arztpraxis verschwendet hatten, waren dichte Wolken aufgezogen, und es hatte wieder zu schneien begonnen. Missmutige Menschen hetzten an uns vorbei, auf dem Weg zu Besorgungen oder zur Arbeit. Nur Holmes ließ sich nicht von der allgemeinen Hektik anstecken, sondern schien in Gedanken Hunderte von Meilen entfernt zu sein.

»Was haben Sie vor?«, fragte ich und riss ihn aus seiner Grübelei.

»Am liebsten würde ich sofort mit Frau Klingelschmidts Dienstmädchen sprechen. Aber wir riskieren, in der Villa die Polizei anzutreffen, die wahrscheinlich dasselbe vorhat«, sagte Holmes und blieb stehen, wohl weil er einen Entschluss gefasst hatte. »Vielleicht sollten wir jetzt endlich Direktor Klingelschmidts Tochter im Kloster aufsuchen.«

Auf diesen Vorschlag war ich wirklich nicht gefasst gewesen. »Ist es denn Männern erlaubt, ein Nonnenkloster zu betreten?«, fragte ich erstaunt.

»Wir leben doch nicht mehr im Mittelalter, sondern im fortschrittlichen 19. Jahrhundert«, gab Holmes belustigt zurück. »Aber wir haben es momentan für meinen Geschmack mit viel zu vielen weiblichen Wesen zu tun.«

Holmes war und blieb ein eingefleischter Junggeselle, dem die oft emotionalen Reaktionen von Frauen unheimlich waren.

»Haben Sie wenigstens unseren Besuch angekündigt?«, fragte ich, denn ich stand unserem Vorhaben skeptisch gegenüber.

»Ich habe der Tochter des Sektfabrikanten vorgestern einen Brief geschrieben und sie um eine Unterredung gebeten, jedoch keinen konkreten Termin genannt. Da ich bisher keine abschlägige Antwort erhalten habe, gehe ich davon aus, dass sie uns empfängt«, sagte Holmes, und ich verkniff mir den Kommentar, dass der Antwortbrief der Nonne noch unterwegs sein könnte.

»Wir sollten aber wenigstens das Ende der Mittagszeit abwarten«, gab ich zu bedenken und deutete anklagend auf die Uhr am Turm des Doms. Es war Viertel nach eins, eine Uhrzeit, zu der man niemanden besuchte. Außerdem knurrte mir langsam der Magen.

»Wenn es denn sein muss«, gab Holmes nach und steuerte eine einfache Eckwirtschaft an, wo wir uns mit einer Portion Fleischwurst mit Brot und einem Glas Weißwein stärkten.

16. Das Kloster

Mit hochgestellten Mantelkragen und ins Gesicht gezogenen Hüten überquerten wir eine Stunde später die Rheinstraße. Dann ging es mit langen Schritten am Dom vorbei in die Altstadt und erneut den Stephansberg hinauf.

Um das Kloster vom Guten Hirten zu finden, waren wir auf die Hilfe der Nachbarn angewiesen, so unprätentiös waren die Konventsgebäude. Nichts wies von außen auf ihre Funktion hin. Ohne die mit Schnitzereien verzierte massive Tür aus Eichenholz hätte es sich genauso gut um eines der zahlreichen Wein- und Sektkontore in diesem Stadtviertel handeln können.

Die Haustür war nicht abgeschlossen, was überhaupt nicht meiner Vorstellung von einem Kloster entsprach. Im dahinterliegenden Flur roch es nach Bohnerwachs und nicht nach Weihrauch, wie ich vermutet hatte. Zur Linken befand sich eine Pförtnerloge, in der eine ansehnliche, warmherzig wirkende Frau in den Dreißigern saß, eine weitere Überraschung, denn ich hätte mir die Türhüterin eines Nonnen-Klosters als vertrocknete alte Jungfer vorgestellt, die in beschaulicher Ergebenheit Rosenkränze betet.

Ehrerbietig nahmen wir unsere Hüte ab und traten ein.

»Mein Name ist Sven Sigerson, und das ist Mister David Tristram. Wir würden gern kurz mit Fräulein Sophia Klingelschmidt sprechen«, sagte Holmes, und die Nonne schaute uns einen Moment lang perplex an, bevor ein Lächeln über ihr ebenmäßiges Gesicht huschte, wodurch es noch hübscher wirkte. Ich fragte mich, was sie wohl für eine Haarfarbe haben mochte, und vor allem, was eine derart attraktive Frau dazu bewogen hatte, der Welt zu entsagen.

»Mir war ihr früherer Name ganz entfallen. Sie heißt jetzt Schwester Scholastika«, erklärte sie. »Ich werde nachfragen, ob sie Sie empfangen möchte«, fügte sie dann vorsichtig hinzu.

»Davon bin ich eigentlich ausgegangen. Schließlich haben wir ihr unser Kommen schriftlich angekündigt«, entgegnete Holmes leicht verschnupft.

»Sie ist manchmal etwas …«, verzweifelt suchte die Pförtnerin nach einer nicht allzu negativen Formulierung, »menschenscheu.«

»Ich wäre Ihnen sehr verbunden, wenn Sie sie daran erinnern könnten, dass wir im Auftrag ihrer Mutter den Mörder ihres Vaters suchen. Sie will uns doch bestimmt dabei helfen«, trug Holmes der Nonne eindringlich auf.

Ihre noch immer skeptische Miene zeigte, dass sie ihre Zweifel daran zu haben schien.

»Einen Augenblick bitte«, sagte sie, bevor sie ihre Loge verließ und hinter einer schlichten Tür verschwand, die sich kaum von der dunklen Wandvertäflung abhob.

Holmes und ich waren nun völlig allein in dem düsteren Eingangsbereich, auf dem eine bedrückende Stille lastete. Man hörte weder Schritte noch gedämpfte Stimmen. Nicht einmal leiser Chorgesang aus der Klosterkirche drang an mein Ohr. Als die ansehnliche Nonne endlich wieder zurückkehrte, waren die Schneeflocken auf unserer Kleidung längst zu Wassertropfen geschmolzen.

»Sie haben Glück. Schwester Scholastika ist bereit, mit Ihnen zu sprechen. Wenn Sie mir bitte folgen wollen«, verkündete die Pförtnerin beschwingt.

Sie geleitete uns durch den Gang zu einem kleinen Raum, der nur ein winziges Fenster besaß, in dessen Licht Staubkörner tanzten. Die Möblierung bestand aus einem einfachen Holztisch und drei ebenso schlichten Stühlen. Der einzige Wandschmuck war ein bronzenes Kruzifix im barocken Kunststil. Nur die mit Fransen versehene Tischdecke und die Häkelgardinen an den Fenstern sorgten für etwas Wohnlichkeit. Kaum hatten wir uns niedergelassen, ging die Tür erneut auf, und eine junge Frau in Ordenstracht trat ein. Obwohl im Kloster gut geheizt war, trug sie dicke Socken und handgestrickte Pulswärmer. Um ihren Hals baumelte ein einfaches, kleines Holzkreuz. Mit gesenktem Blick nahm die Nonne uns gegenüber Platz.

Seltsamerweise kam mir die junge Frau bekannt vor. Das musste wohl die allgemeine Familienähnlichkeit der Klingelschmidts sein. Mit ihrer schmalen Gestalt und den sorgenvollen Zügen war die Nonne nämlich ihrem Vater wie aus dem Gesicht geschnitten. Doch noch immer hatte ich das irrationale Gefühl, sie irgendwo schon einmal gesehen zu haben, weshalb ich sie eingehend musterte.

Ganz plötzlich tauchte das Bild von Herrn Reicherts Drogerie in mir auf, und mir war alles klar.

»Ihre Mutter hat uns beauftragt, den Mörder Ihres Vaters zu fassen«, rief Holmes unserem Gegenüber ins Gedächtnis, nachdem er uns beide vorgestellt hatte.

»Ich weiß«, sagte Schwester Scholastika. Aus ihrem Mund klang es wie ein Vorwurf. »Das gibt ihr wohl das Gefühl, alles Menschenmögliche getan zu haben. Doch ohne Ihnen zu nahe treten zu wollen: Was der Polizei nicht gelingt, können auch Sie nicht bewerkstelligen.«

»Sagen Sie das nicht. Ich habe bereits den einen oder anderen Kriminalfall gelöst, an dem die Polizei gescheitert ist. Mister Tristram kann das bestätigen«, erwiderte Holmes erstaunlich bescheiden, und ich nickte mit gemischten Gefühlen. Wäre es wirklich zu viel verlangt gewesen, meinen zugegebenermaßen oft recht armseligen Beitrag zum Gelingen ebenfalls zu erwähnen?

»Wann haben Sie Ihren Vater das letzte Mal gesehen?«, wollte Holmes wissen, worauf die junge Nonne uns erstmals direkt anblickte.

»Ich verlasse nur selten das Kloster«, betonte sie so entschieden, als ob man ihr etwas Ungeheuerliches unterstellt hätte.

Eigentlich wollte ich mich aus der Befragung heraushalten. Aber diese scheinheilige Behauptung war einfach zu viel für mich. »Wahrscheinlich haben Sie mich nicht bemerkt, doch wir sind uns neulich in Herrn Reicherts Drogerie begegnet. Sie haben dort Kerzen gekauft«, platzte es aus mir heraus.

Die Tochter des Sektfabrikanten öffnete den Mund, wohl um alles abzustreiten, besann sich dann aber eines Besseren. »Das war schließlich kein Privatbesuch!«, unterstrich sie vehement, nahm dann das um ihren Hals hängende hölzerne Kreuz in die Hand und begann damit herumzuspielen.

Es war auch kaum vorstellbar, dass diese unscheinbare, junge Frau ein Techtelmechtel mit dem recht attraktiven Drogisten hatte, dachte ich und warf sogleich der Nonne einen schuldbewussten Blick zu, obwohl sie meinen boshaften Gedanken nicht mitbekommen hatte.

»Das hat Ihnen auch niemand unterstellt. Wahrscheinlich haben Sie die Kerzen für das Kloster gekauft«, sagte Holmes mit einer beschwichtigenden Handbewegung.

»Nein, Sie waren für meine private Andacht bestimmt«, war die in einem trotzigen Tonfall herausgestoßene Antwort, und ich sah schwarz für unsere Befragung.

»Was halten Sie eigentlich von Herrn Reichert?«, erkundigte sich Holmes.

»Ein sehr zurückhaltender Mann. Man hat immer den Eindruck, dass er etwas zu verbergen hat. Ich dachte, das könnte sich ändern, nachdem er endlich geheiratet hat …« Sie hob hilflos die Hände, wohl weil ihr bewusst wurde, dass sie als Ordensschwester keinen Klatsch verbreiten sollte.

»Kennen Sie Herrn Reicherts Gattin?«, erkundigte sich Holmes.

»Ich bin ihr noch nie begegnet, habe aber gehört, dass ihr Vater Wachszieher ist.«

»Ist das ein Handwerk?«, fragte Holmes, der genauso wenig wie ich mit dieser Berufsbezeichnung anfangen konnte.

»Er ist der Besitzer einer Kerzenmanufaktur«, wurden wir informiert.

Das erklärte zumindest, dass er in seiner Drogerie Kerzen verkaufte, was mich erstaunt hatte.

»Dann hat er die Kerzen hergestellt, die Sie neulich gekauft haben?«, erkundigte ich mich.

»Das ist durchaus möglich«, war die knappe Antwort, die aber Holmes zufriedenstellte.

»Haben Sie diese Gardinen gehäkelt?«, fragte er unvermittelt die Nonne und deutete auf das Fenster. Wahrscheinlich hatte er das aus der Anatomie ihrer Handgelenke oder aus winzig kleinen Schwielen an ihren Fingern geschlossen. Oder er hatte festgestellt, dass ihre Socken und die Vorhänge von derselben Hand gearbeitet worden waren.

»Ja, Handarbeiten sind mein Steckenpferd«, bejahte Schwester Scholastika, die auf diese plumpe Schmeichelei hereinfiel, und ihre Miene hellte sich auf.

»Wie lange hat Sie das beschäftigt?«, fragte Holmes, die Vorhänge bewundernd betrachtend.

»Fast einen Monat lang.«

Holmes nickte anerkennend, bevor er seine Untersuchung fortzusetzen versuchte.

»Mich interessiert noch immer, wann Sie Ihren Vater zuletzt gesehen haben«, fragte er freundlich.

»Es war am 8. Januar«, entgegnete die Nonne erstaunlich präzise und schaute trübsinnig auf die altmodische Tischdecke. »Das ist nämlich mein Geburtstag, und deshalb hat Vater mich besucht«, fügte sie verlegen hinzu.

»Wirkte er damals niedergeschlagen oder hatten Sie den Eindruck, dass er sich vor irgendetwas fürchtete?«, wollte Holmes wissen.

»Schwer zu sagen. Er hat die ganze Zeit nur über sein Geschäft geredet«, sagte die Tochter des Sektfabrikanten mit einer Miene, die zeigte, dass sie über derartige irdische Probleme erhaben war.

»Und wie gingen seine Geschäfte?«, erkundigte sich Holmes.

»Nach seinen Äußerungen zu schließen weniger gut, als er sich wünschte«, antwortete unsere Gesprächspartnerin nach kurzem Zögern.

»Ich habe gehört, dass Ihr Vater das Lichtbild eines Engels besitzt«, sagte Holmes sachlich. Ich hätte diesen Satz nicht ohne Grinsen formulieren können.

»Das ist eine plumpe Fälschung, angefertigt von einem gemeinen Menschen, der Vaters Frömmigkeit ausgenutzt hat«, entfuhr es der Nonne.

»Zu diesem Schluss bin ich auch schon gekommen. Aber ich würde mir gern selbst ein Bild davon machen und die Fotografie anschauen«, sagte Holmes. »Außerdem interessiert mich, woher sie stammt. Haben Sie vielleicht einen Verdacht, wer das Lichtbild angefertigt haben könnte?«

»Das kann eigentlich nur ein Mitglied dieses Fastnachtsvereins gewesen sein.« Die Nonne sprach den Namen des MFV wie ein Schimpfwort aus, traute aber niemand Bestimmtem zu, die Darstellung des Engels gefälscht zu haben.

»Ich stelle Ihnen diese Fragen, weil ich davon ausgehe, dass Sie den Mörder Ihres Vaters persönlich kennen«, sagte Holmes behutsam.

Die Tochter unserer Klientin wurde blass, ihre Augen weiteten sich, und ich bemerkte, dass sie rehbraun waren. Irritiert fragte ich mich, ob sich die Nonne davor fürchtete, ebenfalls einem Verbrechen zum Opfer zu fallen.

»Was wollen Sie damit andeuten?«, fragte sie mit bebenden Lippen. In ihrem Blick war ein Anflug von Argwohn zu erkennen, und sie begann erneut, das kleine Holzkreuz in ihrer Hand herumzudrehen.

»Ihr Vater ist nicht ausgeraubt worden. Also lagen wohl persönliche Gründe für das Verbrechen vor«, erklärte Holmes seine Sicht der Dinge.

Die Nonne schüttelte das mit einem Schleier verhüllte Haupt. »In der Zeitung stand, dass jemand einen Mönch in unserem Garten gesehen hat«, stammelte sie und verschränkte dann mit trotziger Miene die Arme vor der Brust. »Aber ich kann mir beim besten Willen nicht vorstellen, dass ein Gottesmann meinen Vater umgebracht hat. Er war doch schließlich ein guter Christ.«

»Sie haben völlig recht! Wie konnte ich nur so vernagelt sein«, rief Holmes aus und griff sich mit fassungsloser Miene an den Kopf. »Sie glauben gar nicht, wie sehr Sie mir geholfen haben«, bedankte er sich überschwänglich und sprang von seinem Sitzplatz auf. Dann erinnerte er sich daran, dass die Befragung noch nicht zu Ende war, und ließ sich wieder auf seinen unbequemen Holzstuhl sinken.

Jedem andern hätte ich unterstellt, dass er sich über die Nonne lustig machte. Doch das entsprach nicht Holmes' sachlicher, aber korrekter Art.

»Es gibt noch etwas, das Sie wissen sollten. Heute Morgen wurde der Kellermeister Ihres Familienbetriebs ermordet«, sagte er und studierte dabei aufmerksam die Reaktion der Nonne.

»Herr Becker ist ermordet worden?«, fragte sie erstaunt.

So ähnlich hatte auch Herr Weiland, der Angestellte im Verkaufsbüro, reagiert. Sie alle hatten den tüchtigen Kellermeister nicht als Person wahrgenommen, sondern nur als Fachmann, ganz im Gegensatz zu seinem Mörder, der offenbar Angst vor ihm hatte. Oder lag ich mit meinen Überlegungen falsch und die beiden Morde wurden begangen, um die Klingelschmidt'sche Sektkellerei in den Ruin zu treiben?

»Gibt es noch einen anderen Kellermeister im Betrieb Ihrer Eltern?«, erkundigte sich Holmes.

»Nein, natürlich nicht. Ich wollte mich nur vergewissern, dass wir vom gleichen Mann sprechen.«

»Hatten Sie den Eindruck, dass Ihr Vater Herrn Becker Geheimnisse anvertraut hat?«

Unsere Gesprächspartnerin stieß ein resigniertes Lachen aus. »Das ist höchst unwahrscheinlich. Vater hat sich niemandem anvertraut. Noch nicht einmal Mutter.« Die Antwort kam wie aus der Pistole geschossen. Doch die Nonne schien ihre spontanen Worte schon zu bereuen und schaute einen Augenblick lang betreten auf die Tür.

»Sie hatten also den Eindruck, dass Ihr Vater ein schreckliches Geheimnis hütet?«, folgerte Holmes sachlich.

»Das habe ich nicht gesagt«, betonte die Tochter des Opfers. Ich meinte in ihren Augen die unterschiedlichsten Gefühle zu sehen, als sie uns halb schuldbewusst und halb herausfordernd anschaute. Die junge Frau atmete so schwer und tief, als ob sie etwas loswerden wollte und sich nicht dazu durchringen könnte. Wir gaben ihr genug Zeit, doch sie offenbarte sich uns nicht.

»Hat es etwas mit seinem Aufenthalt in England zu tun?«, fragte Holmes schließlich ungeduldig, worauf die Nonne mit den Schultern zuckte.

»Man munkelt ab und zu hinter vorgehaltener Hand, dass Vater früher eine Zeit lang in England gelebt hat, aber er sprach nie darüber«, sagte sie dann.

»Sie wissen also nicht, was genau er dort getan hat? Hat er vielleicht an einem englischen College studiert oder war er dort bereits im Weinhandel tätig?«, versuchte Holmes ihr auf die Sprünge zu helfen.

»Vater hat nie eine Universität besucht. Das hat er immer wieder stolz betont. Ich meine einmal aufgeschnappt zu haben, dass er in einem Hotel gearbeitet hat. Aber vielleicht war das auch woanders«, relativierte die Nonne ihre Bemerkung. »Was Herrn Becker betrifft: Er war mir immer etwas suspekt. Er erhielt von Vater ein großzügiges Gehalt, schien aber trotzdem immer knapp bei Kasse zu sein.«

Holmes nickte, als ob er genau diese Auskunft erwartet hätte.

»Ich habe noch eine ganz andere Frage«, setzte er dann vorsichtig an. »War Prälat Schneider der einzige Geistliche, mit dem Ihr Vater verkehrte?«

»Soviel ich weiß, ja. Und das war Mutter schon zu viel«, fügte die Tochter des Sektfabrikanten verbittert hinzu.

»Sie hatten offenbar ein besseres Verhältnis zu Ihrem Vater als zu Ihrer Mutter«, stellte Holmes fest.

Die junge Nonne widersprach weder noch reagierte sie so widerspenstig, wie ich erwartet hatte.

»Wie steht es mit Ihren beiden Brüdern. Sind sie gut mit Ihrem Vater ausgekommen?«

»Im großen Ganzen schon«, antwortete Schwester Scholastika zögerlich. »Es gab natürlich ab und zu Reibereien. Sie haben ja selbst mitbekommen, dass Vater keiner Auseinandersetzung aus dem Weg ging. Dieses streitbare Temperament hat leider mein älterer Bruder von ihm geerbt. Aber im Prinzip haben wir ein harmonisches Familienleben geführt.«

Holmes saß einige Sekunden lang stumm da und schrieb etwas in sein Notizbuch, bevor er den Blick wieder hob. »Ich habe noch eine letzte Frage: Sie kennen doch sicher Herrn Neundorfs Töchter Michaela und Ernestine?«, erkundigte er sich dann in einem unverbindlichen Plauderton.

»Wenig mehr als vom Sehen«, beteuerte die Nonne ohne jedes Bedauern in der Stimme. »Bloß weil unsere Väter miteinander befreundet waren, sind mir die feinen Fräuleins noch lange nicht sympathisch. Wie alle Mitglieder der Familie Neundorf besuchen sie Festlichkeiten nicht, um ihre Freunde zu treffen, sondern um gesellschaftliche Kontakte zu knüpfen oder zu pflegen. Bei derartigen Veranstaltungen werden mehr Geschäfte geschlossen als in der Handelskammer.«

Die Heftigkeit der Antwort ließ vermuten, dass da auch Eifersucht im Spiel war.

Holmes kommentierte die abfällige Bemerkung nicht, sondern kramte in seiner Jackentasche herum und förderte schließlich das Etui mit seinen Visitenkarten zutage. Vorsichtig entnahm er eine Karte und notierte den Namen unseres Hotels und seine Zimmernummer darauf. »Sollte Ihnen doch noch etwas für unsere Untersuchung Relevantes einfallen, wie zum Beispiel der Name eines Ordensgeistlichen, den Ihr Vater kannte, so lassen Sie es mich bitte unverzüglich wissen«, sagte er dann und überreichte der Tochter unserer Klientin die Visitenkarte, die sie mit spitzen Fingern entgegennahm.

»Ich habe mir ja schon Tag und Nacht das Hirn zermartert, aber mir ist völlig unbegreiflich, wer Vater nach dem Leben getrachtet haben könnte«, brach es plötzlich aus ihr heraus, und sie starrte trostlos auf die Visitenkarte.

»Sie können sich auf meine absolute Diskretion verlassen. Ich werde es weder Ihrer Mutter noch Ihren Brüdern gegenüber erwähnen, wenn Sie mir noch etwas mitteilen sollten«, versprach Holmes und verabschiedete sich.

Als wir den Raum verließen, blieb die junge Nonne sitzen wie ein Kind, das erwartet, von seinen Eltern abgeholt zu werden. Schweigend gingen Holmes und ich durch den dunklen Korridor zum Ausgang, wo die attraktive Pförtnerin freundlich zu uns hochschaute.

»Ich fürchte, das Gespräch hat Ihnen nicht weitergeholfen«, sagte sie entschuldigend, und ich fragte mich, ob sie an der Tür gelauscht hatte.

»Das weiß man manchmal erst im Nachhinein«, entgegnete Holmes und verabschiedete sich höflich.

Mit einem Seufzer der Erleichterung trat ich in die Kälte hinaus und atmete befreit durch. In den beengten Räumlichkeiten des Klosters hatte ich mich wie in einem Gefängnis gefühlt. Holmes blieb vor dem Eingang stehen, zog seinen mittlerweile abgegriffenen und mit zahllosen Bemerkungen bekritzelten Stadtplan hervor und faltete ihn auseinander, während ich die schöne Aussicht auf Stadt und Dom bewunderte.

Als ich mich Holmes wieder zuwandte, sah ich eine etwa sechzigjährige Frau auf uns zukommen, die einen Kinderwagen vor sich herschob. Sie trug einen der neusten Mode entsprechenden, dunkelbraunen Wollmantel, einen schicken Hut aus grünem Filz und passende Handschuhe aus feinem, cognacfarbenem Leder. Ihre elegante Kleidung zeigte, dass es sich um die Großmutter des Kleinen handelte und nicht um ein Kindermädchen. Sie grüßte uns schon aus mehreren Yards Entfernung mit einem freundlichen Lächeln.

»Sie haben sich wohl verlaufen?«, fragte sie, als sie vor uns stand.

Neugierig schaute ich in den Kinderwagen, und die blauen Augen eines pausbäckigen Säuglings blickten zurück.

»Nein, wir wissen genau, wo wir sind. Aber es ist nett, dass Sie nachfragen«, entgegnete Holmes zerstreut.

Kopfschüttelnd schob die Großmutter ihren Kinderwagen um Holmes herum, der sie gar nicht mehr wahrzunehmen schien. Doch dann begann das Kind im

Wagen kläglich zu schreien und schreckte Holmes aus seinen Gedanken auf.

»Es ist ein Jammer, dass eine vernünftige, junge Frau Nonne geworden ist«, bedauerte er, bevor er leise über einen schweren Fehler zu fluchen begann, der ihm bei der Untersuchung unterlaufen sei.

»Leider habe ich noch immer keine Ahnung, was Sie meinen!«, beschwerte ich mich, ohne große Hoffnung auf eine brauchbare Antwort.

»Ich habe einen Denkfehler gemacht«, sagte Holmes finster, und ich meinte einen Augenblick lang, mich verhört zu haben. »Nur weil gerade dieser Fastnacht genannte Massenwahnsinn in der Stadt herrscht, bin ich mit der größten Selbstverständlichkeit davon ausgegangen, dass der Mann, den der Gärtner gesehen hat, verkleidet war. Aber es könnte sich genauso gut um einen echten Ordensbruder gehandelt haben.«

»Sie glauben also, dass ein Mönch Direktor Klingelschmidt erstochen hat?«, entfuhr es mir erstaunt.

»Ich halte es zwar für unwahrscheinlich, aber es ist nicht völlig auszuschließen«, war die knappe Antwort.

»Trotzdem! Ein Mörder, der einen Mönch beschäftigt. Das gefällt mir nicht!«

»Der Mönch hat unter Umständen nicht das Geringste mit dem Mord zu tun. Falls das der Fall sein sollte, schwebt er womöglich selbst in Lebensgefahr«, entgegnete Holmes.

»Warum haben wir eigentlich Direktor Klingelschmidts Söhne bisher noch nicht befragt?«, erkundigte ich mich, ein Gedanke, der mich seit unserer Unterhaltung mit deren Schwester beschäftigte.

»Leider haben sie beide ein Alibi, da sie sich zur Tatzeit nicht in Mainz aufgehalten haben. Das ist bedauerlich, denn meistens stammt der Täter aus dem näheren Umkreis des Opfers. Es ist in der Regel ein Familienangehöriger, ein Kollege oder allenfalls ein Nachbar und nicht ein Wildfremder«, brummte Holmes, faltete dann seinen Stadtplan wieder zusammen, steckte ihn in die Jackentasche und warf einen Blick auf seine Uhr.

»Ich muss unbedingt noch einige wichtige Fragen klären. Warten Sie heute Abend nicht auf mich«, verkündete er und machte sich endlich auf den Rückweg in die Stadt.

Ich bot meine Hilfe lieber gar nicht erst an, um keine brüskierende Antwort zu riskieren. Wenn er wollte, konnte Holmes der umgänglichste Mensch der Welt sein, um dann wieder tagelang düster vor sich hinzubrüten und Abhandlungen über Zigarettenaschen und Fußabdrücke zu verfassen. In dieser Stimmung ließ man ihn besser allein.

17. Der Spaziergang

Auf dem Schillerplatz trennten sich unsere Wege. Nachdenklich sah ich Holmes hinterher, wie er sich mit langen, federnden Schritten durch die Menschenmenge schob und in einer Seitengasse verschwand. Langsam drängte die Zeit. Ich wollte nicht wochenlang Spesen produzieren ohne jede Gewissheit, ob ich jemals für meine Arbeit bezahlt werde würde. Fern der Heimat fehlte uns leider der Kontakt zu den einflussreichen Kreisen und zur Polizei und deren Informanten, von Verbindungen zur Unterwelt ganz zu schweigen. Frustriert beschloss ich, wenigsten die mehrfach aufgeschobene Besichtigung des Doms endlich nachzuholen.

Durch das Marktportal trat ich in das Gotteshaus ein. Im weiten Innenraum sah ich einige alte Frauen, die meisten schwarz gekleidet, die in der Marienkapelle tief im Gebet versunken waren. Bewundernd ließ ich meinen Blick durch das lange Hauptschiff, über die Gratgewölbe der Seitenschiffe und in die beiden Chöre schweifen. Doch so beeindruckend der Bau auch war, fehlte mir leider nach den schrecklichen Ereignissen des Vormittags jeglicher Sinn für Kunstbetrachtungen. Leicht benebelt vom Weihrauch, der noch von den Frühmessen im Kirchenraum hing, betrat ich den Kreuzgang, der im Gegensatz zur romanischen Bischofskirche im gotischen Stil gehalten war. Im begrünten Innenhof standen römische Sarkophage, während im überdachten Wandelgang der Boden mit fein gearbeiteten Grabplatten aus rotem Sandstein bedeckt war, die Darstellungen der hier begrabenen Kapitulare zeigten. Einige der älteren Monumente waren an den Wänden befestigt worden.

Bei ihrem Anblick fiel mir wieder Prälat Schneider ein, der praktischerweise gerade um die Ecke wohnte. Vielleicht kannte er ja doch die Identität des dubiosen Mönchs, der Direktor Klingelschmidt an seinem Todestag besucht hatte? Voller Tatendrang verließ ich den Kreuzgang und steuerte mit schnellen Schritten das Haus des Geistlichen in der angrenzenden Domstraße an.

Die Haube seiner Haushälterin war wieder frisch gestärkt, doch ihre verschlossene Miene verhieß nichts Gutes. »Ich bedaure, der Prälat ist nicht da«, kam sie meiner Frage zuvor.

»Sie wissen nicht zufällig, wann er wiederkommt?«, fragte ich enttäuscht.

»Der ist in Frankfurt auf der Messe. Das kann dauern. Vor übermorgen erwarte ich ihn nicht zurück.«

»Es ist aber dringend«, insistierte ich.

»Immer ist alles dringend! Was leben wir doch in schrecklichen Zeiten«, gab die Haushälterin zurück und schloss die Tür vor meiner Nase, noch bevor ich die Bitte, dem Prälaten etwas auszurichten, formuliert hatte. Leider umfasste mein aktiver Wortschatz der deutschen Sprache noch immer nicht viel mehr als hundert Worte, von denen ich wohl die meisten noch nicht einmal richtig aussprach.

Einige Sekunden lang stand ich ratlos in der Gasse herum, bevor ich mir einen Ruck gab und meinen Rundgang fortsetzte. Unzufrieden mit mir selbst und dem Stand der Ermittlungen marschierte ich zum Rhein, um mir ein Stück des verführerisch aussehenden Kuchens zu gönnen, der mich schon am Vortag in Versuchung geführte hatte. Bei der Fülle von Delikatessen in der Vitrine fiel es mir schwer, mich zu entscheiden, weshalb ich zwei unterschiedliche Stücke Kuchen bestellte. Wie erhofft, erwiesen sich beide als vortrefflich.

»Möchten Sie noch einen Kaffee?«, fragte mich der korrekte Ober, nachdem ich meine erste Tasse geleert hatte. »Vielleicht mit einem Schuss Weinbrand? Das hilft gegen die Kälte.«

»Weinbrand, das ist eine gute Idee, aber bitte keinen Kaffee mehr«, entgegnete ich.

Angenehm gesättigt, doch trotz der wärmenden Wirkung des Alkohols noch immer innerlich aufgewühlt, machte ich mich auf den Weg zu dem Grundstück, für das Holmes sich interessiert hatte. Der arbeitsfreie Sonntag war zwar vorbei, trotzdem bezweifelte ich, dass der Bauunternehmer im Februar ein Gebäude aufmauern würde. Doch ich brauchte irgendetwas, mit dem sich mein Geist beschäftigen konnte, um nicht unentwegt an den Leichnam im Weinbottich zu denken.

Bereits aus der Ferne sah ich, dass der Zaun inzwischen repariert und obendrein mit Metallspitzen verstärkt worden war. Im Herannahen nahm ich den Geruch von gärender Gerstenmaische wahr, der aus der nahen Produktionsstätte der Mainzer Aktienbräu herüberwehte. Nachdem ich das Grundstück erreicht hatte, beschränkte ich mich darauf, durch einen Spalt im Zaun zu spähen, da mich womöglich die lästige Nachbarin von neulich durch die Gardine beobachtete. Ich durfte nicht riskieren, dass sie doch noch die Polizei verständigte. Der Blick auf die Parzelle war jedoch ebenfalls enttäuschend: Nichts regte sich dort, und seit unserem letzten Besuch hatte sich offenbar nichts verändert, wenn man davon absah, dass jemand, vermutlich Schatzsucher, in der Zwischenzeit mehrere Löcher gegraben hatten.

Als ich mich wieder umdrehte, sah ich zu meinem Erstaunen die hünenhafte Gestalt von Doktor Kaufmann, der neben mir stand.

»Welch unverhofftes Wiedersehen, Herr Tristram! Was machen Sie denn hier?«, fragte er, mich argwöhnisch musternd.

»Ich könnte Ihnen mit gleichem Recht dieselbe Frage stellen«, gab ich schlecht gelaunt zurück.

»Durchaus, aber das begründet noch lange nicht Ihre Anwesenheit vor diesem Grundstück. Es ist ja nicht gerade das geeignete Wetter für einen Spaziergang«, entgegnete der Arzt mit dem Ton eines Lehrers, der sofort merkt, wenn ein Schüler ihn anschwindelt.

»Mich führen unsere Ermittlungen hierher, und wie ist es mit Ihnen?«, sagte ich, woraufhin Doktor Kaufmann behauptete, hier zufällig auf dem Weg zur Wohnung eines Bekannten vorbeigekommen zu sein.

In diesem Augenblick bedauerte ich, kein polizeilicher Ermittler zu sein. Dann hätte ich ihn nach dem Namen und der genauen Anschrift des Bekannten fragen können. Aber diese Überlegung brachte mich auf eine Idee. »Hat sich die Polizei eigentlich inzwischen bei Ihnen gemeldet?«, erkundigte ich mich mit argloser Miene.

»Sie hatten kaum meine Praxis verlassen, als schon zwei Polizisten bei mir aufgetaucht sind. Sie müssten ihnen eigentlich noch begegnet sein.«

Entweder wir hatten schlicht Glück gehabt, oder die Ordnungshüter hatten Zivilkleidung getragen, sodass wir sie nicht erkannt hatten. Aber ich erinnerte mich nicht daran, im Treppenhaus irgendjemanden gesehen zu haben. Noch immer hätte ich zu gern gewusst, was der Arzt hier suchte, doch ganz offensichtlich war er nicht willens, es mir mitzuteilen. Es blieb mir also nichts anderes übrig, als mich zu verabschieden und meinen Weg fortzusetzen.

»Einen schönen Abend und meine besten Empfehlungen an Ihre reizende Gattin«, sagte ich übertrieben freundlich und lüftete meinen Hut.

»Ich hoffe, dieses Affentheater ist bald vorbei«, entgegnete Doktor Kaufmann nebulös, nachdem er meine Gemahlin unbekannterweise grüßen ließ.

Im Weitergehen überlegte ich belustigt, ob wohl der Arzt unter die Schatzsucher gegangen sei. Jedenfalls war es ihm ganz offensichtlich peinlich, vor Herrn Neundorfs Grundstück gesehen worden zu sein. Vielleicht war er an den Grundstücksspekulationen des Bauunternehmers Neundorf beteiligt, den ich ebenfalls noch nicht aus dem Kreis der Verdächtigen ausgeschlossen hatte. Außerdem fragte ich mich, warum die Nonne ihre Kerzen ausgerechnet in Herrn Reicherts Drogerie kaufte, obwohl es in der Stadt mehrere Devotionalienhandlungen und sogar eine Kerzenzieherei gab. Doch meine Gedanken kehrten bald wieder zu der Leiche im Weinbottich zurück.

Plötzlich kam mir ein beunruhigender Gedanke. War Herr Becker ermordet worden, weil wir angekündigt hatten, ihn befragen zu wollen? Erst als ich die Blicke der Passanten auf mir wahrnahm, merkte ich, dass ich Selbstgespräche führte. Nur gut, dass niemand meine auf Englisch gemurmelten Worte verstanden hatte. Planlos und in Gedanken versunken schlenderte ich durch die nassen Straßen, bis ich mich in der Kaiserstraße wiederfand. Dieser breite, von Bäumen gesäumte Boulevard markierte den Beginn der nach französischem Vorbild gestalteten Mainzer Neustadt. In diesem neuen Wohngebiet gab es Häuser mit aufwendig gestalteten Fassaden, hohen Fenstern und imposanten Portalen. Unvorstellbar, dass hier noch vor nicht allzu langer Zeit Wälle und Mauern gestanden hatten.

Als ich einen weiten Platz erreichte, der die relativ dichte Bebauung des Viertels auflockerte, ging das Abendrot bereits ins Dunkelgraue über, weshalb ich schleunigst kehrtmachte, um in unser Hotel zurückzugehen. Ich passierte ein Straßenschild, dem ich entnahm, dass ich mich auf dem Frauenlobplatz befand, und wunderte mich über den seltsamen Namen.

In der Straße, in die ich dann einbog, war es schon duster, und der Gaslaternenanzünder war bereits unterwegs. Gerade weil ich in der nach einem einheitlichen Plan angelegten Neustadt keine Angst hatte, vom Weg abzukommen, verlief ich mich. So war es bereits nach sechs Uhr, als ich, endlich an der Rezeption angekommen, meinen Schlüssel verlangte.

»Herr Tristram, ich habe eine Nachricht für Sie und für Herrn Sigerson«, sagte der Hotelportier und überreichte mir einen Briefumschlag mit dem Hotelemblem.

Kommissar Werner, durchfuhr es mich. Ich bedankte mich und entfernte mich einige Schritte vom Empfang, bevor ich den Umschlag ungeduldig aufriss. Meine Befürchtungen wurden sogleich bestätigt. Ohne sich mit Höflichkeitsformeln aufzuhalten, wurden wir aufgefordert, uns am nächsten Morgen unverzüglich in der Polizeiwache einzufinden.

Den Rest des Abends nahm ich mir Zeit, um die Ereignisse der letzten Tage zu notieren und dann deutsche Vokabeln zu lernen. Trotz dieser langweiligen Beschäftigung lag ich nachts lange wach und starrte die Zimmerdecke an. Es war nicht nur die eisige Kälte, die mir das Einschlafen erschwerte. Auch der Anblick der Leiche des Kellermeisters, der immer wieder in mir hochstieg, und der unvermeidliche Besuch bei der Polizei beunruhigten mich. Holmes ging es wohl ebenso, denn nach seiner Rückkehr gegen Mitternacht dauerte es noch lang, bis kein Pfeifenrauch mehr in mein Hotelzimmer drang.

18. Das Begräbnis

Am Vorabend hatte ich die Vorladung ins Polizeirevier unter Holmes' Türspalt hindurchgeschoben. Er hatte sich mit der auf den Rand eines Zeitungsartikels notierten Bitte revanchiert, mich morgens bereits um halb sieben im Frühstücksraum einzufinden. Leider las ich die Nachricht erst um viertel vor sieben, weshalb ich mit einer halbstündigen Verspätung eintraf, die Holmes jedoch unkommentiert ließ. Vor ihm stand zwar eine leere Kaffeetasse auf der weißen Tischdecke, aber kein Teller, was hieß, dass Holmes wohl wieder einmal nichts gegessen hatte. Schon seiner hageren Gestalt war anzusehen, dass er kein großer Genießer war. Seit ich ihn kannte, passte er in dieselben engen Gehröcke und Hosen. Ich ließ mir jedoch von Holmes' asketischer Neigung nicht den Appetit verderben und bestellte einen Korb mit frischen Brötchen, Butter, Pflaumenmus und verschiedenen Marmeladen.

Zu dieser frühen Stunde waren wir die einzigen Gäste. Trotzdem dämpfte ich unwillkürlich meine Stimme, als ich von meinen vergeblichen Versuchen berichtete, unsere Ermittlung voranzutreiben.

»Doktor Kaufmann hat anscheinend etwas zu verbergen, und der Prälat nimmt bestimmt in Frankfurt Kontakt zu Hehlern auf«, schloss ich meine Ausführungen.

»In Frankfurt ist er? Das ist sehr aufschlussreich. Er verkehrt also nicht nur mit Berliner Händlern«, sagte Holmes rätselhaft wie immer und winkte den Kellner herbei, der auch sogleich kam.

»Noch eine Tasse Kaffee, bitte!«, gab Holmes seine Bestellung auf und schaute dem Ober einen Augenblick lang nach, bevor er zu meiner Überraschung erzählte, wie er den Rest des gestrigen Tags verbracht hatte. Wahrscheinlich war mir mein Unmut über seine Geheimniskrämerei nur allzu deutlich anzumerken.

»Ich habe als Bürsten-Vertreter verkleidet bei den Klingelschmidts geklingelt und ein wenig mit dem Hausmädchen geplaudert. Dabei habe ich erfahren, dass inzwischen die beiden Söhne des Hauses in Mainz eingetroffen sind. Sonst hat das Gespräch mit dem Mädchen aber keine neuen Erkenntnisse gebracht. Sie hat zwar zugegeben, dass sie die Leiche des Kellermeisters gefunden hat. Doch leider hat sie niemanden gesehen, außer dem jungen Burschen, mit dem sie sich im Keller getroffen hat«, schloss er seine Ausführungen in einem Tonfall, der keinen Zweifel daran ließ, was er von einem derartigen Stelldichein hielt.

»Was beweist, dass der junge Arbeiter der Mörder ist. Ich glaube …«, begann ich, verstummte aber sofort wieder, da der Kellner mit einem Silbertablett an den Tisch trat.

»Was uns fehlt, ist ein Motiv«, beanstandete Holmes, nachdem der Kellner eine Tasse mit dampfendem Kaffee auf den Tisch gestellt hatte. »Eine Stunde später bin ich in meiner üblichen Aufmachung zurückgekehrt und habe unsere Klientin über den Stand der Ermittlungen ins Bild gesetzt. Frau Klingelschmidt ist der festen Überzeugung, dass der Kellermeister vom gleichen Täter umgebracht worden ist wie ihr Mann, und hofft, dass wir den Schuldigen recht bald finden«, fuhr er fort, nachdem er den Kaffee begutachtet und für zu dünn befunden hatte.

»Wahrscheinlich hofft sie, dass wir zwei Mordfälle zum gleichen Tarif lösen«, wandte ich ein und biss in die untere Hälfte eines Kirschmarmeladenbrötchens.

»Nein, Sie beginnt sich um ihr eigenes Leben und das ihrer Kinder zu fürchten«, sagte Holmes und schlürfte endlich einen Schluck seines heißen Getränks in sich hinein. Außerdem hat sie mir mitgeteilt, dass heute Morgen das Begräbnis ihres Gatten stattfindet. Es ist wirklich ärgerlich, dass wir zuerst unsere Zeit bei der Polizei verschwenden müssen, denn mit etwas Glück nimmt auch der ominöse Ordensbruder an der Trauerfeier teil.«

»Die Polizei hat den Leichnam erstaunlich schnell freigegeben«, wunderte ich mich.

»Sie erhofft sich keine neuen Erkenntnisse aus seiner Untersuchung«, entgegnete Holmes finster.

Während dieses Gespräches hatte ich ein Brötchen mit Erdbeermarmelade und ein zweites mit Pflaumenmus bestrichen, beide genüsslich in mich hineingestopft und meinen Kaffee getrunken. Nachdem ich mein Frühstück beendet hatte, leerte Holmes seine Tasse in einem Zug und erhob sich.

Als wir zum Ausgang gingen, warf ich im Vorbeigehen einen schnellen Blick auf die in der Hotelhalle ausliegende Tageszeitung. In einer Notiz auf der ersten Seite wurde über die gestrigen Vorkommnisse berichtet. *Schon wieder ein ungeklärter Todesfall in Mainzer Sektkellerei,* lautete die Überschrift. Im nur dreizeiligen Text stand aber nur, dass der Kellermeister tot in einem Weinbottich aufgefunden worden war. Da wir es eilig hatten, verzichtete ich darauf, die Seite drei aufzuschlagen, wo angeblich ein ausführlicherer Artikel folgte.

Wir verließen das Hotel, gefolgt von den neugierigen Blicken des Personals, unter dem es sich offenbar herumgesprochen hatte, dass man uns ins Polizeirevier zitiert hatte. Für den Friedhofs-Besuch waren wir bereits beide schwarz gekleidet. Ich musste mich mit dem einzigen Hut begnügen, den ich nach Deutschland mitgenommen hatte. Holmes hingegen hatte einen Zylinder aufgesetzt, der ihn noch größer erscheinen ließ, als er ohnehin schon war.

Eigentlich war es einer dieser kalten Februartage, aber mit jedem Schritt, der mich näher an das Polizeirevier brachte, steigerte sich mein Unbehagen, bis ich schließlich zu schwitzen begann. Sie wollten bestimmt nur unsere Zeugenaussage zu Protokoll nehmen, versuchte ich mich zu beruhigen, was mir jedoch nicht gelang. Bedrückt machte ich mich innerlich auf eine Strafpredigt gefasst.

Bald sahen wir am Ende der Straße das moderne, aber dennoch repräsentative Gebäude, das die Wache beherbergte. Vor seinem Eingang stand gerade ein Fuhrwagen voller Polizisten. Während wir auf den Bau zuschritten, brüllte der Kutscher, eines der beiden braunen Pferde wieherte, und das Fahrzeug setzte sich so vehement in Bewegung, dass unter den Hufen und Rädern der Matsch wegspritzte. Es war doch wohl nicht ein weiterer Mord begangen worden? Bei diesem beunruhigenden Gedanken hätte ich am liebsten auf dem Absatz kehrtgemacht.

Die Polizeikutsche war bereits um die Ecke gebogen, als wir das Gebäude erreichten. Das Messingschild neben dem Eingang funkelte, die Tür war frisch gestrichen und die Diele gefegt. In der Pförtner-Loge saß ein dicklicher Mann unbestimmten Alters, der wie der Pedell einer Schule aussah.

»Sie sind doch sicher die beiden Engländer?«, vergewisserte er sich, bevor wir ihn auch nur gegrüßt hatten.

»Wir sind Mister Sven Sigerson und Mister David Tristram«, erwiderte Holmes, ohne auf unsere Nationalitäten einzugehen.

»Kommissar Werner erwartet Sie bereits. Sein Büro ist im ersten Raum auf der rechten Seite.«

Ich hätte es mir ja denken können, wer hinter dieser Vorladung steckte! Während ich schlecht gelaunt durch den muffig riechenden Korridor zum Büro des Kommissars ging, überlegte ich, welche Geschichte Holmes ihm wohl auftischen würde.

Der Amtsraum war klein und obendrein mit Regalen aus dunklem Holz vollgestellt. Außerdem musste Kommissar Werner ihn mit einer Stubenfliege teilen, die unter der Decke herumsirrte. Er saß hinter einem kleinen, aber penibel aufgeräumten Schreibtisch und schien über unseren Anblick genauso wenig erfreut zu sein wie ich über seinen.

»Nehmen Sie Platz«, forderte er uns ungehalten auf und deutete auf drei ungepolsterte Stühle. »Sie haben sich reichlich Zeit gelassen! Ich habe Sie doch bereits gestern Mittag schriftlich um eine Unterredung gebeten! Es war ein grobes Versäumnis des Schutzmanns, dass er Sie nicht gleich nach dem Fund des Toten ins Polizeirevier bestellt hat«, beschwerte er sich, nachdem wir seiner Aufforderung Folge geleistet hatten. Seine Stimme klang eisig und hatte einen drohenden Unterton.

»Leider waren wir den ganzen Tag unterwegs«, entgegnete Holmes gelassen.

»In meinem Revier hat es in all den Jahren noch nie einen Mord gegeben, und jetzt ist schon der zweite Einwohner binnen einer Woche eines gewaltsamen Todes gestorben. Kann es wirklich ein Zufall sein, dass Sie sich jedes Mal in der Nähe aufgehalten haben?«, fragte der Kommissar, uns finster mit seinen scharfen, grauen Augen musternd.

Erschrocken realisierte ich, wie ernst unsere Situation war. Es gab Länder, in denen man des Mordes bezichtigt wurde, weil man das Opfer als Letzter lebend gesehen hat oder weil man neben einer Leiche angetroffen wurde.

»Als ich Direktor Klingelschmidt in einer geschäftlichen Angelegenheit aufgesucht habe, konnte ich doch wohl nicht ahnen, dass er wenige Stunden später ermordet werden würde«, sagte ich so ruhig wie möglich.

»Das ist mir bereits bekannt. Aber was haben Sie gestern in der Klingelschmidt'schen Sektkellerei zu schaffen gehabt?«

Die Beantwortung dieser Frage überließ ich lieber Holmes, um nicht zugeben zu müssen, dass wir trotz des Verbots weiterermittelt hatten.

»Ich interessiere mich für Technik. Daher wollte ich mich von Herrn Becker in die Geheimnisse der Sektproduktion einweihen lassen«, behauptete er unverfroren.

»Herr Weiland hat mir aber etwas anderes erzählt. Er sagte, dass Sie noch immer im Mordfall Klingelschmidt ermitteln«, empörte sich der Kommissar. Sein strenger Blick wetteiferte mit dem des deutschen Kaisers auf einem gerahmten Gemälde hinter ihm an der Wand.

»Das eine schließt das andere ja nicht aus«, entgegnete Holmes diplomatisch. »Jedenfalls haben wir Herrn Becker leider nicht mehr lebend angetroffen.«

»Dann könnten Sie ja eigentlich wieder nach Hause abreisen, damit endlich wieder Frieden in meinem Revier herrscht«, bemerkte der Kommissar, griff nach einem Bleistift und drehte ihn zornig zwischen seinen Händen hin und her.

»Sie glauben also auch nicht an einen Unfall?«, fragte Holmes und lehnte sich auf seinem Stuhl zurück.

»Zwar gebe ich eigentlich grundsätzlich keine Informationen zu laufenden Ermittlungen weiter, aber da es ohnehin morgen in der Zeitung stehen wird, mache ich eine Ausnahme: Herr Becker ist ertränkt worden«, berichtete Kommissar Werner gönnerhaft. »Herrn Weiland sind Sie nach dessen Aussage während Ihres Aufenthalts in der Sektkellerei nicht von der Seite gewichen, Herr Sigerson?«

»So ist es«, bestätigte Holmes gelangweilt.

»Und wie steht es mit Ihnen, Herr Tristram?«

Verlegen rutschte ich auf meinem Stuhl herum, der noch unbequemer als erwartet war. Doch es war zwecklos, die Treppenepisode zu verschweigen, da Herr Weiland auch dieses Detail der Polizei wohl bereits zugetragen hatte. Also berichtete ich, wie ich am Vortag einem Phantom nachgejagt war. Der Kommissar nahm meine Erklärung kommentarlos zur Kenntnis.

»Sie können sich glücklich preisen, dass bei Ihrer Ankunft der Kellermeister schon einige Zeit tot war«, verkündete er und legte den Bleistift wieder auf die Tischplatte zurück. »Wie Sie jedoch gestern selbst bemängelt haben, steht die Tür der Sektkellerei den ganzen Tag über auf. Es wäre Ihnen also ein Leichtes gewesen, zuerst Herrn Becker zu ermorden, nach der Tat unerkannt zu verschwinden, um dann scheinheilig im Verkaufsbüro vorzusprechen.«

»Warum sollten wir das getan haben? Wir waren dem Kellermeister bisher nur einmal kurz begegnet. Außerdem kann Herr Weiland Ihnen bestätigen, dass unsere Kleidung keinerlei Weinflecken aufwies«, sagte Holmes.

Hoffentlich unterstellte uns Herr Werner jetzt nicht, dass wir schnell in der Toilette des nächsten Lokals die Kleidung gewechselt hätten, ein Kunststück, das Holmes in fünf Minuten fertiggebracht hätte.

»Sie könnten Direktor Klingelschmidt ermordet haben, damit er Sie nicht vor den Kadi bringen kann, und sein Kellermeister ist irgendwie dahintergekommen«, sagte der Kommissar so vehement, als ob er vor Gericht das Kreuzverhör beginnen wollte.

»Das ist eine völlig absurde Unterstellung!«, protestierte Holmes, langsam ungehalten werdend, obwohl er den Tathergang ähnlich rekonstruiert hatte.

Kommissar Werner entgegnete nichts, sondern schaute uns nur schweigend an. Im Raum herrschte eine derart tiefe Stille, dass man das Ticken der Standuhr im Nachbarbüro hörte. Plötzlich drang durch das Fenster Hufgetrappel, und die Fliege begann wieder herumzuschwirren. Der Kommissar lehnte sich auf seinem Stuhl zurück und taxierte uns.

»Da ich Sie offensichtlich nicht davon abhalten kann, Ihre Nase in die Angelegenheiten der Polizei zu stecken, bestehe ich darauf, dass Sie mich ab sofort informieren, falls Sie etwas herausfinden sollten«, fuhr er in unverändert barschem Tonfall fort. Nach einer dramatischen Pause fügte er noch hinzu: »Entweder Sie zeigen sich etwas kooperativer, oder Sie verbringen die nächste Nacht in Gewahrsam. Habe ich mich klar ausgedrückt?«

»Das haben Sie. Aber leider tappen wir selbst noch im Dunkeln«, erwiderte Holmes freundlich lächelnd und erhob sich langsam von seinem Stuhl.

Nachdem wir uns verabschiedet hatten, hörte ich, wie der Kommissar leise vor sich hin fluchte. Inzwischen hatten sich meine Deutschkenntnisse so weit verbessert, dass ich verstand, dass er den Zeiten der Mainzer Kurfürsten nachtrauerte, in denen man unerwünschte Fremde einfach aus der Stadt jagen konnte.

Draußen lag der scharfe Geruch von frischen Pferdeäpfeln in der winterlichen Luft, was ich jedoch nur am Rande wahrnahm. Hauptsache, wir konnten endlich das Revier wieder verlassen. Im Sturmschritt marschierte Holmes in Richtung des Friedhofs, der außerhalb der Stadt gelegen war. Ich musste beinahe rennen, um mit ihm Schritt halten zu können. Nachdem wir durch enge Gassen gehetzt und eine lange, steile Straße hinaufgeeilt waren, erreichten wir endlich den Mainzer Hauptfriedhof, der erst in napoleonischer Zeit nach dem Vorbild des Pariser Friedhofs Père Lachaise gestaltet worden war. Mich schauderte bei der Vorstellung, dass bis dahin die Toten in Kirchennähe mitten in der Stadt bestattet worden waren.

Wir durchschritten das von Sphinxen flankierte Portal und betraten eine weitläufige, parkartige Anlage. Ein frischer Wind ließ die kahlen Baumkronen ächzen und fegte das herabgefallene Laub über das Gelände. Holmes blieb einen Augenblick lang stehen, um sich nach einem Ansprechpartner umzuschauen, und winkte dann einen behäbigen Friedhofswächter mittleren Alters herbei, den er fragte, wo die Trauerfeier für den Sektfabrikanten stattfinden solle.

»Natürlich im Familienmausoleum der Klingelschmidts«, entgegnete der städtische Bedienstete in einem Tonfall, als ob das eine sehr dumme Frage wäre.

»Und könnten Sie vielleicht die Freundlichkeit besitzen, uns mitzuteilen, wo genau sich das Mausoleum befindet?«, fragte Holmes spitz nach.

Ich konnte nur hoffen, dass er, im Gegensatz zu mir, die verworrene Wegbeschreibung verstand.

Zuerst folgten wir einer Allee, zu deren Seiten klassizistische Grabsteine, niedrige Grabsäulen, ein kleines, tempelartiges Gebäude und eine noch kleinere Pyramide standen, wodurch ich an eine römische Gräberstraße erinnert wurde.

Bald erreichten wir einen Weg, der von aufwendigen Grabbauten gesäumt wurde, unter denen sich die Grüfte der einflussreichsten einheimischen Familien befanden. Vor einer zinnenbewehrten Fassade aus Ziegelstein standen schwarz gekleidete Damen und Herren in Gruppen beisammen. Es mochten an die hundert Personen sein, erstaunlich viele für das Begräbnis eines Mannes, der zu Lebzeiten mehr Feinde als Freunde hatte. Doch niemand vergoss auch nur eine einzige Träne, und nur die Tochter des Verstorbenen wirkte betrübt. Ich reckte meinen Kopf, um herauszufinden, wer alles erschienen sei, sah aber zu meiner Enttäuschung unter den Trauergästen keinen Mönch. Auch nach Prälat Schuster schaute ich mich vergeblich um. Vielleicht war er noch in Frankfurt, oder er war möglicherweise doch nur ein entfernter Bekannter des Verstorbenen gewesen. Dafür erkannte ich die Mitglieder des Stammtisches, die mit ihren Familien erschienen waren und auf der rechten Seite standen. Zur Linken hingegen waren Direktor Klingelschmidts Geschäftsfreunde versammelt.

Wir waren reichlich spät dran, und die Totengräber hatten bereits den Sarg vor das Portal gestellt, durch das eine steile Treppe in die Gruft führte. Als wir hastig auf die Trauergemeinde zuschritten, fragte ich mich beklommen, was Direktor Klingelschmidt wohl dazu gesagt hätte, dass wir an seiner Beerdigung teilnahmen. Bei unserer einzigen persönlichen Begegnung hatte er mir schließlich angedroht, meinen Schwager zu verklagen.

Endlich erreichten wir die Trauergemeinde und bahnten uns einen Weg durch die Menge zu Frau Klingelschmidt, die mit ihren drei erwachsenen Kindern neben dem wuchtigen Sarg aus Eichenholz stand. Ihre Tochter, Schwester Scholastika, war in einen bodenlangen, weiten Wollumhang gehüllt, dessen Kapuze sie über den Kopf gezogen hatte. Die Hände in einen dicken Muff versenkt, vermied sie geflissentlich jeden Blickkontakt mit den Töchtern des Bauunternehmers, die sich mit pelzverbrämten Wollmänteln gegen die Kälte gewappnet hatten. Michaela Neundorf warf mir einen kurzen Blick zu, lächelte und wandte sich wieder ab. Die Sympathiebekundung kam so unerwartet, dass ich nicht schnell genug darauf reagierte.

Neben der Witwe Klingelschmidt standen zwei junge Männer; der eine im korrekten, schwarzen Anzug, der andere in Offiziersuniform mit Trauerflor. Es konnte sich nur um die beiden Söhne unserer Klientin handeln, obwohl sie weder Vater noch Mutter ähnlich sahen. Der Ältere hatte ein langes, blasses Gesicht, das von einem riesigen, buschigen Schnurrbart dominiert wurde. Er trug feine, schwarze Handschuhe aus Ziegenleder und umfasste den Elfenbeingriff eines eleganten Spazierstocks. Sein jüngerer Bruder war von der Sonne gebräunt und hatte einen kleineren, aber äußerst exakt geschnittenen Schnurrbart. Auch ohne seine Uniform hätte seine übertrieben aufrechte Haltung den Berufssoldaten verraten.

»Ich darf Ihnen nochmals mein aufrichtiges Beileid aussprechen«, kam ich Holmes zuvor und schüttelte allen Mitgliedern der Familie Klingelschmidt die Hand.

»Es tut mir leid, dass wir zu spät kommen. In meiner norwegischen Heimat finden wegen der Kälte keine Trauerfeiern vor zehn Uhr morgens statt«, ergänzte Holmes, nachdem er ebenfalls kondoliert hatte.

Skepsis breitete sich auf den Gesichtern der Umstehenden aus. Doch niemand wagte zu widersprechen, wohl da keiner der Anwesenden jemals in Skandinavien gewesen war.

»Meine Söhne Theodor Klingelschmidt und Leutnant Johannes Klingelschmidt«, stellte die Witwe ihren Nachwuchs mit hörbarem Stolz vor.

»Sehr angenehm«, erwiderte ihr jüngerer Sohn und schlug die Hacken zusammen.

»Wir sind auf dem Friedhof und nicht auf dem Exerzierplatz«, wies ihn seine Mutter zurecht.

Herr Neundorf war neben sie getreten. Auch er suchte das Gespräch mit der Witwe, aber sie schenkte ihm keine Beachtung.

»Haben Sie endlich herausgefunden, wer unseren Vater umgebracht hat?«, erkundigte sich Theodor Klingelschmidt, der anscheinend Gefallen an seiner neuen Rolle als Familienoberhaupt fand. Seine Mutter warf ihm einen vernichtenden Blick zu, was er jedoch nicht bemerkte, da er seinerseits uns feindselig anstarrte.

»Wir verfolgen eine heiße Spur, die nach England führt«, behauptete Holmes. Ich nahm damals jedenfalls an, dass er das nur behauptete. Dann deutete er auf die neugotische Schaufront der Gruftkapelle. »Ihr Vater hat offenbar auf den britischen Inseln seine Vorliebe für die Neugotik entwickelt.«

»Darüber hat er nie gesprochen«, verkündete Theodor Klingelschmidt entschieden und zog seine Stirn in Falten. Entweder war er generell misstrauisch, oder Holmes hatte etwas angesprochen, das der Sohn unserer Klientin am liebsten verbergen wollte.

»Direktor Klingelschmidt war in England? Das wusste ich gar nicht«, hörte ich hinter mir eine mollige Matrone in einem Tonfall sagen, als ob sie das nicht von dem Sektfabrikanten erwartet hätte.

»Dabei hat er doch neulich erst betont, wie wichtig die englische Episode für ihn war«, entgegnete Holmes so laut, dass es jeder hören konnte.

»Warum weiß ich dann nichts davon?«, fragte Martin Reicher so demonstrativ entrüstet, dass es unglaubwürdig klang.

»Auch mir gegenüber hat er kein Sterbenswörtchen davon erwähnt«, pflichtete Herr Neundorf ihm ebenso übertrieben empört bei.

Doktor Kaufmann hingegen behielt für sich, dass die Nachricht für ihn nicht neu war. Ich bemerkte, dass sich die dunklen Ringe um seine Augen verstärkt hatten und er noch immer einen ungesunden Eindruck machte.

»Das dürfte ja inzwischen völlig gleichgültig sein«, zischte Schwester Scholastika in die Runde. Obwohl sie leise sprach, war das Beben in ihrer Stimme unüberhörbar. Ihr ohnehin schon bleiches Gesicht war ganz weiß geworden, und sie sah aus, als ob sie jeden Moment in Ohnmacht fallen würde.

Trotzdem entspann sich eine kurze, aber lebhafte Unterhaltung darüber, wie wenig man doch selbst über seine engsten Freunde wisse, zu der jeder der Umstehenden eine Sentenz beisteuerte.

Das laute Räuspern des Pfarrers brachte alle wieder zum Verstummen.

»Könnte ich vielleicht woanders ungestört mit Ihnen sprechen?«, raunte Holmes Theodor Klingelschmidt zu.

»Ich habe heute Mittag einige Tische im *Gasthaus zum alten Palais* reserviert. Sie sind natürlich ebenfalls herzlich zum Leichenschmaus eingeladen«, gab dieser ebenso gedämpft zurück.

In diesem Augenblick erkannte ich unter den Trauergästen Herrn Nikolaus Leistikow, den Antiquitätenhändler aus Wiesbaden. Es erstaunte mich, dass er den Mut aufgebracht hatte, zur Beerdigung seines unzufriedenen Kunden zu erscheinen. Unsicher und zugleich entschlossen stand er in der Menge, doch keiner sprach mit ihm.

»Ich wollte demonstrieren, dass ich keine juristischen Schritte gegen ihn in die Wege leiten werde, weshalb ich ihn, genauso wie Sie, eingeladen habe«, erklärte Frau Klingelschmidt, die meine Irritation bemerkt hatte, und schaute dann den Pfarrer entschuldigend an.

»Man hat wohl im Hotel versäumt, uns die Einladung auszuhändigen«, sagte Holmes leise zu mir, bevor ich sie der Unaufrichtigkeit bezichtigen konnte.

Eine Sekunde lang herrschte betretenes Schweigen, nur ein paar Kinder hüpften lebhaft um die Erwachsenen herum. Dann begann der Pfarrer mit einer kurzen Ansprache. Aber ich war noch immer zu aufgewühlt, um seinen salbungsvollen Worten aufmerksam zu lauschen. Als er geendet hatte, hoben die Sargträger den Sarg an und trugen ihn die Treppe hinab in die Gruft. Der Geistliche schloss sich an. Theodor Klingelschmidt bot der Mutter seinen Arm an, um sie die Treppe hinab zu geleiten. Ihr schwarzes Kleid raschelte bei jedem Schritt, und ich roch einen Hauch von Veilchenparfüm.

Holmes bedeutete mir mit einer Geste, dass er genug gesehen habe, und wir entfernten uns wieder von der Trauergemeinde.

»Möchten Sie nicht das Denkmal für die Opfer der Pulverturm-Explosion ansehen?«, fragte ich, da Holmes bereits auf kürzestem Weg den Ausgang ansteuerte.

»Ich wüsste nicht, welche Erkenntnis ich daraus ziehen sollte«, winkte Holmes ab. Erst in diesem Augenblick realisierte ich, dass sein gegenüber Prälat Schuster und Herrn Listmann geäußertes Interesse an der Katastrophe nur gespielt gewesen war, um mit den Mainzern ins Gespräch zu kommen.

Just in diesem Moment hörte ich ein knirschendes Geräusch, dann einen Schlag und fuhr zusammen. Ein abgebrochener Ast, der offenbar nur knapp Holmes' Kopf verfehlt hatte, lag auf dem Weg neben uns. Holmes schaute jedoch nur kurz stirnrunzelnd in die kahle Baumkrone hoch und setzte dann seinen Weg unbeirrt fort.

19. Der Leichenschmaus

Wenn wir uns vorher nach der genauen Lage des Gasthofs erkundigt hätten, wären wir sicher mit der Droschke dorthin gefahren, denn die Wirtschaft befand sich mindestens zwei Meilen vom Friedhof entfernt in einem Park am Rhein. Zu allem Überfluss gerieten wir unterwegs auch noch in ein Schneegestöber, sodass wir nur langsam vorankamen, weil wir kaum zwei Yards weit sehen konnten. Man musste seine Füße vorsichtig aufsetzen, um nicht vom Weg abzukommen und über eine Wurzel zu stolpern. Der frische Schnee knirschte unter unseren Sohlen, und es stürmte so heftig, dass ich meinen Hut festhalten musste und die Böen an unseren Mänteln zerrten. Mitten im Park wollte ich Holmes etwas fragen, doch ein Windstoß wehte mir eisige Schneeflocken ins Gesicht, und ich beschloss, dass es viel zu kalt für eine Unterhaltung sei.

Als wir endlich unser Ziel erreichten, standen bereits mehrere Kutschen und Droschken neben dem Lokal. Die anderen Gäste waren also bereits vor uns eingetroffen.

»Warum komme ich eigentlich immer zu spät, wenn ich mit Ihnen unterwegs bin?«, fragte Holmes bei diesem Anblick.

»Ich bin weder für das Verkehrschaos von neulich verantwortlich, noch habe ich Kommissar Werner dazu veranlasst, uns in die Polizeiwache zu zitieren. Und den Schneesturm habe ich auch nicht bestellt«, verteidigte ich mich gegen diese hoffentlich nicht ernst gemeinte Anschuldigung.

Fröhliches Gelächter drang durch die großen Fenster des Lokals. Holmes zog die Eingangstür auf, und ich bemerkte befremdet, dass im Schankraum überall Luftschlangen und bunte Girlanden hingen. Auf der Schwelle stampften wir fest auf, um den Schnee von den Schuhen zu schüttelten, und klopften die Flocken von unseren Mänteln. Dann traten wir ein und nahmen höflich unsere Hüte ab. Erst jetzt stellte ich fest, dass im Raum Fremde saßen und Fastnacht feierten. In der Luft lag ein köstlicher Duft, und ich schaute auf den Teller eines Gastes, wo ich gespickten Braten mit Klößen erblickte.

»Sie gehören wahrscheinlich zu den Klingelschmidts?«, fragte eine blonde Serviererin, die wohl unsere irritierten Mienen bemerkt hatte, und ich nickte.

»Die sind im Rheinhessen-Zimmer. So ein Begräbnis kurz vor Rosenmontag ist immer eine seltsame Angelegenheit«, sagte sie freundlich und ging voran.

Ich blieb aber noch einen Augenblick lang stehen, um die Bilder zu betrachten, die an den Wänden hingen. Es handelte sich um gerahmte Stahlstiche mit romantischen Rheinansichten, die meine Reiselust weckten.

»Es ist schade, dass wir das alles nicht sehen werden«, bedauerte ich und deutete auf die Ansicht der Burg Pfalzgrafenstein, die sich auf einer kleinen Insel im Rhein erhob. Holmes schien mich nicht gehört zu haben, aber die Kellnerin empfahl mir, doch besser im Sommer wiederzukommen, und öffnete die Tür des angrenzenden Raumes.

Die Wände waren mit dunklen Holzpaneelen verkleidet, und es gab keine schönen Illustrationen wie im Schankraum. In der Mitte der Stube stand eine lange, gedeckte Tafel, an der rund zwanzig Personen saßen. Erfreut stellte ich fest, dass man die Vorspeise noch nicht aufgetragen hatte. Nur elegante, aber leere Suppenteller aus weißem Porzellan und mit Weißwein gefüllte Gläser standen vor den Gästen. Erwartungsgemäß gehörte die Familie Neundorf zu den Auserwählten, die zur privaten Feier eingeladen worden waren, während Herr Reichert wohl in seine Drogerie und Doktor Kaufmann in seine Arztpraxis zurückgekehrt waren. Fräulein Ernestine Neundorf verkniff sich mühsam ein Lächeln, während ihr der Tanzpartner von neulich derart angeregt etwas erzählte, dass sie unsere Ankunft gar nicht bemerkten. Der Verlobte ihrer Schwester fehlte allerdings an der Tafel, ein Indiz dafür, dass Holmes zurecht vermutet hatte, dass die Familie nicht mit ihm einverstanden war.

Die Kellnerin nahm unsere Mäntel, Schals und Hüte in Empfang und trug sie zur Garderobe in der hinteren Ecke des Saals, während wir zu unserer Klientin gingen.

»Schön, dass Sie kommen konnten«, behauptete sie, ohne sich jedoch zu unserer Begrüßung zu erheben, und wies uns gnädig zwei Plätze am Ende der Tafel zu. Offenbar nahm sie Holmes noch immer den unpassenden Auftritt bei der Beerdigung übel.

»Ich glaube, die Herren möchten sich mit mir unterhalten«, schaltete sich ihr Sohn Theodor ein. Ich hatte den Eindruck, dass er sich leicht übergangen fühlte.

»Wir können gern die Plätze mit Ihnen tauschen«, schlug die jüngere Hälfte eines ältlichen Schwesternpaares vor, das neben dem neuen Familienoberhaupt saß. Die schwarzen Kleider der beiden waren zwanzig Jahre zuvor vermutlich hochelegant gewesen, doch inzwischen rettungslos altmodisch. Wahrscheinlich kamen sie nur noch bei Beerdigungen zum Einsatz. Die indignierten Mienen der Schwestern ließen keinen Zweifel daran, dass sie weder an ihren bisherigen Tischnachbarn noch an unserer Gesellschaft Gefallen fanden. Offenbar hatte Frau Klingelschmidt keine glückliche Hand bei der Platzverteilung gehabt. Die Dame, die gesprochen hatte, erhob sich so schnell, wie es ihre steifen Gelenke zuließen, ergriff hastig ihr Weinglas und das ihrer Schwester und schritt mit ihr ans Ende der Tafel.

»Meine Tochter ist leider bereits in ihr Kloster zurückgekehrt. Es wäre ja auch zu viel verlangt gewesen, mir bei der Planung des Empfangs zu helfen«, sagte Frau Klingelschmidt quer über den Tisch, nachdem wir uns gegenüber dem jungen Herrn Klingelschmidt niedergelassen hatten. Müde griff sie sich an die Stirn und massierte ihre Schläfen.

Die blonde Bedienung trat wieder an den Tisch, stellte zwei Gläser vor uns hin, füllte sie bis zum Rand mit Weißwein und schenkte auch den anderen nach. Ich erwartete, dass nun alle die Gläser hoben und auf den Verstorbenen anstießen, was aber nicht geschah. Nur Leutnant Johannes Klingelschmidt machte Anstalten, seiner hübschen Platznachbarin zuzuprosten, besann sich aber gerade noch rechtzeitig eines Besseren, wie es sich für einen jungen Mann gehörte, der vor einer Stunde seinen Vater zu Grabe getragen hatte.

»Ich frage mich wirklich, wie Sie den Mord an meinem Vater aufklären wollen. Schließlich gab es keine Zeugen, und niemand hat ein Motiv«, eröffnete Theodor Klingelschmidt das Gespräch, während man eine Bouillon mit Markklößchen servierte, die so gut gelungen war, dass sie kein noch so kleines Partikelchen trübte.

»Ich fürchte, es gab doch einen Zeugen, den man inzwischen für immer zum Schweigen gebracht hat«, widersprach Holmes. Er griff nach seinem Weinglas, führte es aber nicht zum Mund.

»Falls Sie unseren Kellermeister meinen: Den hatte die Polizei verhört, und er schwor, niemanden im Garten gesehen zu haben«, unterbrach Theodor Klingelschmidt und blickte kampflustig in die Runde. Erst jetzt bemerkte ich, dass seine linke Hand der goldene Siegelring seines Vaters zierte.

Seine Mutter schüttelte missbilligend den Kopf, während sein jüngerer Bruder unbeteiligt in seiner schönen Uniform danebensaß, als ob ihn das Gespräch nichts anginge.

»Entweder war ihm nicht bewusst, dass er eine wichtige Beobachtung gemacht hatte, oder der Täter wollte selbst das geringste Risiko vermeiden«, erläuterte Holmes. Sein Taktgefühl hielt ihn davon ab, die dritte und wahrscheinlichste Möglichkeit auszusprechen, nämlich, dass der Kellermeister womöglich hatte aus seinem

Wissen Kapital schlagen wollen. »Was mir fehlt, ist vor allem ein Motiv. Wer profitiert vom Tod Ihres Vaters? Der Einzige, der das wusste, war offenbar der unglückselige Kellermeister.«

»Wie dem auch sei, frage ich mich, wie Sie Licht in diese dunkle Angelegenheit bringen wollen«, wiederholte unser Gesprächspartner und wischte sich eine Fluse vom Ärmel.

»Das liegt daran, dass Sie nicht mit der von mir entwickelten Methode der wissenschaftlichen Deduktion vertraut sind.« Holmes musste ernsthaft verärgert sein, da er mit dieser Bemerkung immerhin die Aufdeckung seines Inkognitos riskierte. Aber anscheinend war der Ruhm des englischen Meisterdetektivs nicht bis an den Rhein vorgedrungen, denn niemand horchte auf. Während alle anderen mit großem Appetit ihre Suppe auslöffelten, versuchte Holmes die Bildungslücke seines Gegenübers zu schließen, indem er ausführlich seine Arbeitsweise beschrieb.

Der Sohn unserer Klientin hörte allenfalls mit halbem Ohr zu, als Holmes ihm unerwartet eine Frage stellte. »Ich hörte, Ihr Vater hat in einem Hotel gearbeitet?«

»Das muss damals in England gewesen sein«, entgegnete er, ohne zu überlegen.

Ein eisiger Blick seiner Mutter brachte ihn sofort zum Verstummen. Leicht errötend starrte er in seinen leeren Teller, während Frau Klingelschmidt über das schlechte Wetter zu sprechen begann.

Es kam nicht selten vor, dass bei Ermittlungen nebenbei Dinge aufgedeckt wurden, die den Betroffenen peinlich waren. Aber in diesem Fall fragte ich mich irritiert, was an Direktor Klingelschmidts Englandaufenthalt denn so skandalös gewesen sein mochte. Außerdem gab mir zu denken, dass es offenbar der Tochter und dem ältesten Sohn des Sektfabrikanten missfiel, dass ihre Mutter uns mit der Aufklärung des Verbrechens beauftragt hatte. Gab es am Ende ein finsteres Familiengeheimnis, in das Frau Klingelschmidt nicht eingeweiht war? Nachdenklich schaute ich aus dem Fenster, wo helle Flocken vom Himmel rieselten und sich auf der Fensterbank sammelten. Es standen mehrere Bäume um das Haus, aber ich konnte sie im Schneegestöber kaum erkennen. Bei diesem Anblick war ich dankbar für die Wärme des in der Nähe brennenden Kachelofens.

»Was für ein Glück, dass man im Wirtshaus einen Vorrat an eingemachtem Spargel aufgehoben hat. Wir haben unseren ja bereits zu Weihnachten gegessen«, verkündete Frau Klingelschmidt, froh über die Unterbrechung des Gesprächs.

Ich wandte den Blick vom Fenster und sah, dass die blonde Kellnerin die Suppenteller abtrug, während eine ältere Frau Platten und Terrinen mit Braten, Salzkartoffeln und Spargel servierte.

»Ich halte diese privaten Ermittlungen für Geldverschwendung«, brummte Theodor Klingelschmidt.

»Ich werde nicht ruhen und auch keine Kosten scheuen, bis Wilhelms Mörder gefasst wird. Sonst sind wir alle unseres Lebens nicht mehr sicher«, widersprach seine Mutter, womit sie wohl leider nur allzu recht hatte.

Nachdem der Hauptgang serviert war, beäugte Holmes seine Portion argwöhnisch und mit gerunzelter Stirn.

»Das ist Kalbsnierenbraten. Er wird aus einem Stück Kalbsrücken mit eingewachsener Niere zu einem Rollbraten zusammengebunden«, erklärte ihm unsere Klientin, falls ich das Rezept richtig verstanden haben sollte.

Ohne große Begeisterung spießte ich meine Gabel in das Fleisch, schnitt ein Stück ab und schob es mir in den Mund. Ich fand es unerwartet delikat. »Der Braten ist ausgezeichnet!«, sagte ich zu unserer Klientin, und Holmes pflichtete mir höflich bei.

»Ich finde, die Küche ist hier nicht mehr, was sie einmal war. Das kommt davon, wenn man am Personal spart. Wir hätten besser im Mainzer Hof reservieren sollen«, brummte Theodor Klingelschmidt vor sich hin, der offenbar die nörglerische Art seines Vaters geerbt hatte.

»Also mir schmeckt es«, widersprach seine Mutter.

Um uns herum waren die Gäste in lebhafte Unterhaltungen vertieft. Ein dicker Mann gab eine Anekdote zum Besten, seine Frau tauschte mit einer anderen Dame den neuesten Klatsch aus, und auch die beiden zuvor noch so mürrischen alten Schwestern waren regelrecht aufgetaut. Nur Frau Klingelschmidt und ihre beiden Söhne hüllten sich in Schweigen.

»Was wird jetzt aus der Sektkellerei ohne Vater und ohne Herrn Becker?«, fragte plötzlich Leutnant Johann Klingelschmidt, der sich bisher nicht am Gespräch beteiligt hatte.

»Das weiß der Himmel«, seufzte seine Mutter und spielte gedankenverloren mit einer Locke, die sich aus ihrer Witwenhaube gelöst hatte. Sie hatte bisher sehr wenig gegessen, aber ein Glas Weißwein nach dem anderen getrunken.

»Die werde ich natürlich leiten. Wir stellen einen neuen Kellermeister ein, und dann wird der Export gesteigert«, verkündete sein älterer Bruder mit angriffslustig hochgerecktem Kinn.

Die Gespräche am Tisch waren verstummt. Nur das Klappern des Bestecks auf den Tellern unterbrach die peinliche Stille.

»Es geht doch nichts über das Baugewerbe. Die Leute müssen schließlich irgendwo wohnen«, sagte schließlich Herr Neundorf und faltete seine feisten Hände selbstgefällig vor dem mächtigen Bauch. Die nächste Viertelstunde verbrachte er damit, die Vor- und Nachteile der unterschiedlichen Baumaterialien zu referieren, und ich fragte mich, ob er sich für Holmes' Ausführungen über die Deduktion revanchierte.

»Verwenden Sie auch Carrara-Marmor?«, fragte Holmes, als Herr Neundorf einen Schluck trank und daher kurz in seinem Monolog innehielt.

»Natürlich nicht. Schließlich baue ich keine Tempel, sondern Wohnhäuser«, antwortete der Bauunternehmer und lachte über seinen eigenen Scherz.

Wollte Holmes nur den Vortrag unterbrechen oder spielte er auf den Marmorsplitter an, den er neulich auf dem unbebauten Grundstück gefunden hatte? Falls Letzteres der Fall gewesen sein sollte, war es ein Fehlschlag, denn Herr Neundorf wirkte nicht im Geringsten beunruhigt. Aber der Einwurf führte zu einer angeregten Unterhaltung über brüchige Grundmauern, bleiverglaste Fenster und undichte Dächer.

»Außerdem müssen wir uns ein neues Hausmädchen suchen«, sagte Theodor Klingelschmidt unvermittelt zu seiner Mutter.

Bevor sie etwas entgegnete, schaute Frau Klingelschmidt auf den vor ihr stehenden, leeren Teller und knetete ihre Hände. »Ich habe beschlossen, noch einmal Gnade vor Recht walten zu lassen. Unsere Köchin ist sehr mit ihrer Arbeit zufrieden, und außerdem ...«

Der Satz wurde nicht beendet, da in diesem Augenblick der Nachtisch serviert wurde, der aus eingemachten Birnen bestand. Beim Essen fragte ich mich, was auf das »außerdem« gefolgt wäre. Hatte das Mädchen so viele Familiengeheimnisse mitbekommen, dass Frau Klingelschmidt sie nicht gehen lassen konnte? Frau Neundorfs süffisanter Gesichtsausdruck ließ vermuten, dass sie das Gleiche dachte wie ich.

Als ich den letzten Bissen verzehrt hatte und mit geschlossenen Augen den fruchtig-süßen Geschmack genoss, verabschiedete sich der Pfarrer mit dem Hinweis, dass am Nachmittag noch eine weitere Beerdigung stattfinde. Holmes nützte die Gelegenheit, mich ebenfalls zum Aufbruch aufzufordern. Leider unternahm niemand einen Versuch, uns aufzuhalten. Ich wäre lieber noch etwas länger in der warmen Stube sitzen geblieben.

20. Der Tunnel

Das Schneegestöber hatte sich inzwischen gelegt, und nun erst fiel mir auf, wie reizvoll das Gasthaus inmitten eines im englischen Stil gestalteten Gartens am Flussufer lag. Als wir über den Parkweg schritten, hinterließen unsere Schuhe Abdrücke im jungfräulichen Schnee. Jeder blutige Amateur hätte uns verfolgen können.

Irritiert bemerkte ich, dass Holmes offenbar einem bestimmten Ziel entgegenstrebte. »Wohin gehen wir?«, wollte ich daher wissen, während ich durch den Schnee stapfte.

»Ich habe vorhin etwas von einem Empfang aufgeschnappt, den die Familie Klingelschmidt noch irgendwo gibt. Das ist eine gute Gelegenheit, um den Gang zwischen Weinkeller und Teepavillon zu untersuchen«, entgegnete Holmes, und ich brauchte einen Augenblick, ehe ich mich daran erinnerte, dass Frau Klingelschmidt ein unterirdisches Gangsystem unter ihrem Anwesen und dem Firmengebäude erwähnt hatte.

»Wonach suchen wir dort?«, erkundigte ich mich erstaunt.

»Nach einem Doppelmörder, nach einem geheimnisvollen Mönch und nach jemandem, der auf einem Maskenball seinen Gastgeber zu vergiften sucht«, erklärte Holmes, meine Frage absichtlich missverstehend.

Ohne dass ein weiteres Wort fiel, folgten wir dem Parkweg, bis wir die erste städtische Straße erreichten, wo wir mit etwas Glück eine freie Mietkutsche ergatterten. Hin- und hergerissen zwischen Entdeckerdrang und der Furcht, beim Einbruch erwischt zu werden, ließ ich durch das Wagenfenster die winterlichen Straßen an mir vorbeiziehen. Ich versuchte mir lieber keine Gedanken darüber zu machen, ob wir uns nachher in den stockdunklen Gängen verlaufen würden.

Als wir vor der Villa unserer Klientin aus der Droschke stiegen, hörte ich leises Klavierspiel und fühlte zu meinem eigenen Erstaunen Enttäuschung in mir aufsteigen. Doch im nächsten Augenblick realisierte ich, dass die Musik aus dem Nachbarhaus drang, wo offenbar ein Kind gerade eine Klavierstunde erhielt.

Holmes entlohnte den Kutscher und betrat ohne Zögern das Klingelschmidt'sche Grundstück. Man konnte nur hoffen, dass uns das Personal nicht durch das Fenster beobachtete. Unverdrossen schritt Holmes zu einem für einen Teepavillon erstaunlich großen, aber fein verzierten Holzgebäude in der Ecke des Gartens. Hier war wohl die Stelle, an der Direktor Klingelschmidt erstochen worden war. Bei dieser Vorstellung schauderte es mich.

Vorsichtig und darum bemüht, keine Geräusche zu verursachen, umrundeten wir den Teepavillon. An seine Rückseite war zum mannshohen Gartenzaun hin ein niedriger Schuppen angebaut, der sich im Näherkommen als verfallener, efeuumrankter Bretterverschlag entpuppte. Er war durch eine schmale, schmiedeeiserne Pforte zugänglich, die von einer kahlen Rosenhecke verdeckt war. Während der Vegetationsphase hätten wir die Tür wohl nicht so leicht ausgemacht. Der Durchgang zwischen dem Schuppen und dem Rosenstrauch war eng, und trotz aller Vorsicht zerkratzte ich mir die Hände an der dornigen Hecke, als ich mich hindurchzwängte.

Die rostigen Angeln quietschten jämmerlich, als der Türflügel sich nach innen öffnete. Bis zu diesem Augenblick hatte ich befürchtet, dass der Eingang in den Schuppen abgeschlossen sei. Der Flur dahinter lag im Dunkel. Wortlos drückte mir Holmes eine Kerze in die Hand. Er zündete sie an, trat dann ein, und ich folgte ihm. Das Innere war bis auf einen grob gezimmerten Schemel leer. Die Wände hatten Risse, durch die bereits die Rosenhecke wucherte. Trotzdem war es so dunkel, dass wir uns nur tastend fortbewegen konnten. Nach wenigen Schritten standen wir vor einer weiteren Tür, an der ein verrostetes Vorhängeschloss angebracht war. Als ich kräftig daran rüttelte, lösten sich die Beschläge, und das Schloss fiel hinab, was mir einen vorwurfsvollen Blick von Holmes einbrachte.

Hinter der zweiten Tür führte eine steile, schmale Treppe in die Tiefe. Beim Hinabsteigen der schiefen Steinstufen berührte ich die Wand und stellte fest, dass sie nass und glitschig war. Schließlich endeten die Stufen in einem unerwartet weiten, quadratischen Raum, in dem zehn Personen hätten nebeneinanderstehen können. Die stickige Luft im Kellerraum roch nach vermoderter Erde, aber es war nicht so kalt wie oben.

»Bitte bleiben Sie doch einen Moment auf der untersten Stufe stehen«, sagte Holmes und deutete auf die zahlreichen Fußabdrücke unterschiedlicher Größe, die auf dem schmutzigen Boden aus gestampftem Lehm zu sehen waren.

Holmes ging in die Hocke, um die Spuren genauer zu betrachten, erhob sich aber bald wieder und bedeutete mir, dass ich mich zu ihm gesellen könne.

»Mindestens vier Personen waren in letzter Zeit hier, eine davon war ein junges Mädchen: Frau Klingelschmidt sollte endlich die Tür am Teepavillon verschließen lassen«, sagte Holmes, bevor er den vor uns liegenden, knapp mannshohen Tunnel betrat, dessen Wände so schmutzig waren, dass die Mauer nur an wenigen Stellen durchschien. Überall auf dem Boden lagen kleine Lehmklumpen herum, die aus der Decke heruntergebrochen waren, Vorboten eines unmittelbar bevorstehenden Einsturzes des Tunnelsystems.

Ich blieb noch einen Augenblick stehen und begutachtete argwöhnisch die Solidität der von Flechten bedeckten, verschimmelten Gewölbe, während Holmes leicht gebückt dem niedrigen Gang folgte. Bald war er hinter einer Biegung verschwunden, und ich sah nur noch das Kerzenlicht um die Ecke scheinen. Schnell zündete ich ein Streichholz an und eilte ihm hinterher, bis ich aufgeholt hatte. Das Streichholz war längst erloschen, und ich warf es achtlos weg.

Als wir eine Gabelung erreichten, mussten wir uns zwischen zwei Gängen entscheiden, und ich dachte an Ariadne und das Labyrinth in Knossos. »Vielleicht hätten wir besser eine Rolle Bindfaden mitnehmen sollen, damit wir wieder hierher zurückfinden«, bedauerte ich und trat zur Seite, denn von der Steindecke tropfte es herunter.

»Wir werden uns auch so nicht verlaufen«, versicherte Holmes und nahm nach kurzem Zögern den linken Arm der Abzweigung.

Als ich ihm hinterherging, flüchtete eine graue Hausmaus panisch vor meinem Schritt. Wahrscheinlich gab es hier auch Ratten und Fledermäuse. Nach wenigen Dutzend Schritten standen wir vor einem unüberwindlichen Geröllhaufen. Er war der sichtbare Beweis, dass meine skeptische Einschätzung der Statik berechtigt war: Vor uns war ein Teil der Decke heruntergebrochen, wie es aussah, erst kurz zuvor, denn es roch noch nach frischem Lehm.

»Wenn wir nicht vorsichtig sind, graben irgendwann die Archäologen unsere Gebeine aus«, gab ich zu denken.

Doch Holmes entgegnete nichts, sondern kehrte schweigend zur Abzweigung zurück. Der Gang, dem wir folgten, wurde zweimal von anderen Tunneln gekreuzt, aber Holmes bog nicht ab. Während ich hinter ihm herging, stolperte ich plötzlich im Halbdunkel über eine Bodenunebenheit. Als ich alarmiert zu meinen Füßen hinabschaute, war es gerade noch so hell, um die weißen Knochen eines Schädels zu erkennen.

»Das ist genau das, was ich meine!«, sagte ich anklagend zu Holmes, der mich sachlich darauf hinwies, dass es sich nicht um menschliche Gebeine handelte.

»Das wird wohl ein Hund sein, der sich hierher verirrt hat und dann den Ausgang nicht mehr gefunden hat«, vermutete er in einem beschwichtigenden Tonfall, was mich jedoch auch nicht beruhigte. »Uns kann das nicht passieren, denn jemand hat Markierungen an der Wand hinterlassen. Ihnen wird sicher aufgefallen sein, dass wir bereits an drei dieser Kreidekreuze vorbeigekommen sind«, sagte Holmes und beleuchtete das von ihm beschriebene Zeichen. Da ich keine eigene Kerze hatte, war es mir leider entgangen.

Ich hatte das Gefühl, immer tiefer in den Untergrund vorzudringen, aber vielleicht spielten mir im Dunklen meine Sinne einen Streich. Irgendwann sah ich jedenfalls am Ende des Gangs eine steile, nach oben führende Treppe.

»Diese Treppe endet im Weinkeller. Das sehen Sie an den sauber geputzten Stufen. Das Dienstmädchen wollte damit ihre heimlichen Stelldicheins vertuschen, für die sie wohl diesen unbequemen Weg verwendet hat, um in den Weinkeller zu gelangen«, erklärte Holmes und schlich lautlos wie eine Katze die Stufen hinauf.

Da ich keine eigene Kerze hatte, blieb ich vorsichtshalber unten stehen.

Nur wenige Minuten später kehrte Holmes gut gelaunt zurück. »Es ist genau, wie ich gedacht habe«, verkündete er und wandte sich zum Gehen.

»Und was haben die Treppe und das Tunnelsystem mit unserem Fall zu tun? Ist Herrn Beckers Mörder aus der Klingelschmidt'schen Villa gekommen?«, fragte ich so konsterniert, dass Holmes in der Bewegung innehielt.

»Wahrscheinlich war das Gegenteil der Fall«, entgegnete er in einem lehrerhaften Tonfall. »Die Indizien lassen den Schluss zu, dass Herr Becker in der Unglücksnacht durch diesen Tunnel zur Villa gegangen ist. Deshalb hat Direktor Klingelschmidts Mörder ihn nicht herannahen sehen, sondern der Kellermeister stand ganz plötzlich vor dem Teepavillon. Deshalb wurde er möglicherweise Zeuge der Tat.«

In diesem Augenblick rieselte ein Staubregen auf uns herab. Endlich begriff auch Holmes den Ernst der Lage, und wir machten uns schleunigst auf den Rückweg, der zum Glück ohne weitere Zwischenfälle verlief. Ich atmete jedoch erst erleichtert auf, als ich wieder unter freiem Himmel stand.

Nichts regte sich in der Villa. Wahrscheinlich war die Familie Klingelschmidt noch nicht wieder eingetroffen. Jedenfalls stellte uns niemand zu Rede, als wir hastig den Garten durchquerten. Auf dem Bürgersteig angelangt, warf ich noch einen besorgten Blick ins Nachbargrundstück, wo sich jedoch nichts regte. Es fehlte gerade noch, dass der Schäferhund jetzt anschlug.

»Ich möchte diesen Fall möglichst vor Rosenmontag abgeschlossen haben, wenn hier endgültig der Massenwahnsinn ausbricht. Dafür müssen aber noch einige Vorbereitungen getroffen werden«, sagte Holmes, als wir die Klingelschmidt'sche Villa hinter uns gelassen hatten, und signalisierte mir damit, dass er für den Rest des Tages meine Hilfe nicht mehr benötige.

»Gibt es etwas, das ich in der Zwischenzeit tun kann?«, fragte ich, denn ich hatte keine Lust, nochmals den ganzen Nachmittag zu vertrödeln.

»Ich habe ein Inserat im *Mainzer Anzeiger* aufgegeben, in dem ich dem Mönch aus Direktor Klingelschmidts Garten eine Belohnung versprochen habe, wenn er sich bei mir meldet. Sie könnten vielleicht im Redaktionsgebäude in der Großen Bleiche nachschauen, ob schon jemand geantwortet hat«, sagte Holmes, blieb vor einer kahlen Linde stehen und überreichte mir einen fleckigen Zettel, auf den er die Chiffre notiert hatte. »Sollte eine Nachricht eingetroffen sein, schieben Sie sie bitte unter meiner Zimmertür hindurch. Ich weiß nicht, wann ich heute Abend zurückkommen werde.«

»Es meldet sich bestimmt niemand. Entweder ist der Mönch doch der von uns gesuchte Doppelmörder oder er hat Angst, dafür gehalten zu werden«, entgegnete ich. Dankbar für diesen, wenn auch recht bescheidenen und obendrein wenig erfolgversprechenden Auftrag, faltete ich das Stück Papier sorgfältig zusammen und verstaute es in meiner Manteltasche.

Holmes widersprach noch nicht einmal, sondern setzte sich wieder in Bewegung und eilte die abschüssige Straße hinab.

21. Die Annonce

Auf dem Schillerplatz verabschiedete sich Holmes von mir und lenkte seine Schritte in Richtung Rhein, während ich mich nach der Konsultation meines Stadtplans auf den Weg zur Großen Bleiche machte. Die Straße verdankte ihren Namen einem in vergangenen Zeiten unbebauten Gelände, wo Wäsche gewaschen und auf dem Gras gebleicht wurde. Sie war von prächtigen Barockgebäuden gesäumt, und ich warf im Vorbeigehen einen bewundernden Blick auf einen Brunnen mit einem Obelisken, zu dessen Seiten der Rhein und die Mosel als Flussgötter saßen. Schließlich betrat ich das Redaktionsgebäude des *Mainzer Anzeigers*, einen in dieser Umgebung vergleichsweise einfachen Bau. Am Anzeigenschalter saß ein farbloser, junger Mann und sortierte rund ein Dutzend Umschläge in einen breiten Aktenschrank mit kleinen Fächern ein. Seine Arbeit nahm ihn völlig in Anspruch, weshalb ich mich räusperte, um seine Aufmerksamkeit zu erwecken.

»Guten Tag, Herr ...« Ich lugte auf das Namensschild an seinem Revers. »Becker.« Offenbar war der Name in Mainz weit verbreitet. »Ist eine Antwort auf meine Annonce eingetroffen?« Ich schob meinen Zettel über die

Theke, wo er liegen blieb, bis der Zeitungsangestellte seelenruhig auch den letzten Brief in sein Ablagesystem abgelegt hatte.

Für sein jugendliches Alter erstaunlich behäbig, griff er dann nach der Notiz, wandte sich auf seinem Drehstuhl um und fischte mehrere Umschläge aus dem Aktenschrank heraus.

»Sie haben drei Antworten erhalten«, verkündete der junge Herr Becker.

Mein Herz machte vor Aufregung einen Sprung, bevor ich realisierte, dass nur ein Mönch in Direktor Klingelschmidts Garten beobachtet worden war. Holmes hatte wohl eine zu hohe Belohnung in Aussicht gestellt. Mich höflich bedankend, nahm ich die Kuverts entgegen und verließ das Redaktionsgebäude. Ungeduldig, wie ich war, riss ich gleich auf der Straße einen der Umschläge auf. Er enthielt ein anonymes Schreiben, in dem behauptet wurde, dass es sich bei dem Mönch bestimmt um einen der beiden Engländer handele, die seitdem im Haus der Klingelschmidts ein und aus gingen. Einen Augenblick lang wusste ich nicht, ob ich über diese ungeheuerliche Behauptung lachen oder mich empören sollte. Dann beschloss ich, Holmes' Methoden anzuwenden. Der Text war in einer wenig geübten Handschrift geschrieben, die ich als weiblich einschätzte. Papier und Umschlag sahen billig aus, weshalb ich vermutete, dass dieses Machwerk von einem Dienstmädchen stammte, das entweder bei Nachbarn der Klingelschmidts oder sogar im Haus des Sektfabrikanten selbst beschäftigt war.

Der Verfasser des zweiten Schreibens behauptete, der von uns gesuchte Mönch zu sein, und schlug vor, ihm direkt am nächsten Tag die versprochene Belohnung in der Stadtbibliothek auszuhändigen. Er hatte mit *Bruder Bernhard* unterschrieben. Trotz meiner dürftigen Fremdsprachenkenntnisse entgingen mir nicht die zahlreichen Orthografie- und Grammatikfehler im Text, die dagegensprachen, dass der Verfasser ein Ordensbruder war.

Wie das erste Schreiben war auch das dritte nicht unterschrieben. Aber wenigstens begründete sein Verfasser dieses Versäumnis als Vorsichtsmaßnahme: *Ich möchte nicht, dass die Polizei meinen Namen erfährt. Es wird daher am besten sein, wenn wir die Angelegenheit persönlich besprechen.* Ob das der Durchbruch bei unseren Ermittlungen war? Aufgeregt las ich weiter. Als Treffpunkt schlug der Unbekannte *halb fünf auf dem Frauenlobplatz* vor. *Bitte tragen Sie eine Zeitung unter dem Arm, damit ich Sie gleich erkenne.* Erst beim zweiten Lesen begriff ich, dass vom heutigen Tag die Rede war. Ob ich wohl Holmes vorher noch erreichte? Innerlich fluchte ich darüber, dass ich nicht die geringste Ahnung hatte, wo er gerade steckte.

Ich verstaute die drei Briefe in meiner Manteltasche und hastete ins Hotel zurück, wo ich aber feststellen musste, dass Holmes' Zimmerschlüssel noch an der Rezeption am Brett hing. Bevor ich mich in mein eigenes Hotelzimmer begab, ging ich zu Holmes' Quartier, um wie vereinbart die Schreiben unter der Tür hindurchzuschieben. Obwohl sein Bewohner abwesend war, roch es in der Diele nach Tabakrauch und Chemikalien.

Meine eigene Zimmertür ließ ich vorsichtshalber einen Spaltbreit offen, denn Holmes musste auf dem Weg zu seinem Raum daran vorbeigehen, damit ich so den

Meisterdetektiv sofort abfangen konnte, falls er rechtzeitig zurückkehren sollte. Spätestens um vier Uhr mussten wir das Hotel verlassen. Bis dahin blieb nur noch eine gute Stunde Zeit.

Unzufrieden mit dem Verlauf des heutigen Tages, zog ich meinen schwarzen Mantel aus und warf ihn zusammen mit dem Hut und meinem dicken Wollschal auf das Bett. Selbstkritisch realisierte ich, dass Holmes' mangelnder Ordnungssinn langsam auf mich abzufärben begann. Frustriert ließ ich mich in den bequemen Ledersessel in der Ecke meines gemütlichen Zimmers fallen und streckte die Beine aus. Die Zeiger meiner Taschenuhr schienen sich auf einmal mit doppelter Geschwindigkeit zu bewegen, und der Termin rückte gnadenlos näher. Bald war der Minutenzeiger auf die Fünfzehn gerückt, kurz danach auf zwanzig. Doch noch immer ging ich wider alle Vernunft davon aus, dass Holmes gerade noch rechtzeitig eintreffen würde. Als der Uhrzeiger die Fünfundzwanzig erreichte, hielt ich es nicht mehr auf meinem Sessel aus und begann im Raum auf- und abzugehen. Die Glocken der Bonifaz-Kirche läuteten zur halben Stunde, und langsam, aber sicher stieg Panik in mir auf.

Der Unbekannte hatte als Treffpunkt ausgerechnet den Frauenlobplatz vorgeschlagen, auf den es mich am Vortag bereits verschlagen hatte. Wenn das kein Wink des Schicksals war! Inzwischen hatte ich sogar in Erfahrung gebracht, dass der Platz nach einer Art Minnesänger[18] hieß. Wie von einer fremden Macht gelenkt,

---

[18] Heinrich von Meißen, genannt Frauenlob (Meißen 1255 - Mainz 1318)

schlüpfte ich in meinen Mantel, band mir den Schal um und setzte den Hut auf. Wenn Holmes gewusst hätte, dass ich allein zu dem Treffen ging, wäre er wohl dagegen gewesen. Doch das hatte er nun von seiner Geheimniskrämerei. Mit meinem Schicksal hadernd, trat ich in den Flur und ließ meine Zimmertür so laut ich konnte ins Schloss fallen. Aber nichts rührte sich in Holmes' Zimmer. Nur die Tür des benachbarten Raums wurde aufgerissen, und ein korrekt gekleideter Herr in den Vierzigern bedachte mich mit einem vernichtenden Blick. Ich zuckte entschuldigend mit den Schultern, worauf die Tür wieder zugezogen und demonstrativ geräuschlos geschlossen wurde.

Spielten mir meine angespannten Nerven einen Streich oder war der Tabakgeruch im Flur intensiver als vor einer Stunde? Ich sagte mir, dass in der Zwischenzeit ein weiterer Raucher in unserer Etage Quartier genommen haben musste. Meine Schritte wurden von den dicken Teppichen im Hotelflur geschluckt, als ich zum Aufzug ging, und auch sonst hörte man kein Geräusch.

Draußen wehte ein frischer Wind, aber wenigstens schneite es nicht. Trotzdem missfiel mir der Treffpunkt. Eine Freifläche war im Winter kein lauschiges Plätzchen, an dem man angenehm plaudern konnte. Mit raschen Schritten bog ich um die Ecke, überquerte eine Seitenstraße und bahnte mir einen Weg durch die Menschmenge, bis ich zufällig an einem Kiosk vorbeikam, an dem man Zeitungen, Getränke und Backwaren anbot. Leider drängten sich zahlreiche Kunden vor dem Stand, weshalb es mehrere Minuten dauerte, bis ich endlich an der Reihe war.

»Den *Mainzer Anzeiger* bitte!«, sagte ich zu dem stämmigen Mann hinter der Theke.

»Der ist aus«, entgegnete er ohne jedes Bedauern.

Damit hatte ich wirklich nicht gerechnet, und mir fehlten einen Augenblick lang die Worte.

»Sie haben nicht zufällig irgendeine andere Zeitung? Sie kann auch von gestern sein«, fragte ich dann verärgert.

Kopfschüttelnd und leise vor sich hin brummelnd bückte sich der Kioskbesitzer. Während er in einer auf dem Boden stehenden Kiste herumkramte, schnappte ich etwas von »das nächste Mal früher kommen« und »spleeniger Engländer« auf. Hinter mir hatte sich bereits wieder eine Schlange von meist einfach gekleideten Männern gebildet, die wohl ein Bier trinken wollten und langsam ungeduldig wurden.

Ich hatte schon den Mund geöffnet, um zu sagen, dass sich die Sache erübrigt habe. Schließlich war es eine leichte Übung, sich auf dem Frauenlobplatz nach einem Ordensbruder umzuschauen und ihn ansprechen. Doch plötzlich präsentierte der Kioskbesitzer mir eine abgegriffene Zeitung, die aussah, als ob eine Marktfrau Gemüse darin einwickelt hätte. Ich drückte dem Mann die Hälfte des Neupreises in die Hand, was er wortlos akzeptierte.

Die Zeitung unter den Arm geklemmt, eilte ich weiter. In einer abseits des allgemeinen Trubels gelegenen Straße hörte ich plötzlich Schritte hinter mir. Ohne meine Geschwindigkeit zu verringern, lauschte ich angespannt nach hinten, und genau wie ich befürchtet hatte, nahmen die Schritte an der nächsten Kreuzung die gleiche Abzweigung wie ich – und zwar in eine geschäftigere Straße. Um meinen Verfolger abzuschütteln, duckte ich mich in den Eingang eines Bekleidungsgeschäfts und gab vor, die dortige Auslage zu begutachten. Ein oder zwei Herzschläge lang verharrte ich lauschend, bis der Mann mich erreicht hatte.

Alle hatten sich an diesem Wintertag warm gegen die Kälte eingepackt, und auch der Unbekannte machte keine Ausnahme. Er hatte eine dicke, weiße Pudelmütze mit Bommel, wie sie sonst nur Kinder tragen, in die Stirn gezogen und schützte Mund und Nase durch einen dicken Wollschal. Unmöglich, die Gesichtszüge meines Verfolgers zu erkennen! Als der Mann an mir vorbeigegangen war, trat ich aus dem Schatten des Ladens heraus und schlüpfte in das nächste Lokal, das ich durch den Hinterausgang wieder verließ. Endlich hatte ich meinen Verfolger abgeschüttelt und erreichte ohne weitere Zwischenfälle die breite Straße, die zum Frauenlobplatz führte, zumindest wenn man davon absah, dass ich zweimal auf dem gefrorenen Pflaster ausglitt und fast gestürzt wäre. Dunkel und drohend ragten die Wohnblocks in den schon abendlichen Himmel. Es war ein denkbar unpassender Zeitpunkt für eine Zusammenkunft im Freien, denn die Dämmerung stand unmittelbar bevor. Doch vielleicht konnte der Mönch nur zwischen dem Mittagessen und der Abendandacht sein Kloster verlassen.

Als ich den fast quadratischen Frauenlobplatz vor mir sah, wurde mir leicht mulmig zumute. Wer konnte wissen, was mich dort erwartete. Bisher war mir gar nicht in den Sinn gekommen, dass diese Verabredung eine

Falle sein könnte. Jetzt drängte sich dieser Gedanke in den Vordergrund. Vorsichtshalber beschloss ich, mir den Mönch so weit vom Leib zu halten, dass ich außer Reichweite einer Messerattacke war. Dann rief ich mir erschrocken ins Gedächtnis, dass der von uns gesuchte Mörder bereits mehrfach seine Methode gewechselt hatte: Sein erstes Opfer hatte er erstochen, das zweite ertränkt und ein drittes zu vergiften versucht. Wenigstens waren zu dieser Stunde noch zahlreiche Fußgänger unterwegs, die meisten von ihnen gut gekleidete Damen und Herren. Außerdem war es jetzt zu spät, um Vorsichtsmaßnahmen zu ergreifen.

Bevor ich die Straße überquerte, um die mit Bäumen bestandene Freifläche zu betreten, rumpelte vor mir eine Kutsche über den zerfurchten und gefrorenen Boden. Ich erinnerte mich an den rücksichtslosen Fuhrmann in der Altstadt und blieb vorsichtshalber stehen, um sie vorbeifahren zu lassen. Plötzlich meinte ich einen Moment lang ein männliches Gesicht hinter dem Fenster der Kutsche zu sehen. Ehe ich feststellen konnte, ob es mich beobachtete, war das Fahrzeug aber schon an mir vorbeigefahren.

Langsam ging ich weiter und betrat schließlich den symmetrisch gestalteten Frauenlobplatz. Mit gemischten Gefühlen bemerkte ich, dass tatsächlich ein Mönch in der Mitte der Grünanlage stand, dort, wo sich die beiden Parkwege kreuzten. Seine braune, mit einem Strick gegürtete Kutte reichte dem Klosterbruder bis auf die Füße. Vielleicht war die Länge seines Gewandes der Grund dafür, dass er sich sehr aufrecht hielt. Obwohl ich pünktlich war, ging er bereits unruhig auf und ab, wobei seine ausgetretenen Sandalen auf den vereisten Boden klatschten. Im Herannahen stellte ich fest, dass der Mönch etwa mittleren Alters war. Ich schätzte ihn eher auf fünfzig als auf vierzig Jahre. Seine Kutte aus grobem, braunem Tuch konnte nicht verbergen, dass sein ehemals athletischer Körper inzwischen etwas füllig geworden war. Sein gebräuntes Gesicht mit einem strengen Zug um den Mund, senkrechten Falten über der Nase und Krähenfüßen um die Augen entsprach gar nicht meiner Vorstellung von einem Franziskaner.

»Guten Abend«, begrüßte ich ihn, als ich mich auf fünf Schritte genähert hatte. Dabei schwenkte ich meine Zeitung in der Luft und hielt sie damit gleichzeitig schlagbereit.

Mein Gegenüber verschränkte seine Arme vor der Brust und vergrub die Hände in den Ärmeln seiner Kutte. Das war das einzige Anzeichen, dass er ebenfalls die grimmige Kälte spürte. Als er den Mund öffnete, um zu antworten, nahm ich einen leichten Alkoholgeruch wahr. Der Klosterbruder hatte offenbar seine Abwesenheit vom Konvent gut genutzt. »Und mit wem habe ich das Vergnügen?«, wollte er in einem erstaunten Tonfall wissen, als ob er jemand anderen erwartet hätte.

»Das trägt nichts zur Sache«, entgegnete ich barsch, denn ich sah keine Veranlassung, meine Karten auf den Tisch zu legen, solange mein Gegenüber seinen eigenen Namen verschwieg. »Sie waren also an dem Abend, als Direktor Klingelschmidt ermordet wurde, in seinem Garten?«, vergewisserte ich mich, was mein Gesprächspartner bereitwillig bestätigte.

»Darf ich Sie vielleicht fragen, was Sie dort zu schaffen hatten?«, fragte ich misstrauisch, denn ich hatte noch immer das ungute Gefühl, mit dem Mörder des Sektfabrikanten zu plaudern, der nun auch mir nach dem Leben trachtete.

Einen Moment lang funkelte der Mönch mich aus wütenden, haselnussbraunen Augen an, die völlig die Demut vermissen ließen, wie es sich für einen Minoriten geziemte. Außerdem erinnerte mich das Holzkreuz, das um seinen Hals baumelte, an ein ähnliches Exemplar, das auch zu meinem Mönchskostüm gehört hatte.

»Bevor ich irgendetwas sage, möchte ich meine Belohnung«, entgegnete er ohne Umschweife und streckte schamlos die Hand aus.

Konnte ein Klosterbruder tatsächlich so habgierig sein? Mein Argwohn war also nicht unbegründet. Bevor ich diesen jedoch äußern konnte, bemerkte ich einen weißhaarigen, vom Alter gebeugten, zerbrechlich wirkenden Greis, der auf uns zukam. Mit seiner in die Stirn gezogenen Pudelmütze ähnelte er meinem Verfolger von zuvor, nur dass er mindestens zwanzig Jahre älter zu sein schien. Ich behielt ihn im Auge, denn trotz seines Alters konnte er ein Komplize des Mörders sein. Seine Schritte wurden zögerlich, als er uns sah, aber er ging weiterhin in unsere Richtung.

»Zuerst müssen Sie mir beweisen, dass Sie tatsächlich am Tatabend am Unglücksort waren, indem Sie mir sagen, wen Sie dort gesehen haben. Und versuchen Sie gar nicht erst, mir irgendeine Räuberpistole aufzutischen. Ich weiß genau, was damals geschehen ist«, versuchte ich es mit einem Bluff.

»Ich habe nur den Kellermeister gesehen. Ich wollte eigentlich mit Herrn Klingelschmidt sprechen, doch dieser Grobian hat mich verjagt«, sagte der Mönch und rieb sich die Nase, die wohl nicht nur vor Kälte gerötet war. Er hatte schnell und etwas mechanisch gesprochen, als hätte er seinen Text auswendig gelernt.

Ich schüttelte erstaunt den Kopf, denn diese Bemerkung passte gar nicht zu meiner bisherigen Vorstellung von der Mordnacht.

Der Mann mit der Mütze hatte sich inzwischen bis auf wenige Yards genähert. In Anbetracht seines Alters bewegte er sich mit erstaunlicher Geschmeidigkeit, und noch immer fragte ich mich, ob er womöglich ein Komplize des Mörders sei. Wenn er nicht gerade hochgradig schwerhörig war, musste er längst in Hörweite sein. Daher zögerte ich, eine weitere Frage zu stellen.

»Sie kannten Herrn Becker?«, sprach der Greis den Mönch in einem scharfen Tonfall an, bevor ich recht begriff, wie mir geschah. Noch immer konnte ich das Gesicht des Neuankömmlings nicht sehen, doch seine zittrige Stimme kam mir vage bekannt vor.

»Ich habe keine Ahnung, wer das ist. Außerdem wüsste ich nicht, was *Sie* das angeht«, erwiderte der Mönch erbost und ballte kampflustig seine Fäuste.

»Es geht mich gar wohl etwas an, weil ich die Anzeige aufgegeben habe«, antworte der alte Mann belustigt. Erst in diesem Augenblick erkannte ich, dass es Holmes war.

»Wenn Sie Direktor Klingelschmidts Kellermeister nicht kennen, woher wissen Sie dann, dass Sie ihm im Garten begegnet sind?«, hakte er nach. Diese Frage überforderte unseren Gesprächspartner, worauf Holmes zum nächsten Schlag ausholte. »Sie sind genauso wenig ein Mönch wie ich selbst, sondern Sie sind ein Veteran. Das sieht man schon auf den ersten Blick an Ihrer militärischen Haltung.«

Mir schien, als würde der Mann in der Mönchskutte blass unter seiner gebräunten Haut. Er setzte zu einer Entgegnung an, aber Holmes ließ ihn nicht zu Worte kommen.

»Sie haben gut daran getan, Ihren Ehering abzunehmen. Trotzdem verrät die helle Stelle an Ihrem Finger, dass Sie gewöhnlich einen einfachen, goldenen Ring tragen. Auch ist Ihre Tonsur nicht nach den Regeln ausgeführt. Sie hätte mindestens zwei Zentimeter größer sein müssen. Ich hoffe, man hat Ihnen genug dafür gezahlt, dass Sie sich derart verschandeln?«

»Es war lächerlich wenig«, platzte es aus unserem Gesprächspartner heraus, wodurch er sich verriet. Verlegen musterte er seine ausgetretenen Sandalen, die dringend hätten besohlt werden müssen.

»Wenn Sie trotzdem die in meiner Anzeige versprochene Belohnung einstreichen möchten, dann sagen Sie endlich die Wahrheit«, sagte Holmes scharf und ließ eine Handvoll Münzen in seiner Manteltasche klimpern. »Ich nehme an, man hat Sie in irgendeinem Wirtshaus angeheuert?«

»Nein, bei der Arbeitsvermittlung für Tagelöhner«, entgegnete der falsche Mönch so entrüstet, als ob das eine unverschämte Unterstellung wäre. Dabei bestand kein Zweifel daran, dass er nicht ganz nüchtern war.

»Wer genau hat Sie damit beauftragt, sich im Kostümverleih eine Kutte zu besorgen und uns dann diese Komödie vorzuspielen?«, wollte Holmes wissen und zog dann einige Silbermünzen aus der Jackentasche, da der Kuttenträger nicht gleich antwortete.

»Das weiß ich leider auch nicht. Ein Junge hat mich bei der Arbeitsvermittlung angesprochen und mir diesen Auftrag angeboten.«

»Wie genau sah der Knabe aus?«

Unser Gesprächspartner zuckte mit den Achseln. Umständlich zog er ein großes, vergilbtes Taschentuch aus dem Ärmel seiner Kutte und schnäuzte sich geräuschvoll hinein. »Ein ganz normaler Junge. Etwa zehn Jahre alt, vielleicht auch zwölf«, sagte er dann.

»Aber Sie würden ihn doch wiedererkennen?«

»Wahrscheinlich nicht«, gab der falsche Mönch zu, was Holmes mit einem verächtlichen Schnauben quittierte. Er selbst nahm stets jede noch so banale Einzelheit wahr und hatte wenig Verständnis für Menschen, die ihrer Umgebung nicht dieselbe Aufmerksamkeit widmeten.

»Haben Sie wenigstens den Jungen nach seinem Auftraggeber gefragt?«, hakte er mit hörbarer Ungeduld nach.

»Dazu bin ich nicht gekommen«, behauptete unser Gesprächspartner mit treuherziger Miene, doch ich meinte Beklommenheit in seiner Stimme zu hören. »Kaum habe ich zugestimmt, hat der Junge mir schon das Antwortschreiben auf Ihre Anzeige, die Visitenkarte des Kostümverleihs und etwas Geld in die Hand gedrückt. Den Rest erhalte ich angeblich morgen. Dann ist der kleine Bote davongerannt, als ob der Leibhaftige hinter ihm her wäre.«

»Aber vorher hat er Ihnen noch eingeschärft, dass Sie behaupten, ausschließlich den Kellermeister gesehen zu haben?«

Holmes nahm das Schweigen des falschen Mönches als Zustimmung.

»Der Kellermeister hat übrigens an dem Unglückstag tatsächlich den Garten seines Arbeitgebers durchquert, um seinen Bericht abzugeben. Vermutlich ist er dem Mörder begegnet, was er schließlich mit dem Leben bezahlen musste«, erzählte er dem falschen Mönch schlecht gelaunt. »Nur, dass Sie wissen, mit wem Sie sich eingelassen haben.«

»Das wusste ich nicht«, stammelte unser Gesprächspartner und wandte betreten das Gesicht ab, doch ich glaubte ihm kein Wort. Schließlich hatte die Presse tagelang über den zweiten Mordfall im Klingelschmidt'schen Anwesen berichtet.

»Sie erhalten noch einmal die gleiche Summe, wenn Sie uns den Jungen ausfindig machen können«, sagte Holmes resigniert und überreichte dem Mann mit der Kutte ein paar Münzen. Gierig griff er danach, nickte uns zum Abschied zu und eilte so schnell in Richtung Rheinufer davon, wie es seine Kutte erlaubte.

»Sie haben sich gar nicht nach seinem Namen erkundigt«, wunderte ich mich, während ich ihm nachschaute. Trotz meiner warmen Handschuhe hatte ich inzwischen eisige Finger und schlug die Handflächen aneinander, um sie aufzuwärmen.

»Wozu? Diesen Burschen kann man auch in nüchternem Zustand nicht gerade als zuverlässigen Zeugen betrachten. Wahrscheinlich hatte der Junge den Auftrag, einen Säufer anzuheuern«, brummte Holmes und setzte sich in Bewegung, aber in die entgegengesetzte Richtung.

Wir mussten ein seltsames Paar abgeben: ich in der gediegenen Garderobe eines Gentleman und Holmes in abgerissenen Kleidungsstücken, die aussahen wie von einem Lumpensammler gekauft.

»Warum haben Sie mich in dieser seltsamen Verkleidung verfolgt, statt gemeinsam mit mir hierherzugehen?«, fragte ich, mir mühsam eine unfreundlichere Formulierung dieses Sachverhalts verkneifend.

»Wenigstens haben Sie irgendwann bemerkt, dass ich Sie beschattet habe, wenn auch recht spät. Auch war Ihr Versuch, mich abzuschütteln, reichlich dilettantisch«, entgegnete Holmes kopfschüttelnd. »Ich habe diese Maskerade veranstaltet, um zu überprüfen, ob es sich bei dieser Verabredung um eine Falle handelt.«

»Und mich haben Sie als Köder benutzt!«, rief ich empört aus und blieb auf der Stelle stehen. Im nächsten Augenblick wurde mir bewusst, dass sich Holmes wohl niemals ändern würde. Wenn er eine heiße Spur verfolgte, verschwendete er keinen Gedanken an seine eigene Sicherheit oder gar die seiner Helfer. »Warum haben Sie mich nicht wenigstens in Ihre Pläne eingeweiht?«, milderte ich meinen Vorwurf etwas ab.

»Weil Sie so Ihre Rolle überzeugender spielen konnten. Ich hätte es nicht getan, wenn ich gedacht hätte, dass ich Sie in ernsthafte Gefahr bringe.«

Schon bei anderen Gelegenheiten hatte mir Holmes unmissverständlich zu verstehen gegeben, dass er nicht viel von meinen schauspielerischen Fähigkeiten hielt.

»Woher wissen Sie, wie eine ordnungsgemäße Tonsur auszusehen hat?«, fragte ich nach einer Weile, während wir zum Hotel zurückkehrten.

»Ich weiß es nicht, ging aber davon aus, dass der Veteran von dieser Materie erst recht keine Ahnung hat.«

»Jeder Zivilist hätte wahrscheinlich irgendeine Gastwirtschaft als Treffpunkt vorgeschlagen«, sagte ich mit einem sehnsüchtigen Blick auf die hell erleuchteten Fenster eines Bierlokals.

»Wo man womöglich wiedererkannt oder gar mit Namen angesprochen wird«, ergänzte Holmes kopfschüttelnd und schaute beim Gehen auf das vereiste Pflaster.

»Dann eben in einem Museum oder einer Bibliothek, jedenfalls in irgendeinem beheizten Innenraum«, überlegte ich, als wir an einer Straßenkreuzung warten mussten. »Werden wir uns auch mit diesem dubiosen Bruder Bernhard treffen?«

»Das halte ich für reine Zeitverschwendung. Aber morgen früh möchte ich mir erst einmal das vermeintliche Foto des Engels ansehen. Dieses Thema konnte ich bei meinem letzten Besuch leider nicht anschneiden, weil unsere Klientin völlig von den Vorbereitungen der Trauerfeierlichkeiten in Anspruch genommen war«, sagte Holmes, bevor wir zum Hotel zurückkehrten.

22. Das Foto der Elfe

Am nächsten Morgen stellte ich erfreut fest, dass die Luft nach Frühling roch. Wie es sich gehörte, warteten wir bis neun Uhr, bevor wir Frau Klingelschmidt unsere Aufwartung machten. Der Schnee war inzwischen fast völlig geschmolzen und hatte sich in Matsch auf dem Bürgersteig und Pfützen auf der Fahrbahn verwandelt. Als wir die Villa unserer Klientin erreichten, hatten sich unsere Schuhe mit Schmelzwasser vollgesogen, und weiße Ränder von Streusalz zeichneten sich auf dem dunklen Leder ab.

Das Hausmädchen öffnete die Tür, kaum dass der Klingelton verhallt war. Sie lächelte voller freudiger Erwartung. Doch als sie uns sah, gefror ihr Lächeln. Erst nach einer Schrecksekunde neigte sie höflich den Kopf, wie es sich gegenüber Besuchern der Herrschaft geziemte. Das sommersprossige Mädchen war noch etwas blass um die Nase, aber ansonsten schien sie wieder ganz die Alte zu sein.

»Ich würde gerne kurz mit Frau Klingelschmidt sprechen«, sagte Holmes und trat ein, ohne eine diesbezügliche Aufforderung abzuwarten, während ich mir sorgfältig die Schuhe auf der Sisalmatte vor der Haustür reinigte.

Zwei junge, lebhafte Schäferhunde, die offenbar hinter der Tür gehockt hatten, stoben leise kläffend auseinander, und ich war heilfroh, dass sie sich am Vortag nicht im Garten herumgetrieben hatten.

»Guten Morgen, Herr Tristram! Guten Morgen, Herr Sigerson! Sie wollen doch nicht etwa mit Ihren schmutzigen Schuhen über den frisch gewischten Boden gehen?«, hörte ich Wilhelm Klingelschmidts tiefe Stimme sagen, bevor er die Hunde in barschem Ton zur Ordnung rief. Sie verstummten und nahmen umgehend in der Ecke auf ihrer Decke Platz. Ich meinte eine Spur von Verachtung in seinem Tonfall gehört zu haben. Die Gäste, die man gewöhnlich in diesem vornehmen Haus empfing, trugen wohl trockene Schuhe ohne Salzränder, weil sie mit der Kutsche vorfuhren und nicht durch den Matsch waten mussten.

»Guten Morgen, Herr Klingelschmidt«, erwiderte Holmes den Gruß und machte einen Schritt zurück, um sich die Schuhe auf der Fußmatte abzutreten.

Ich machte mich darauf gefasst, dass der Sohn des Hauses inzwischen auf der Anrede »Direktor« bestand, was aber nicht der Fall zu sein schien. In der beengten Diele wirkte der junge Herr Klingelschmidt größer, als ich ihn von der Beerdigung in Erinnerung hatte. Trotz der schrecklichen Umstände seines Todes hatten sich die Trauerbekundungen für seinen Vater, den Sektfabrikanten, in Grenzen gehalten. Vor allem die beiden Söhne machten sich nicht einmal die Mühe, Betroffenheit vorzutäuschen, weshalb ich eine ausgeprägte Abneigung gegen sie entwickelt hatte. Aber glücklicherweise war Theodor Klingelschmidt gerade im Begriff auszugehen und hatte es eilig. Er rückte vor dem Spiegel seinen Hut zurecht, zwirbelte selbstgefällig seinen gewaltigen Schnurrbart und legte dann die beiden Schäferhunde an die Leine. Die jungen Hunde bellten freudig und zerrten an ihren Hundeleinen.

»Sitz!«, rief ihr Halter gebieterisch, was die beiden jungen Schäferhunde jedoch nur zögerlich taten.

»Ist das der Nachwuchs von Herrn Wilhelmys Wachhund?«, erkundigte sich Holmes, der das wohl aus dem Knochenbau und der Fellzeichnung der Tiere geschlossen hatte.

»Ja. Ich bin ihm dankbar, dass er sie mir überlassen hat. Man fühlt sich ja auf seinem eigenen Anwesen nicht mehr sicher«, entgegnete Theodor Klingelschmidt und schritt hocherhobenen Hauptes davon. Ich bezweifelte, dass sein Vater am helllichten Werktag die Zeit gefunden hätte, spazieren zu gehen.

Das Mädchen machte einen ungeschickten Knicks und begleitete uns dann in den Salon, wo die Hausherrin mit einer angefangenen Nadelarbeit in der Hand auf einem roten Sessel saß. Sie hatte jedoch mit dem Sticken innegehalten und umklammerte den hölzernen Stickrahmen so fest, dass ihre Knöchel weiß hervortraten.

»Entschuldigen Sie bitte, dass wir Sie nochmals stören …«

»Ich muss mich entschuldigen, nämlich dafür, dass Sie offenbar meine Einladung zur Beisetzung meines Gatten nicht erreicht hat. Es war zu knapp, sie mit der Post zu versenden. Daher sollte unser Kutscher sie an der Rezeption Ihres Hotels abgeben. Dabei muss wohl irgendetwas schiefgelaufen sein.«

Vor meinem inneren Auge sah ich den Boten in der nächsten Schankwirtschaft versacken.

»Herrn Leistikov haben Sie postalisch informiert?«, wollte Holmes wissen.

»Nein, unser Kutscher hat ihm die Einladung persönlich überreicht. Er sollte sowieso nach Wiesbaden fahren, um ein Paar schwarze Handschuhe abzuholen, die ich mir habe anfertigen lassen. Der Kürschner kennt meine Maße«, entgegnete die Hausherrin, bemüht, Holmes' Skepsis zu zerstreuen. Sie strahlte uns an, aber in ihren Augen war Besorgnis zu sehen. »Um diese Zeit trinke ich immer einen zweiten Kaffee. Sie trinken doch eine Tasse mit mir?«, flötete sie.

»Wir möchten Ihnen aber wirklich keine Umstände machen«, sagte Holmes und blickte sich verstohlen im Salon um. »Da das Schreiben an Herrn Leistikow offenbar seinen Adressaten erreicht hat, gehe ich davon aus, dass die an uns gerichtete Einladung wohl im Hotel verloren gegangen ist. Aber das ist nicht der Grund, warum wir Sie aufsuchen. Ihr Gatte besaß doch ein Foto, auf dem ein Engel zu sehen ist. Falls es Ihnen nichts ausmacht, würde ich gerne einen Blick darauf werfen.«

»Wenn es Ihnen bei Ihren Ermittlungen weiterhilft«, sagte Frau Klingelschmidt verwundert, erhob sich aber nach kurzem Zögern ganz langsam von ihrem Sessel, legte die Handarbeit auf einen Beistelltisch und ging dann mit eiligen Schritten aus dem Salon.

Das Hausmädchen öffnete die Tür, trug währenddessen das Kaffeeservice mit dem Goldrand von neulich auf einem versilberten Tablett herein, stellte es behutsam auf den Tisch und schenkte uns ein. Im gleichen

Augenblick kehrte unsere Gastgeberin auch schon mit einem mittelgroßen Umschlag aus handgeschöpftem Büttenpapier zurück.

»Wenn Sie wollen, können Sie es behalten«, sagte sie, überreichte Holmes das Kuvert und nahm wieder Platz. Ihren Stickrahmen ließ sie auf dem Beistelltisch liegen.

Auch ohne dieses Angebot ließ die Miene der Hausherrin keinen Zweifel daran, was sie von der Authentizität dieses Bildes hielt. Die Klingelschmidts mussten ein seltsames Paar gewesen sein: er von exaltierter Frömmigkeit, aber aufbrausend und cholerisch, sie hingegen beherrscht, bodenständig und vernünftig.

Ganz vorsichtig zog Holmes die Fotografie aus dem Umschlag und legte sie auf die frisch gestärkte Tischdecke. Ich reckte den Hals, um einen Blick auf das Lichtbild zu erhaschen. Es zeigte ein bildhübsches, etwa zehn Jahre altes, blondes Mädchen im weißen Kleid vor einem dunklen Hintergrund. Licht- und Schatteneffekte umschmeichelten das zarte Profil des Kindes. Die Wiedergabe war leicht unscharf, weshalb ich erst auf den zweiten Blick die Flügel auf dem Rücken des blonden Mädchens bemerkte. Das ganze Bild hatte den Hauch einer Vision, war aber sorgfältig komponiert.

»Da Sie so freundlich sind, mir dieses Bild zu überlassen, wahrscheinlich weil es unangenehme Erinnerungen in Ihnen weckt«, begann Holmes, hielt dann aber kurz inne und schaute zu unserer Klientin hoch, die ihn ihrerseits alarmiert anblickte. Ich wollte gerade Zucker in meinen Kaffee hineinrühren und hielt ebenfalls mitten in der Bewegung inne. »Könnten Sie sich vielleicht vorstellen, sich auch von der italienischen Skulptur zu trennen?«, erkundigte sich Holmes schließlich. Das war eine sehr diplomatische Formulierung, die sich nicht auf Alter oder Authentizität der Büste festlegte.

Frau Klingelschmidt atmete erleichtert auf, und ich fragte mich, welche Bitte sie befürchtet hatte. »Sie täten mir einen großen Gefallen, wenn Sie diese vermaledeite Büste an Herrn Leistikow zurückgeben. Fast hätte ich ihn auf der Beerdigung selbst darauf angesprochen, aber ich wollte nicht pietätlos oder gar gierig erscheinen«, erklärte die Hausherrin hocherfreut. »Ich verlange selbstverständlich nicht den kompletten Kaufpreis zurück«

»Das werde ich mit dem größten Vergnügen für Sie erledigen. Aber vorher würde ich die Skulptur gerne noch als Köder einsetzen. Meine langjährige berufliche Erfahrung sagt mir, dass der Mörder Ihres Mannes eine Begegnung mit mir sucht. Er möchte mir gegenüber seine Überlegenheit und seinen Erfolg demonstrieren«, sagte Holmes und erläuterte seinen Plan, dem die Hausherrin ohne Zögern zustimmte.

»Machen Sie, was immer Sie für richtig erachten, solange Sie endlich …« Frau Klingelschmidt erbleichte, ihre Brust hob und senkte sich, bevor sie einen leisen Seufzer ausstieß. »Am Geld soll es jedenfalls nicht liegen«, beteuerte sie dann, noch immer sehr bleich, aber sie hatte ihre Fassung wiedergewonnen.

»Mit Ihrer freundlichen Erlaubnis hole ich das gute Stück nächsten Montag früh morgens ab. Ich wäre Ihnen sehr verbunden, wenn Sie die Büste bis dahin in einem Schrank verstecken. Falls jemand danach fragt, behaupten Sie, dass sie gerade zur Begutachtung in Frankfurt sei«, instruierte Holmes sie.

Als unsere Klientin nicht widersprach, erwartete ich, dass er seine ungeteilte Aufmerksamkeit wieder dem Lichtbild zuwenden würde. Doch er sprang von seinem Sessel auf, eilte wortlos zur Zimmertür und riss sie mit einer jähen Bewegung auf. Davor stand das Hausmädchen, das vor Schreck fast das Gleichgewicht verlor und dann eine fadenscheinige Ausrede vor sich hin stammelte.

»Lauschen Sie immer an der Tür Ihrer Herrschaft?«, fiel ihr Holmes ins Wort.

»Ich wollte nur nachsehen, ob alles recht ist«, behauptete sie, so stark errötend, dass man ihre Sommersprossen kaum noch sah.

Frau Klingelschmidt verdrehte die Augen und befahl dann ihrer Bediensteten, in der Küche auszuhelfen. Diese knickste eiligst und huschte davon.

»Wahrscheinlich hatte sie Angst, dass wir über ihr Rendezvous im Weinkeller reden. Man kann gar nicht vorsichtig genug sein. Herr Neundorf hat mir neulich erzählt, dass sein früherer Kutscher sich mit lockeren Weibsbildern in einem Abbruchhaus getroffen hat und noch dazu auf der falschen Seite des Rheins. Doch irgendwann hat der Nachtwächter ein leises Tuscheln gehört«, sagte die Hausherrin belustigt, nachdem sie sich vergewissert hatte, dass das Hausmädchen auch tatsächlich die Diele verlassen hatte.

Kopfschüttelnd nahm Holmes wieder Platz, zog seine Lupe heraus, legte sie auf den Tisch und betrachtete das Foto eingehend. »Für mich sieht das Mädchen eher wie eine Elfe als wie ein Engel aus«, sagte er nachdenklich und nahm dann vorsichtig einen Schluck aus seiner dünnwandigen Kaffeetasse, ohne die dünne, braune Brühe wenigstens vorher zu süßen.

Ich konnte seiner Einschätzung nur zustimmen. Das Mädchen wirkte so ätherisch, dass sie fast transparent zu sein schien. Außerdem stellte ich mir einen Engel weniger feminin und älter vor.

»So realistisch mein Wilhelm im Geschäftsleben auch war, in diesen Dingen fehlte ihm jede kritische Distanz«, seufzte Frau Klingelschmidt und rang ihre weißen Hände.

»Wissen Sie zufällig, woher Ihr verstorbener Gatte die Fotografie hat?«, fragte Holmes und hob seinen Blick von dem Lichtbild.

Die Hausherrin verschränkte die Arme vor der Brust und starrte einige Sekunden lang auf den Boden. »Das hat er leider nicht gesagt«, gab sie dann zu. »Als unser Sohn Theodor das Foto sah, hat er eine spöttische Bemerkung gemacht. Mein Gemahl, Gott habe ihn selig, bekam daraufhin einen Wutanfall und drohte Theodor an, ihn zu enterben. Das tat er immer, wenn er in Rage war. Nachdem Wilhelm sich endlich wieder beruhigt hatte, hat niemand mehr über die unglückselige Fotografie gesprochen.«

Das mochte auf den engeren Familienkreis zutreffen, aber Direktor Klingelschmidts Vereinskameraden hatten sich offenbar das Maul zerrissen, wenn der Tratsch selbst einem Außenstehenden wie Herrn Listmann zu Ohren gekommen war.

Einige Minuten lang war nur das Ticken der Uhr auf dem Kaminsims zu hören.

»Das Lichtbild ist mindestens zehn Jahre alt. Die Glasgower Fabrik, die diesen Karton hergestellt hat, ist in den späten Siebzigerjahren Bankrott gegangen. Die Komposition des Bildes ist von der Manier der berühmten Fotografin Julia Margaret Cameron inspiriert«, sagte Holmes, nachdem er ausgiebig zuerst die Vorderseite und dann die Rückseite des Fotos durch sein Vergrößerungsglas betrachtet hatte.

»Sie meinen, eine Frau hat das Bild aufgenommen?«, fragte Frau Klingelschmidt alarmiert und stellte ihre zierliche Tasse so ungestüm auf das Tellerchen, dass es klirrte. Wahrscheinlich witterte sie eine junge Rivalin.

»Kein Grund zur Eifersucht. Mrs. Cameron hat erst als Mutter von sechs Kindern zu fotografieren begonnen[19] und sich eine Dunkelkammer in einem umgebauten Kohlenkeller eingerichtet. Sie war damals bereits 48 Jahre alt und eine gläubige Anhängerin der anglikanischen Kirche. Doch trotz der für sie durchaus typischen religiösen Thematik glaube ich nicht, dass die Aufnahme tatsächlich von Julia Margaret Cameron stammt. Sie hat ihre Modelle stets vor einem neutralen Hintergrund abgelichtet, während ich hier, wenn auch nur als verschleierten Schemen, einen typisch englischen Garten erkenne«, berichtete Holmes.

»Möchten Sie noch etwas Kaffee, Mister Tristram?«, fragte Frau Klingelschmidt, ohne auf Holmes' Erläuterung einzugehen, und erst in diesem Augenblick wur-

[19] Julia Margaret Cameron (Kalkutta 1815 - Ceylon 1879) war die bedeutendste Fotografin des Viktorianischen Zeitalters.

de mir bewusst, dass ich mein Getränk gedankenverloren in mich hineingeschlürft hatte.

»Nur eine halbe Tasse bitte«, erwiderte ich, denn ich ging davon aus, dass Holmes nicht mehr lange in der Klingelschmidt'schen Villa bleiben wollte.

»Sie sind also zu dem Schluss gekommen, dass die Aufnahme von einem Nachahmer der von Ihnen genannten Fotografin aufgenommen wurde?«, fasste ich etwas vage zusammen, denn ich hatte den Namen nicht behalten.

»Es wird sich wohl auch in diesem Fall um eine Dame gehandelt haben. Kein Mann kommt auf die Idee, als Engel oder Elfen verkleidete Kinder abzulichten – und schon gar nicht auf diese hochromantische Weise. Diese Art Fotografie setzt einen erheblichen technischen Aufwand voraus. Auch die Vorbereitung muss sehr aufwendig gewesen sein, weshalb ich von einer wohlhabenden Dame mit sehr viel Freizeit ausgehe. Ich habe mittlerweile sogar eine Vermutung, wer Ihrem Gemahl diese plumpe Fälschung angedreht haben könnte«, entgegnete Holmes sachlich, während das Mädchen mir nachschenkte. Dann drehte er das Lichtbild herum und betrachtete die Rückseite. »Hier steht sogar ein Datum. Leider kann man die Jahreszahl nicht mehr lesen. Aber das Bild wurde am 1. Mai aufgenommen. Das ist wirklich hochinteressant.«

»Warum?«, fragte unsere Klientin verdutzt.

»Erstens bestätigt das Datum des Maifeiertags meine Einschätzung, dass es sich um eine Elfe handelt, und zweitens kann man die exakte geografische Position anhand der Länge der Schatten bestimmen, wenn man den Zeitpunkt kennt, an dem ein Lichtbild aufgenommen wurde«, erklärte Holmes. »Sie müssten nur so freundlich sein, mir Papier, einen Bleistift und ein Lineal zur Verfügung zu stellen.«

Nachdem das Mädchen das Gewünschte herbeigebracht hatte, begann Holmes mit konzentriertem Gesichtsausdruck Strecken abzumessen und Zahlenkolonnen zu notieren, bis das ganze Blatt mit kryptischen Berechnungen bedeckt war.

»Das Bild wurde in London aufgenommen«, verkündete er nach wenigen Minuten, und ich staunte sprachlos. Als der Meisterdetektiv allerdings die exakte Adresse des Aufnahme-Ortes nannte, hatte ich den Verdacht, dass er nur bluffte. »Dort befindet sich das Hotel Excelsior«, schloss Holmes seine Ausführungen in einem triumphalen Tonfall.

Falls er jedoch gehofft hatte, dass die Hausherrin seine Schlussfolgerung bestätigen würde, so hatte er sich geirrt. Unsere Klientin hatte mit skeptischer Miene den Ausführungen gelauscht und hüllte sich nun in Schweigen.

»Hat Ihr Gemahl wirklich niemals erwähnt, dass er im Hotel Excelsior gearbeitet hat?«, hakte Holmes schließlich nach.

Die mit neugotischem Ornament verzierte vergoldete Uhr auf dem Kaminsims läutete, und Frau Klingelschmidt zuckte zusammen. Sie erkundigte sich aber nicht danach, woher Holmes wusste, dass ihr verstorbener Gatte einmal in einem Hotel beschäftigt gewesen sei.

»Falls er den Namen des Hotels überhaupt jemals genannt haben sollte, so habe ich ihn wieder vergessen.

Aber vielleicht hat er ja seinen Stammtischbrüdern davon erzählt.« Aus ihrem Mund klang es wie *der Alkohol hat ihm die Zunge gelockert.* »Wenn Sie sich beeilen, kommen Sie noch rechtzeitig zur Vereidigung der närrischen Rekruten durch die Prinzengarde. Sie findet auf dem Gutenbergplatz statt. Dort müssten Sie eigentlich Herrn Neundorf und Herrn Reichert antreffen. Richten Sie ihnen meine besten Empfehlungen aus und sagen Sie ihnen, dass ich nichts dagegen habe, wenn sie Ihnen alles sagen, was sie wissen.«

Innerlich beglückwünschte ich meine Mandantin zu der eleganten Art, uns vor die Tür zu setzen.

»Das trifft sich ausgezeichnet. Dann kann ich gleich mit der Umsetzung meines Plans beginnen«, sagte Holmes, schob das Foto wieder in den Umschlag zurück und steckte diesen in die Innentasche seines Gehrocks.

»Ich frage mich, warum Ihr verstorbener Gemahl so ein Geheimnis aus der englischen Episode gemacht hat«, wagte ich einen letzten Vorstoß und setzte die halb angehobene Kaffeetasse wieder ab.

»Es war ihm wohl schlicht peinlich, als einfacher Angestellter gearbeitet zu haben. Dabei waren seine Englischkenntnisse sehr nützlich für unseren Wein- und Sekthandel«, entgegnete Frau Klingelschmidt, die nie den Sinn für das Praktische verlor.

»Wir sollten jetzt wirklich aufbrechen«, ermahnte mich Holmes und erhob sich.

Dann verabschiedeten wir uns so hastig, wie es die Benimmregeln gerade noch zuließen, und brachen überstürzt auf.

23. Die Rekrutenvereidigung

Es stellte sich heraus, dass wir den vor dem Marktplatz gelegenen Gutenbergplatz schon wiederholt überquert hatten und achtlos an der Bronzestatue des Erfinders der Buchdruckkunst vorbeigegangen waren, die sich zwischen Bäumen auf einem Sockel erhob. Schon von Weitem erkannten wir eine große Volksmenge, hauptsächlich bestehend aus einer Garde in einheitlichen Uniformen im prachtvollen Stil der Soldaten des letzten Jahrhunderts sowie Angehörigen anderer Corps und zahlreichen kostümierten Schaulustigen, darunter auch Direktor Klingelschmidts Stammtischbrüder. Sie trugen die etwas einfachere, grüne Uniform ihres eigenen Vereins, die nach barocken Vorbildern gestaltet war. Dem schlanken, blonden Drogisten stand sie ausgezeichnet, während der hünenhafte Arzt mit seinem zotteligen Haar eher wie ein Wegelagerer als wie ein Soldat aussah. Der joviale, leicht untersetzte Bauunternehmer hingegen hätte auf der Bühne mühelos einen Offizier aus dem Dreißigjährigen Krieg verkörpern können, wenn er sich nicht so viele Orden und Plaketten um den Hals gehängt und an die Uniformjacke gesteckt hätte.

Offenbar hatte die Vereidigung der Truppe durch den General noch nicht begonnen, und so fanden wir uns bald inmitten eines Pulks seltsam gekleideter Menschen wieder, die der Zeremonie beiwohnten. Ich hatte den Eindruck, dass man das Militär der ehemaligen französischen Besatzer persiflierte.

Pünktlich um elf Uhr und elf Minuten trat ein stattlicher Mann in Offiziersuniform, der Generalfeldmarschall, wie ich später erfuhr, aus seiner Einheit, der Prinzengarde, hervor und schaute eine Gruppe von ebenfalls uniformierten Männern an, bei denen es sich um die sogenannten närrischen Rekruten handelte. Mit feierlicher, weit tragender Stimme sprach er folgende Formel: »Schwört, dass ihr unseren Prinzen Karneval treu verteidigen wollt. Zu Land, zu Wasser und in der Luft.«

»Wir schwören!«, brüllten die Soldaten zurück und bekräftigten den Eid durch einen kräftigen Schluck aus mitgebrachten Weinflaschen.

»Schwört, dass ihr den alten Gardeschwur nicht vergessen wollt: Die Garde trinkt, aber sie übergibt sich nicht.«

»Wir schwören!«, erscholl es zum zweiten Mal.

Da ich den Rest der Ansprache nur zum Teil verstand, gebe ich ihn hier in Lautschrift wieder: »Schwört, dass ihr euch nit fercht, nit vor de größte Schoppe, nit vor de dickste Werscht.«

Auch das gelobte die Truppe.

Eine Wolke schob sich vor die grelle Wintersonne, und sofort wurde es merklich kälter.

»Wiederholt mir das Feldgeschrei: Weck, Worscht un Woi.«

»Weck, Worscht un Woi.«

»Wiederholt mir den Schlachtruf: Määnzer Blut is kää Buttermilch.«

»Määnzer Blut is kää Buttermilch.«

In Erwartung des unweigerlich folgenden Gebrülls hielt ich mir vorsorglich die Ohren zu.

Nachdem es vorbei war, stimmten alle in ein Lied ein: »Und wir esse Beern, und wir trinken Beern, und wir habe Beern for uff's Brot zu schmeern. Darum Vivat Latwersch[20], Hesse-Darmstädter sein mir.«

Holmes hatte der Zeremonie mit der neugierigen Miene eines Ethnologen beigewohnt, der den absonderlichen Initiationsritus eines Kannibalenstamms studiert. Als die formelle Vereidigung der Rekruten beendet war, schlenderte er interessiert in Richtung unserer neuen Bekannten. »Bitte überlassen Sie mir die Konversation«, raunte er mir noch zu, kurz bevor wir sie erreichten. Das war ein überflüssiger Hinweis, denn es fiel mir noch immer schwer, etwas auf Deutsch zu formulieren, weshalb ich mich tunlichst davor drückte.

»Was für ein Zufall, dass Sie gerade jetzt hier vorbeigekommen sind«, sagte Herr Neundorf in einem leicht ironischen Tonfall. Er straffte die Schultern und zog den Bauch ein. »Ich hätte gern im 17. Jahrhundert gelebt, bei der kleidsamen Mode«, fügte er dann gut gelaunt hinzu.

»Wie kommen Ihre Ermittlungen voran? Der Fall scheint ja ziemlich kompliziert zu sein«, mischte der Mediziner sich ein. Er hielt ein Glas dampfenden Glühwein

---

[20] Anmerkung des Herausgebers: Dialektausdruck für Zwetschenmus, siehe Kapitel 8.

in der Hand, und ich schaute mich vergeblich nach dem Stand um, an dem er ihn gekauft hatte.

»Ich liebe komplizierte Fälle. Die einfacheren überlasse ich lieber der Polizei«, betonte Holmes gönnerhaft. »Der Mord an Direktor Klingelschmidt steht übrigens kurz vor der Aufklärung. Endlich hat mir seine Witwe mitgeteilt, dass Ihr Mann vor Ihrer Ehe für ein paar Monate als einfacher Angestellter im Hotel Excelsior in London gearbeitet hat. Sie ist inzwischen zu dem Schluss gekommen, dass es mittlerweile auch egal ist, ob es sich herumspricht«, behauptete er dann in einem beiläufigen Tonfall.

Herr Neundorf schüttelte daraufhin so vehement den Kopf, dass er seinen Hut festhalten musste. »London könnte stimmen. Doch er hat einmal einen anderen Hotelnamen genannt, ich entsinne mich aber nicht mehr, welchen«, ergänzte er vehement.

»Also mir kommt Excelsior bekannt vor, aber mir ist unklar, warum Sie das interessiert«, überlegte Herr Reichert – eine Frage, zu der Holmes die Antwort schuldig blieb.

»Frau Klingelschmidt möchte übrigens zum Gedenken an ihren Gemahl eine Tombola zu Gunsten einer karitativen Einrichtung veranstalten. Der Preis wird eine wertvolle italienische Skulptur sein, die Direktor Klingelschmidt kurz vor seinem Tod noch erworben hat. Sie wird gerade in Frankfurt von einem Gutachter geschätzt. Am Rosenmontag wird sie dann im Vereinslokal des MFV ausgestellt, und am späten Nachmittag nach dem großen Umzug können Lose erworben werden«, verkündete er stattdessen.

Die Umstehenden geizten nicht mit Lob für die gute Absicht, ich bezweifelte jedoch, dass sich viele Interessenten für eine solche Lotterie finden würden – auch wenn der Erlös für einen guten Zweck war.

»Wie fanden Sie die Zeremonie?«, wollte Doktor Kaufmann gut gelaunt wissen. Entweder war er nicht nachtragend oder aber zu angeheitert, um sich an unser Zusammentreffen zu erinnern.

»Interessant«, antwortete Holmes trocken, der wohl alle Anhänger der Fastnacht für Spinner hielt.

»Vielleicht sollten Sie sich dann morgen die große Sitzung in der Gut Stubb ansehen«, schlug ein Gardist mittleren Alters vor, dessen gerötetes Gesicht zeigte, dass er mehr als nur leicht beschwipst war. Später erfuhr ich, dass es sich bei der von ihm erwähnten Räumlichkeit um die große Mainzer Stadthalle handelte.

»Dafür haben die Herren bestimmt keine Zeit«, sagte Herr Neundorf eiligst, und ich konnte mich des Verdachtes nicht erwehren, dass er uns von der Veranstaltung fernhalten wollte. »Es gibt nämlich weder Vorverkauf noch reservierte Plätze. Die Leute nehmen sich oft frei, um sich schon am Nachmittag anzustellen und einen Platz zu ergattern«, fügte er dann etwas umgänglicher hinzu.

»Und wie vertreibt man sich die Zeit, bis es losgeht?«, fragte Holmes irritiert. Es war für ihn nämlich die schlimmste Strafe, wenn sein Verstand nichts hatte, womit er sich beschäftigen konnte.

»Mit Skatspielen, Singen, Schunkeln und mit Weintrinken, natürlich«, entgegnete Doktor Kaufmann in einem Tonfall, als ob das eine sehr dumme Frage wäre. »Entsprechend gut ist die Stimmung, wenn es dann endlich losgeht. Man sagt, dass letztes Jahr sogar der Großherzog höchstselbst der Sitzung beigewohnt habe.«

»Aber nur inkognito in seiner Loge. Und das auch nur ein Viertelstündchen lang«, wandte Herr Reichert grimmig ein, und ich fragte mich, ob der Landesherr einfach nicht mehr Zeit hatte erübrigen können oder ob ihm das Dargebotene nicht gefallen hatte.

Holmes bedankte sich höflich für die Auskunft und wünschte den Herren noch einen schönen Tag. Dann überquerte er die Ludwigsstraße und ging auf das Stadttheater zu, einen Bau aus rotem Sandstein, der sich gegenüber dem Gutenberg-Platz erhob. Im Gegensatz zu den meisten modernen Theaterbauten, die griechischen Tempeln glichen, erinnerte seine halbrunde Schaufront eher an das Kolosseum in Rom.

»Was bezwecken Sie eigentlich mit der Tombola?«, erkundigte ich mich, als wir das Theater erreicht hatten.

»Ich werde die beiden Söhne unserer Klientin bitten, überall in der Stadt unter dem Siegel der Verschwiegenheit zu erzählen, dass ihr Vater auf der Unterseite der Büste ein Geheimfach angebracht habe. Ihre Mutter wisse nichts davon, denn der Inhalt würde sie schockieren. Nun bedauerten sie natürlich, das Fach nicht rechtzeitig geleert zu haben, solange die Skulptur noch im Hause war«, entgegnete Holmes und blieb vor den Plakaten mit den Ankündigungen der nächsten Vorstellungen stehen.

»Und Sie meinen, dass die jungen Herren sich von Ihnen einspannen lassen?«, fragte ich skeptisch, denn ich hatte immer den Eindruck, dass die beiden Schnösel uns nicht leiden konnten.

»Ganz bestimmt. Ich muss Ihnen glaubhaft machen, dass es die beste Methode ist, um uns loszuwerden«, erwiderte Holmes. »Was meinen Sie: Halten Sie es für plausibel, dass Direktor Klingelschmidt sich tatsächlich dafür schämte, nur als einfacher Hotelangestellter gearbeitet zu haben?«

Das war eine gute Frage, die ich mir längst hätte selbst stellen sollen. »Das kann ich mir nicht vorstellen bei einem Mann, der stolz darauf war, dass er keine Universität besucht und sein ganzes Vermögen selbst erwirtschaftet hat«, entgegnete ich nach kurzem Nachdenken. »Schließlich war er in London nicht als Totengräber, Gassenkehrer oder Lakai beschäftigt.«

»Und was folgern Sie daraus?«

»Offenbar ist damals irgendetwas passiert, von dem er nicht wollte, dass es sich herumsprach«, sagte ich nachdenklich, und Holmes forderte mich mit einer ermunternden Geste auf, diesen Faden weiterzuspinnen. »Vielleicht hat er einer Frau die Ehe versprochen, sich aber dann nach Deutschland abgesetzt, als es ernst wurde. Oder hat er sie tatsächlich geheiratet, seine Gemahlin aber dann verlassen und fürchtete sich davor, dass diese Bigamie publik werden könnte? Oder er ist dort in schlechte Kreise geraten und hat mit Halbweltdamen oder Umstürzlern verkehrt. In London gibt es ja ganze Stadtviertel, die ein Gentleman besser nicht betreten sollte. Dieser Sündenpfuhl könnte sogar der Anstoß zu seiner Bekehrung gewesen sein.«

»Nachdem er vorher in London dem Laster ausgiebig gefrönt hat?«, vergewisserte Holmes sich belustigt, was ich bejahte, obwohl mich schon bei der schieren Vorstellung meine Fantasie im Stich ließ.

»Wenn er nicht ermordet worden wäre, dann wäre das eine erwägenswerte Möglichkeit.«

»Vielleicht ist er auch im Hotel wegen Unfähigkeit entlassen worden oder er hat Schulden gemacht, die er nicht zurückzahlen konnte«, schlug ich vor, aber Holmes hörte mir längst nicht mehr zu.

»Ich hätte mir gern eine Oper angeschaut. Aber auch hier haben offenbar die Fastnachtsfreunde das Regime übernommen«, beschwerte er sich und deutete anklagend auf ein Plakat, das für eine *Fastnachtsposse* warb, was auch immer darunter zu verstehen war. »Vielleicht sollte ich stattdessen das Wiesbadener Theater besuchen. Ich wollte sowieso noch einmal mit dem Kunsthändler Leistikow sprechen.«

Enttäuscht ging ich davon aus, dass unser Tagwerk damit schon wieder beendet sei, doch Holmes schlug zu meiner Überraschung vor, zuerst noch einmal unser Glück bei Prälat Schneider zu versuchen.

»Es ist noch nicht ganz Mittag und daher durchaus vertretbar, bei ihm vorzusprechen«, überlegte er laut und lenkte bereits seine Schritte in Richtung Marktplatz.

»Das ist eine gute Idee. Schließlich wohnt er ganz in der Nähe«, murmelte ich, um mich selbst zu überzeugen, denn unangemeldete Besuche lagen mir gar nicht. »Ich habe mich schon mehrmals gefragt, warum wir bisher noch keine Veranstaltung dieses Fastnachtsvereins besucht haben. Vielleicht hätten wir ja etwas Interessantes über Direktor Klingelschmidt erfahren.«

»Ich glaube kaum, dass es möglich ist, bei derartigen Veranstaltungen ein vernünftiges Gespräch zu führen«, brummte Holmes, dem völlig der Sinn für das närrische Treiben abging.

Wir hielten uns auf der linken Straßenseite, um nicht die noch immer auf dem Gutenbergplatz versammelten Gardisten und deren Anhänger passieren zu müssen, überquerten den Marktplatz und bogen in die Domgasse ein. Wie bei jedem unserer bisherigen Besuche wurde die Haustür des Prälaten bereits beim ersten Läuten von der dienstbeflissenen Haushälterin mit der frisch gestärkten Haube geöffnet.

»Sie haben Glück. Der Monsignore ist wieder aus Frankfurt zurück«, verkündete sie, bevor auch nur einer von uns beiden den Mund geöffnet hatte, und geleitete uns in die Bibliothek des Hauses.

Der Geistliche trug den gleichen pelzbesetzten Hausmantel wie bei unserem letzten Besuch. Doch diesmal stand er vor einem Bücherregal und ließ seinen Blick versonnen über die Buchrücken gleiten. Holmes räusperte sich geräuschvoll. Aber der Hausherr drehte sich erst zu uns um, nachdem wir uns dafür entschuldigt hatten, unangemeldet bei ihm vorzusprechen.

»Aber bitte, nehmen Sie doch Platz«, sagte und deutete auf vier mit rotem Samt bezogene Stühle, die um einen runden, schwarzen Tisch standen, auf dessen Platte ein Foliant über Gartenbaukunst des Barockzeitalters lag.

»Wir haben nur eine kurze Frage, die sich in der Zwischenzeit aufgetan hat«, sagte Holmes, als wir saßen.

»Ich hoffe, Sie sind noch immer damit beschäftigt, das Verbrechen zu bekämpfen?«, wollte der Prälat mit einem leicht süffisanten Unterton in der Stimme wissen und öffnete sein Brevier.

»Ja, das bin ich«, entgegnete Holmes und schaute mäßig interessiert aus dem Fenster. »Ich war bisher davon ausgegangen, dass der Mönch im Garten des Sektfabrikanten ein Kostümierter war. Aber vielleicht war es ja tatsächlich ein echter Mönch, der Direktor Klingelschmidt besuchen wollte.«

»Das würde mich nicht wundern. Erfreulicherweise gibt es ja trotz der napoleonischen Säkularisierung in Mainz wieder zahlreiche Klöster«, sagte der Hausherr und begann, die Namen sämtlicher hiesiger Ordensniederlassungen aufzuzählen.«

Offenbar waren wir in den Augen der Haushälterin inzwischen in der Rangordnung der Besucher aufgestiegen, denn diesmal bewirtete sie uns sogar. Wenige Minuten nach unserer Ankunft öffnete sie so sacht die Tür, dass ich bei ihrem unerwarteten Anblick zusammenzuckte. Sie brachte ein Tablett mit feinem Porzellangeschirr herein, setzte es behutsam auf der Tischplatte ab und goss uns frisch aufgebrühten Kaffee ein. Wie alles in diesem Haushalt war auch das Service alt und sah sehr wertvoll aus. Vermutlich handelte es sich um echtes Meißener Porzellan.

Die Haushälterin verschwand genauso diskret, wie sie gekommen war, und sofort wurde es im Bibliothekszimmer beängstigend still.

»Sie können sich nicht zufällig vorstellen, wer dieser Mönch in Direktor Klingelschmidts Garten gewesen sein könnte?«, fragte Holmes direkt, der nicht ganz verbergen konnte, wie sehr ihm die umständliche Art des Prälaten auf den Nerv ging.

»Da muss ich leider passen«, sagte der Hausherr mit einem angedeuteten Lächeln.

»Leider gab es in der Zwischenzeit einen zweiten Mordfall, diesmal in den Sektkellern der Klingelschmidts«, begann Holmes, eine Feststellung, die den Geistlichen nicht weiter zu beunruhigen schien, denn er beschränkte sich auf den Hinweis, dass er das bereits in der Zeitung gelesen habe. »Aber ich bin dem Täter auf der Spur, und diese Spur führt nach London«, verkündete Holmes kämpferisch und trank einen Schluck Kaffee.

Ich hatte meine Tasse noch nicht angerührt, weil ich Angst hatte, das wertvolle Stück zu zerbrechen. Doch nun nippte auch ich an meinem Getränk und stellte enttäuscht fest, dass es genauso dünn wie das Porzellan war.

»Wir müssen der Vorsehung dafür dankbar sein, dass der Täter wohl ein Auswärtiger war«, sagte der Prälat salbungsvoll und schaute aus dem Fenster.

»Frau Klingelschmidt möchte übrigens die italienische Büste wieder loswerden«, bemerkte Holmes und leerte zügig seine Tasse. Offenbar zählte er sogar den Geistlichen zum Kreis der Verdächtigen.

»Diese plumpe Fälschung würde ich auch nicht behalten«, entgegnete dieser, worauf Holmes ihn von der geplanten Tombola in Kenntnis setzte.

»Wenn es einem wohltätigen Zweck dient, muss ich es ja wohl gutheißen, obwohl ich wirklich kein Freund des

Glücksspiels bin«, sagte Prälat Schuster gönnerhaft und wechselte abrupt das Thema, indem er ausführlich berichtete, dass er Kirschlikör und das Schachspiel liebe.

Bereits nach drei Minuten zog Holmes demonstrativ seine goldene Taschenuhr heraus, klappte sie auf und runzelte die Stirn. »So gern ich mit Ihnen plaudere, aber die Pflicht ruft«, behauptete er, worauf der Hausherr ihm aufmunternd zunickte. Ich meinte einen Ausdruck der Erleichterung in seinen Augen zu sehen, der jedoch sofort verschwand, als Holmes hinzufügte: »Vielleicht ist Ihnen ja bis dahin eingefallen, wer dieser ominöse Mönch gewesen sein könnte.«

Bei diesen Worten verfinsterte sich die eben noch wohlwollend-freundliche Miene des Geistlichen, und er klingelte vehement nach der Haushälterin, die uns sogleich zum Ausgang begleitete. Kaum war die Tür hinter uns ins Schloss gefallen, hörte man die Stimme des Prälaten, der offenbar seine Hausangestellte anfuhr. Aber so angestrengt wir auch lauschten, konnte selbst Holmes keines seiner Worte verstehen.

24. Das Gemälde

Am späten Nachmittag standen wir also in Wiesbaden vor Herrn Leistikows Schaufenster. Zuvor hatte ich mich vorsorglich noch im Wiener Café Kaiserhof am Gutenbergplatz gestärkt, wo man auf bequemen Korbstühlen zwischen Palmen saß. Holmes hingegen hatte noch einige »Vorbereitungen« getroffen, die er mir gegenüber leider nicht weiter spezifizierte. Das einzige Detail, das er preisgab, war, dass er seinem Bruder Mycroft ein Kabel nach England gesendet hatte, um ihn zu fragen, ob bei Scotland Yard etwas über ehemalige Mitarbeiter des Hotels Excelsior in London aktenkundig sei.

Die Auslagen des Wiesbadener Kunsthändlers waren immer noch das gleiche krude Sammelsurium wie bei unserem letzten Besuch, und wieder war kein einziger Kunde in dem kleinen Ladengeschäft zu sehen. Ich fragte mich langsam, ob es wirklich Gewinn abwarf. Die einzige Veränderung, die ich feststellen konnte, war, dass jetzt ein emailliertes Blechschild mit dem Wort *geöffnet* hinter der Glasscheibe in der Eingangstür hing.

»Bonjour, Messieurs! Wie schön, dass Sie sich an meinen Laden erinnert haben«, begrüßte uns der Inhaber jovial. Vermutlich hatte er unsere Namen bereits wieder vergessen und vermied daher eine direkte Anrede. Doch immerhin wusste er noch, dass wir besser Französisch als Deutsch sprachen.

»Machen Sie sich keine Umstände, wir sind bereits in Mainz eingekehrt«, beteuerte ich eiligst, als der Russe auf seinen altertümlichen, bronzenen Samowar zuschreiten wollte, um zu vermeiden, dass er uns nochmals seinen schalen Tee aufnötigte.

»Ich wollte Sie noch einmal aufsuchen, bevor Sie von hier wegziehen«, behauptete Holmes und schaute sich um.

Mein Blick folgte dem seinen, und ich beäugte ungläubig drei Renaissancestühle, die wahrscheinlich noch unbequemer waren, als sie aussahen, einen vergoldeten Spiegel, den ich genauso geschmacklos fand wie das überladene Porzellan in einer mit Schnitzereien überzogenen Vitrine. In der Ecke hing ein warmer, brauner Wintermantel an einer einfachen Holzgarderobe. Man hätte ihn auch im Laden gut gebrauchen können, so schlecht, wie er geheizt war.

Daneben bemerkte ich ein überraschend ansprechendes Porträt. Auf der mit einer feinen Holzleiste gerahmten Leinwand schaute mich eine junge Frau aus braunen Augen melancholisch an. Sie saß auf einem gestreiften Kanapee, neben dem eine weiße Marmorsäule stand, auf der sich die kleine Bronzekopie des Reiterdenkmals von Marc Aurel erhob. Vielleicht war die Dargestellte ja traurig, weil der Künstler sich mehr für die Bronzestatuette als für ihr Gesicht interessierte hatte.

»Wohin soll es denn gehen?«, fragte Holmes schließlich in einem beiläufigen Tonfall.

Draußen hörte ich Hufgeklapper und das Poltern von Rädern auf dem Pflaster. Eine Mietdroschke war vorgefahren.

»Wahrscheinlich ins Ausland«, entgegnete Herr Leistikow reichlich allgemein. »Ich muss endlich an meine Gesundheit denken. Das Wiesbadener Klima bekommt mir einfach nicht.«

Hatte Kommissar Werner nicht gesagt, dass der russische Händler sich aus steuerlichen Gründen nach Frankreich abzusetzen gedenke? Ehe ich nachfragen konnte, trat ein älterer, äußerst korrekt gekleideter Herr ein, dessen Schuhe so blank poliert waren, dass sich die Stuhlbeine darin spiegelten. Sein dünnes, schon fast völlig graues Haar ragte nur einen Finger breit unter dem Homburg[21] hervor. Die skeptischen, rehbraunen Augen, die halb von den dichtesten Brauen verdeckt wurden, die ich jemals gesehen hatte, blickten streng, und die schmalen Lippen unter dem sorgfältig gestutzten Schnurrbart zeigten, dass er selten lächelte.

»Dabei gilt das Klima in Wiesbaden doch als ausgesprochen mild. Dazu kommen noch die heißen Quellen, weshalb die Kurstadt ja gerne von preußischen Beamten als Altersruhesitz gewählt wird«, hielt Holmes dagegen, wobei er den Neuankömmling geflissentlich ignorierte.

---

[21] Ein hoher Herrenhut. Er kam mit dem Besuch des zukünftigen Königs Edward VII. am 29. August 1881 in Bad Homburg in Mode und verdrängte bald den Zylinder. Der britische Thronfolger hat den Homburg jedoch nicht erfunden, sondern bei seinem Neffen gesehen, dem späteren Kaiser Wilhelm II.

»Das milde Wetter ist genau, was mich hier stört«, sagte der Kunsthändler, bevor er sich dem älteren Herrn zuwandte und ihn auf Deutsch ansprach.

»Früher hat man sich keine Gedanken über das Wetter gemacht«, schimpfte der Kunde, der offenbar ein paar Brocken Französisch verstand.

»Die Dinge ändern sich«, sagte der Kunsthändler mit einer fatalistischen Geste.

»Bei mir nicht!«, betonte sein Gesprächspartner.

Der Ladenbesitzer gab vor, diese Bemerkung nicht gehört zu haben.

»Verehrter Herr Leistikow. Da kann ich Ihnen nur die britischen Inseln empfehlen«, entgegnete Holmes, ungerührt zum letzten Gesprächsthema zurückkehrend. »Wie ich Ihren typisch englischen Manschettenknöpfen entnehme, waren Sie ja bereits dort, wahrscheinlich als Sie noch im diplomatischen Dienst waren. Sie wissen also, wie angenehm kühl es dort ist.«

»Durchaus, aber mir hat die dortige Küche überhaupt nicht zugesagt«, war die knappe, aber nur allzu nachvollziehbare Antwort.

»Und über so banale Dinge wie das Essen hat man früher schon gar nicht geredet«, funkte der ältere Herr wieder dazwischen, der wohl ein unausstehlicher Miesepeter war. Wenn Herr Leistikow noch mehr derartige Kunden haben sollte, dachte ich, war es gut nachvollziehen, warum es ihn ins Ausland zog.

»Ich finde es seltsam, dass Sie mich auf England ansprechen. Das hat kürzlich schon einmal jemand getan«, sagte der Händler nachdenklich.

»Das ist aber interessant. Das war doch sicher einer Ihrer Kunden?« Holmes' unverbindlicher Plaudertonfall täuschte nicht darüber hinweg, dass er der Antwort eine große Bedeutung beimaß.

»Ich erinnere mich beim besten Willen nicht daran. Aber was spielt das schon für eine Rolle?«, entgegnete der Ladenbesitzer, ohne nachzudenken. Offenbar hatte sich die Übellaunigkeit seines Kunden inzwischen auch auf ihn übertragen.

»Details spielen im Leben immer eine große Rolle«, betonte Holmes verschnupft, bevor er abrupt das Thema wechselte. »Übrigens möchte Direktor Klingelschmidts Witwe die Skulptur nicht behalten, die ihr verstobener Gatte bei Ihnen erworben hat …«, begann er.

»Ich nehme keine neue Ware mehr entgegen«, unterbrach der Ladenbesitzer energisch, noch bevor Holmes auch nur die Tombola ins Spiel bringen konnte.

»Klingelschmidt? Ist das nicht der Mann, der neulich erschossen worden ist?«, mischte sich der ältere Kunde ins Gespräch ein, worauf Holmes ihn darüber aufklärte, dass man den Mainzer Sektfabrikanten erstochen hatte.

»Frau Klingelschmidt hat die Büste für eine Tombola zur Verfügung gestellt und etwas vorschnell zur Begutachtung nach Frankfurt geschickt. Jetzt munkelt man, dass Direktor Klingelschmidt an der Skulptur ein Geheimfach hat anbringen lassen, über dessen Inhalt schon die wüstesten Spekulationen die Runde machten«, berichtete er dann.

»Was Sie nicht sagen«, murmelte der Kunsthändler demonstrativ teilnahmslos, bevor er sich wieder seinem Kunden zuwandte. »Womit kann ich dienen?«

»Ich interessiere mich für alte Lichtbilder von Wiesbaden«, verkündete dieser und schaute sich suchend im Laden um.

»Leider handle ich nicht mit Fotografien, sondern nur mit Kunst«, bedauerte Herr Leistikow, und sein langes Gesicht verzog sich zu einem gekünstelten Lächeln. »Aber ich habe gerade einige imposante russische Militärorden aus dem Krimkrieg von 1856 hereinbekommen.«

Unwillkürlich stieg in mir das Bild der mit Fastnachtsorden behängten Mitglieder der Mainzer Garden in mir auf, und ich konnte mir ein Schmunzeln nicht verkneifen, was mir einen pikierten Blick des hochnäsigen Kunden einbrachte. Seine tiefliegenden, rehbraunen Augen musterten mich abschätzig von Kopf bis Fuß. Dann zog er eine billig aussehende Tabakdose aus der Tasche, schnupfte eine Prise und schnäuzte sich.

»Haben Sie gedient, junger Mann?«, fragte er schließlich in einem Tonfall, als ob er einen Streit provozieren wollte.

Trotzdem verneinte ich, ohne mit der Wimper zu zucken.

»Wollen Sie sich die Orden vielleicht ansehen?«, intervenierte der inzwischen leicht gereizte Kunsthändler schnell. Mittlerweile merkte man ihm an, dass er Schwierigkeiten hatte, nicht die Contenance zu verlieren.

»Meinetwegen, wo ich schon einmal da bin«, entgegnete der Kunde herablassend und wandte sich wieder von mir ab.

Herrn Leistikows Gesicht zeigte hingegen keine Regung, während er die unterste Schublade eines massiven Büroschrankes aufzog, eine Zigarrenkiste herausholte, sie wortlos auf die Theke legte und vorsichtig öffnete. Sie enthielt vier protzige Orden, die auf weißem Satin lagen. Der ältere Mann tastete in der Innentasche seines Mantels nach seiner Lesebrille und setzte sie umständlich auf, bevor er sich konzentriert über die Militärorden beugte.

Aus dem Augenwinkel sah ich, dass Holmes hastig ein in Marmorpapier gebundenes Heft durchblätterte, das neben der Kasse gelegen hatte. Offenbar hatte er keine Angst, dabei ertappt zu werden. Aber der anderen Kunde war von den Orden derart fasziniert, dass er seine Umgebung nicht mehr wahrnahm, und der Kunsthändler ließ ihn wiederum nicht aus den Augen. Es konnte trotzdem bestimmt nichts schaden, Herrn Leistikow abzulenken.

»Das ist wohl ein Neuzugang«, sagte ich deshalb und trat vor das kleine Porträt, das ich schon die ganze Zeit aus der Ferne beäugt hatte, da mich die Dargestellte irgendwie an meine Frau Violetta erinnerte. Dabei war ich gründlich darauf bedacht, nicht an einen schlanken Schrank zu stoßen, in dem antike und neue Statuetten standen.

»Es war ein Spontankauf, weil ich mit der armen Frau Mitleid hatte, die es mir angeboten hat«, entgegnete der Kunsthändler herablassend und stellte sich neben mich.

»Sie haben das Bild wegen der detaillierten Wiedergabe der Statuette erworben?«, erkundigte ich mich.

»Ich habe in meiner Jugend selbst ein wenig gemalt, vor allem Landschaften und Porträts«, sagte er mit gespielter Bescheidenheit. »Doch inzwischen übe ich mich in der Bildhauerei. Sie erfordert eine ganz andere Kunstfertigkeit. Es muss alles durchdacht sein, bevor man den Stein bearbeitet. Danach kann man nichts mehr verändern.«

»Wem sagen Sie das. Mein Schwager Andrea Boldoni ist ja bekanntlich ein renommierter Bildhauer«, bestätigte ich diese Binsenweisheit.

»So kann man es auch nennen«, sagte Herr Leistikow süffisant und verschränkte die Arme vor der Brust.

Schon holte ich tief Luft, um den unverschämten Händler in die Schranken zu weisen, als Holmes sich unverhofft in das Gespräch einmischte. Das marmorierte Heft hatte er wieder zugeklappt. »Das Gleiche gilt natürlich auch für den Schliff von Edelsteinen. Ein kleiner Fehler und die ganze Arbeit war umsonst«, führte er aus, und der Ladenbesitzer nickte zustimmend, bevor er sich wieder seinem anderen Kunden zuwandte, der noch immer über die Zigarrenkiste gebeugt dastand.

»Sind die Orden nicht prachtvoll?«, fragte er Beifall heischend.

»Sie sind ganz vortrefflich, aber eigentlich habe ich alte Fotografien von Wiesbaden gesucht. Über den Erwerb von Orden muss ich noch einmal nachdenken. Ich glaube, ich komme wohl besser ein andermal wieder«, kündigte er an und verließ endlich den Laden.

»Es eilt nicht«, murmelte Herr Leistikow so leise, dass der Nörgler es nicht hören konnte. Laut wünschte er ihm einen guten Abend.

»Ich habe vorhin festgestellt, dass man im Wiesbadener Theater heute das *Rheingold* gibt«, sagte Holmes unvermittelt.

»Dann müssen Sie sich aber den kompletten *Ring des Nibelungen* anschauen«, gab Herr Leistikow in dem Tonfall zu denken, in dem man über eine mehrjährige Haftstrafe spricht. »Schließlich ist das *Rheingold* nur der Vorabend.«

»Aus der Sicht des Kriminalisten ist das *Rheingold* am ergiebigsten. Es demonstriert, wie übermäßige Gier unweigerlich zum Verbrechen führt. Normalerweise pflege ich ja zu sagen, dass das Leben die besten Geschichten schreibe, aber im Theater hat man die ganz großen Themen konzentriert: Habgier, Eifersucht, verwirrte Gefühle, Liebe und Hass führen zu Vatermord, Muttermord, Inzest und Verrat«, führte Holmes aus, und es herrschte einige Sekunden lang betretenes Schweigen.

»Das Theater ist nichts für mich, viel zu ernst. Aber ich hätte nichts gegen ein Spielchen einzuwenden. Schade, dass die Spielbank gerade Winterpause hat«, brach dann der Kunsthändler die Stille, und ich musste an meine Frau denken, die mich eindringlich vor dem Kasino gewarnt hatte.

»Ich rühre weder Karten noch Spielchips an!«, verkündete ich so kategorisch, dass mich selbst Holmes irritiert von der Seite ansah.

»Sie müssen mich jetzt leider entschuldigen. Ich muss meinen Laden schließen«, sagte Herr Leistikow und deutete auf die Tür. »Ich habe einem jungen Herrn versprochen, bei ihm am frühen Abend vorbeizuschauen. Er hat von seinem Großvater Möbel geerbt, die er gern verkaufen möchte.«

»Ich wollte ohnehin gerade gehen«, sagte Holmes gleichmütig, doch ich hatte noch eine Frage.

»Ich dachte, Sie nehmen keine neue Ware mehr an?«, erkundigte ich mich erstaunt.

»Es gibt eben Gelegenheiten, die man sich nicht entgehen lassen kann«, sagte der Antiquitätenhändler, während er uns entschieden zur Ladentür geleitete und die Eingangstür mit einer schwungvollen Bewegung aufstieß. »Wenn Sie sich für das Gemälde interessieren, mache ich Ihnen einen Sonderpreis«, fügte er dann an mich gerichtet hinzu.

Wenn er etwas zuvorkommender gewesen wäre, hätte ich vielleicht das Porträt tatsächlich als Geschenk für meine Frau erworben. »Vielleicht ein andermal«, sagte ich daher knapp und trat zu Holmes auf den Bürgersteig.

Die Gebäude warfen bereits lange Schatten. Bald würden sie ganz von Dunkelheit eingehüllt sein.

Herr Leistikow sperrte umgehend die Eingangstür hinter uns ab, drehte das Schild um, sodass an der Tür jetzt *geschlossen* stand, und wandte uns sogleich den Rücken zu.

»Was war das für ein Buch, und was haben Sie darin gesucht?«, fragte ich, kaum dass wir außer Hörweite waren.

»Ein Rechnungs- und Auftragsbuch. Die Namen von Direktor Klingelschmidt und Prälat Schuster waren darin verzeichnet, die anderen Namen sagten mir leider nichts. Herr Leistikow hat offenbar seine Ware nicht nur an Einheimische, sondern auch an Russen, Franzosen und Briten verkauft, wohl alle Kurgäste«, erläuterte Holmes. »Es war übrigens sehr geistesgegenwärtig von Ihnen, den Händler abzulenken. Sie haben wahrscheinlich sofort unseren falschen Mönch wiedererkannt?«

Ich spürte, wie Ärger in mir aufstieg. Warum weihte mich Holmes niemals in seine Pläne ein? Aber da er mich ausnahmsweise einmal gelobt hatte, ließ ich die Sache auf sich beruhen, zumal mir vollends entgangen war, dass die Begegnung mit dem übellaunigen, alten Knaben inszeniert war.

»Ja, schon an der Stimme«, log ich, ohne rot zu werden.

»Neulich auf dem Frauenlobplatz fand ich, dass der Veteran über ein gewisses schauspielerisches Talent verfügt, weshalb ich ihn für heute Nachmittag engagiert habe. Er sollte den Kunsthändler beschäftigen, damit ich mich etwas in seinem Laden umschauen konnte. Herr Leistikow scheint eine gute Menschenkenntnis zu besitzen. Er hat wohl auf den ersten Blick gesehen, dass er es mit einem ehemaligen Soldaten zu tun hat, und ihm deshalb Militärorden angeboten.«

Fast hätte ich Holmes gefragt, ob es nicht leichter gewesen wäre, einfach in den Laden einzubrechen, unterließ es aber, da ich eigentlich keine kriminellen Aktionen schätzte.

»Sie wollen sich doch nicht allen Ernstes das *Rheingold* anschauen?«, erkundigte ich mich, da Holmes bereits ohne den Versuch, eine Kutsche herbeizuwinken, in Richtung Stadtzentrum marschierte.

»Doch, genau das habe ich vor«, bestätigte Holmes, weshalb sich unsere Wege bereits am Kureck trennten, wo ich eine Mietkutsche bestieg, um zum Bahnhof zu fahren, während Holmes mit gesenktem Kopf und finsterer Miene zum Theater weiterging.

25. Der Rosenmontagszug

Die nächsten Tage verstrichen mit quälender Langsamkeit und ohne besondere Vorkommnisse. Entweder hatte Holmes bei seiner Ermittlungsarbeit keine Verwendung für meine Dienste, oder er arbeitete nebenbei noch an einem anderen Fall. Ich bekam nämlich mehrfach mit, dass er klammheimlich und zu den seltsamsten Zeiten merkwürdige Besucher empfing. Er nahm nur sehr unregelmäßig an den drei Hauptmahlzeiten teil und verschwand immer wieder ganz plötzlich von der Bildfläche. Nach seiner Rückkehr verbrachte er seine Zeit dann im Hotelzimmer, wo er besonders übelriechende chemische Experimente betrieb.

Mich hingegen hielt nichts im Palasthotel, wo ich mich vom Personal beobachtet fühlte. Ohne große Begeisterung erkundete ich die Stadt und fragte mich bei jedem Schritt, was wir hier eigentlich noch zu schaffen hatten. Inzwischen begreife ich jedoch, was ich damals noch nicht erkannte: Es war nur die Ruhe vor dem Sturm.

Am Rosenmontag war ich mit Holmes um neun Uhr im Frühstücksraum unseres Hotels verabredet. Es war bitterkalt, und ein eisiger Wind fegte durch die Straßen.

Ausnahmsweise traf ich als Erster ein und fragte mich schon, ob ich mich im Tag oder in der Uhrzeit geirrt hatte, als ich durch das Fenster Holmes' lange, dünne Gestalt erkannte, die auf das Portal zuschritt. Offenbar hatte er bereits etwas in der Stadt erledigt. Plötzlich entsann ich mich des Kabels an seinen für die Regierung arbeitenden Bruder Mycroft.

»Hat eigentlich Ihr Bruder schon geantwortet?«, fragte ich, nachdem Holmes seinen Mantel an die Garderobe gehängt und sich zu mir gesellt hatte.

»Wie es der Zufall will, habe ich ausgerechnet heute Morgen die lang ersehnte Auskunft von ihm erhalten«, entgegnete er. Ich wollte lieber gar nicht wissen, ob er mir das auch aus eigenem Antrieb mitgeteilt hätte.

In diesem Augenblick trat der Ober an den Tisch, und Holmes bestellte eine Tasse Tee. Als wir wieder unter uns waren, schaute ich ihn fragend an.

»Es wundert mich gar nicht mehr, dass Direktor Klingelschmidt nicht über seinen Aufenthalt in England sprechen wollte«, verkündete Holmes gut gelaunt. »Während er im Hotel Excelsior als Angestellter arbeitete, wurde einer dort logierenden schottischen Herzogin ein Ring mit einem Saphir von mehreren Karat entwendet. Trotz intensiver Nachforschungen ist das Schmuckstück nie wieder aufgetaucht. Die Polizei hat damals den Täter in den Reihen des Personals vermutet. Man konnte jedoch keinem der Angestellten eine Beteiligung an dem Diebstahl nachweisen. Aber ein Makel bleibt immer zurück.«

»So ein scheinheiliger Geselle! Zuerst finanziert er seinen künftigen Weinhandel durch das Bestehlen einer wehrlosen Frau, und dann entwickelt er sich zum Kirchgänger«, entfuhr es mir, und ich bestrich eine Brötchenunterseite mit würzigem Pflaumenmus. »Vielleicht wurde er aber auch später von Gewissensbissen geplagt und hat daher sein Heil in der Religion gesucht«, überlegte ich, durch das schmackhafte Frühstück etwas gnädiger gestimmt, und biss in das Brötchen.

»Oder er hoffte auf eine höhere Gerechtigkeit, nachdem man ihn zu Unrecht verdächtigt hat«, konterte Holmes in einem Tonfall, der nicht erkennen ließ, ob er scherzte.

Der Ober brachte den Tee, der auch nicht besser roch, als mein Kaffee schmeckte.

»Vielleicht war es aber auch ein Versicherungsbetrug. Die Herzogin könnte ja nur behauptet haben, dass der Saphirring gestohlen wurde. Nachdem sich die Wogen geglättet hatten, brauchte sie ihn nur noch umschleifen zu lassen und konnte ihn dann seelenruhig im Ausland verkaufen. Man weiß ja, dass der Adel heutzutage pleite ist und trotzdem nicht auf seinen gewohnten Lebensstil verzichten möchte«, sinnierte ich, was Holmes zu einem belustigten Schnauben verleitete.

Nachdem ich mein Brötchen genüsslich verspeist und Holmes seinen Tee getrunken hatte, schleppten wir die Büste, die uns als Lockvogel dienen sollte, aus dem Hotelzimmer, durch Flur und Hotelhalle, bis vor den Eingang des Palasthotels, wohin Holmes zuvor eine Mietkutsche bestellt hatte, die uns zum Vereinslokal des MFV bringen sollte. Die Tombola fand zwar erst am späten Nachmittag nach dem Umzug statt, aber Holmes ging davon aus, dass der Doppelmörder schon vorher in die Falle tappen würde. Ich hatte da meine Zweifel. Wenn unser Mann Mitglied eines Fastnachtsvereins war, würde er kaum dem Rosenmontagsumzug fernbleiben.

»Wir möchten in die Neustadt«, sagte Holmes zum Kutscher, einem grämlich dreinblickenden Mann mit schütterem Haar, und nannte die genaue Adresse.

»Seien Sie froh, dass Sie so früh dran sind, meine Herren. Bald gibt es hier kein Durchkommen mehr«, brummte der Fuhrmann, stieg vom Kutschbock herab und riss den Schlag für uns auf. Dann blieb sein Blick auf der Marmorbüste haften, die wir vorsichtig auf dem Boden der Fahrgastkabine abstellten. Die Augen des Kutschers verengten sich, und ein misstrauischer Zug machte sich auf seinem Gesicht breit. Er verdächtigte uns wohl, die Skulptur im Hotel entwendet zu haben.

Ich lehnte mich auf dem Sitz in der Fahrgastkabine zurück und genoss das gleichmäßige Klappern der Pferdehufe auf dem Pflaster. Auf den Straßen, Plätzen und Gassen waren bereits zahlreiche kostümierte Schaulustige allein oder in kleinen Gruppen unterwegs, und von vielen Gebäuden hingen Fahnen in den Fastnachtsfarben Rot, Weiß, Blau und Gelb herab. Auch das Wetter spielte mit. Mit einem wolkenlos blauen Himmel und Sonnenschein zeigte sich der Winter von seiner besten Seite. Bald gelangten wir in die Kaiserstraße, der wir eine Weile folgten. Auf halber Höhe bog die Droschke in eine Seitenstraße ein, wo das Rumpeln der Räder von den Häusern widerhallte. Schließlich hielten wir vor einem frisch verputzten, mehrstöckigen Wohnhaus. Es wirkte so ruhig und verlassen, dass man hätte glauben können, es wäre unbewohnt. Neben dem Eingang war ein Schild angebracht, dessen Messingbuchstaben in der Wintersonne funkelten. Es verkündete, dass sich das Lokal des *Mainzer Fastnacht Vereins* im Erdgeschoss befand.

Mit klammen Fingern entlohnte ich den uns noch immer skeptisch betrachtenden Kutscher, Holmes hob die Skulptur aus der Fahrgastkabine und schleppte sie zur massiven Eichenholztür des repräsentativen Gebäudes.

»Ich frage mich, warum wir so lange mit der Tombola gewartet haben«, sagte ich, während ich den Schlüssel, den der Vereinsvorsitzende uns geliehen hatte, aus der Hosentasche kramte und dann die Haustür aufschloss. Sie gab den Blick frei auf einen großzügigen, blassblau gestrichenen Eingangsbereich, in dem sich eine Reihe von Briefkästen befand, aus denen die Post hervorquoll. Auf der rechten Seite führte eine Treppenflucht mit schmiedeeisernen Geländern in die oberen Etagen. Der Boden war mit glasierten Keramikplatten in geometrischen Mustern ausgelegt.

»Erstens sollte sich die Nachricht überall herumsprechen. Zweitens musste ich zuvor eine abschließbare Glasvitrine besorgen und im Festsaal aufstellen lassen. Und drittens hatte ich gehofft, vorher Näheres von meinem Bruder zu erfahren«, entgegnete Holmes und trug die Skulptur über die Schwelle.

Sorgfältig sperrte ich die Tür von innen wieder ab, steckte den Schlüssel in die Hosentasche zurück und durchquerte den Flur, um die nächste Tür zu öffnen. Holmes schritt hindurch, während ich einen Moment lang neugierig stehen blieb und in den Festsaal schaute.

Trotz des Schmucks mit Girlanden, Fahnen und Kokarden strahlte der menschenleere Raum eine ernste Traurigkeit aus. Die weitläufige Halle besaß eine stuckierte Decke, die von majestätischen Pilastern getragen wurde, die in vergoldeten Kapitellen endeten, von denen sich die eierschalenfarbenen Wände angenehm abhoben. Von der Zimmerdecke hingen zwei mächtige Radleuchter im mittelalterlichen Stil herab, und an den Wänden hingen gerahmte Porträts von verdienten Vereinsmitgliedern.

Am Ende des Festsaals erhob sich eine die ganze Raumbreite einnehmende, hölzerne Ehrentribüne mit einem langen Tisch und gepolsterten Sesseln, vor der auf einem hohen Sockel die Vitrine stand. Vorsichtig stellte Holmes die Marmorbüste hinein und verschloss den Glaskasten sogleich wieder. Ohne dass ein weiteres Wort fiel, schritt Holmes zu einer massiven Holztür zur Linken. Sie war grün lackiert und schleifte auf dem Boden. Dahinter befand sich ein Nebenraum, der düster wie eine Zelle und kaum größer als ein Teepavillon war. Die Luft war so muffig und abgestanden wie in einem Keller. Die Einrichtung bestand aus einem schmalen Geschirrschrank, einem emaillierten Spülbecken, einer Arbeitsplatte aus grobem Holz und vier übereinandergestapelten, klapprigen Stühlen. Holmes ließ die Zimmertür einen Spaltbreit offen, sodass wir die Vitrine im Auge behalten konnten, hob einen der ungepolsterten Stühle vom Stapel und nahm darauf Platz. Er behielt seinen Mantel an, was wohl nicht nur der niedrigen Temperatur in den ungeheizten Räumen geschuldet war.

Ich nahm mir ebenfalls einen Stuhl, legte meinen Mantel über die Lehne und lockerte meinen Schal, bevor ich mich vorsichtig setzte. Zur Beruhigung sagte ich mir, dass das altersschwache Möbelstück offensichtlich schon so viel mitgemacht hatte, dass es doch hoffentlich nicht ausgerechnet unter mir zusammenbrach.

Während ich durch den Türspalt den Versammlungssaal observierte, lauschte ich den durch das kleine Fenster dringenden Straßengeräuschen. Stimmen hallten von draußen herein: Lachen, Liedfetzen und Blasinstrumente verklangen in der Ferne. Gelangweilt zog ich mit der Fußspitze das Muster der abgetretenen Fliesen auf dem Boden nach. Bald machte mir die Kälte zu schaffen, und ich bewegte meine Zehen, was aber nichts half. Als sich nach einer halben Stunde noch immer nichts geregt hatte, zog ich einen in Indien spielenden Kriminalroman aus der Jackentasche, den ich zur Verkürzung der Wartezeit mitgenommen hatte. Behutsam lehnte ich mich auf meinem bedenklich schwankenden Stuhl zurück und begann mit der Lektüre. Aus der Ferne hörte man Marschmusik und das Jauchzen von Kindern, doch im Inneren des Hauses war es mucksmäuschenstill.

Ich war gerade an einer besonders spannenden Stelle meines Romans angelangt, als ein metallisches Klacken an mein Ohr drang und mich abrupt ins winterliche Mainz zurückholte.

»Es geht los«, raunte Holmes mir zu, bevor er seinen Posten hinter dem Türflügel bezog.

Hastig sprang auch ich von meiner ohnehin unbequemen Sitzgelegenheit auf und stellte mich hinter ihn. Die Haustür wurde ganz leise aufgeschlossen und ebenso behutsam wieder zugedrückt, aber nicht abgesperrt. Im Flur ächzten die Holzdielen unter den schweren Schritten des Neuankömmlings. Dann wurde auch die zweite Tür geöffnet, und ich erblickte einen Vermummten, der zielstrebig auf die Vitrine zuschritt. Unmöglich festzustellen, ob ich ihn kannte, denn er trug eine Clownsmaske und hatte einen weiten, braunen Mantel um seinen Körper geschlungen.

Es war nicht seine Verkleidung, sondern seine Maske, die mir intuitiv Furcht einflößte, sowie die Tatsache, dass er einen schweren Vorschlaghammer in der Hand hielt. Bei seinem Anblick verspürte ich den unwiderstehlichen Wunsch, die schöne Skulptur der Werkstatt Boldoni zu retten. Schon war ich im Begriff, mich auf den Mann zu stürzen, aber Holmes hielt mich am Arm zurück.

»Wir brauchen sein Geständnis. Sonst können wir ihn nur wegen Einbruchs und Sachbeschädigung belangen«, raunte er mir erbost zu.

Der Maskierte stand bereits vor der Vitrine und hob den Arm, zögerte aber zu meinem Erstaunen einen Moment lang, bevor er die Hand mit dem Hammer heruntersausen ließ. Ich schloss die Augen, denn ich wollte gar nicht zusehen, wie die marmorne Büste zerbarst. Ich hörte das Zersplittern von Glas, dann das dumpfe Geräusch eines schweren Gegenstandes, der auf dem Boden landete, und ich riss die Augen wieder auf. Erleichtert stellte ich fest, dass nur die Vitrine zerstört, die Skulptur jedoch noch unbeschädigt war. Das Geräusch, das mich beunruhigt hatte, war der Aufprall des Hammers gewesen, den der Unbekannte hatte auf den Boden fallen lassen.

Damit schied wohl Theodor Klingelschmidt aus. Mit seinem cholerischen Temperament hätte er die Skulptur bestimmt zertrümmert, dachte ich sarkastisch.

Bevor der Eindringling seine Beute auch nur berührt hatte, wurde die Haustür nochmals aufgestoßen, diesmal ungestüm und geräuschvoll. Hoffentlich kein Komplize des Doppelmörders, durchfuhr es mich. Drei schwere Schritte, und die Zimmertür öffnete sich, und es erschien ein dicker, grobschlächtiger Mann mit einem schmutzigen Straßenbesen in der Hand, wahrscheinlich der Hausmeister. Sein braunes Haar fiel ungepflegt auf den schmuddeligen Kragen hinab, seine Hose aus grobem Tuch war so abgewetzt, dass sie glänzte, und seine kragenlose braune Jacke sah auch nicht besser aus.

»Was haben Sie denn hier zu suchen?«, rief er mit überraschend lauter Stimme und blieb wie angewurzelt hinter der Türöffnung stehen.

Augenblicklich ließ der Einbrecher von der Büste ab und stürzte in Richtung Ausgang.

»Halten Sie ihn. Er ist ein Mörder!«, rief Holmes dem Dicken zu. Doch dieser sprang, ohne groß nachzudenken, zur Seite und gab den Weg frei.

Wie von den Furien gehetzt, rannte der Vermummte an dem Hauswart vorbei in die Diele, Holmes nahm die Verfolgung auf, und ich schloss mich an, ohne auch nur an meinen Mantel zu denken. Als wir die Dielentür erreichten, hatte der dicke Mann seine Fassung zurückerlangt und stellte sich uns breitbeinig in den Weg, sodass sein massiger Körper fast den ganzen Türrahmen ausfüllte. Wie eine Waffe hielt er seinen Besen in der Hand und bedrohte uns damit.

»Haben Sie eine Genehmigung, das Vereinslokal zu betreten? Wenn nicht, können Sie sich zum Teufel scheren!«, polterte er los.

»Der Mann ist ein Mörder!«, wiederholte Holmes verärgert.

»Dann sind Sie bestimmt seine Komplizen«, entgegnete der Hausmeister, worauf Holmes ihn einfach zur Seite schob.

»Ich rufe die Polizei!«, giftete der Dicke uns nach, und trotz meiner Abneigung gegen Kommissar Werner hoffte ich, dass der Hausmeister seine Drohung wahrmachte. Ohne den unflätig schimpfenden Mann weiter zu beachten, rannten wir durch die Haustür ins Freie. Der Wind trug die Geräusche und Stimmen des Rosenmontagszuges zu uns, der bereits die Kaiserstraße erreicht hatte. In der Luft mischten sich die Gerüche von Glühwein, Bratwurst und Pferdeäpfeln. Erleichtert erblickte ich vor mir den flüchtenden Einbrecher. Ich hatte schon befürchtet, dass er in irgendeinem Hauseingang verschwunden sein könnte. Vierzig oder fünfzig Schritte trennten uns voneinander. Der Unbekannte lief in Richtung eines hessendarmstädtischen Musikzuges, der dröhnend mit Posaunen, Schellenbaum und Pauken durch die Kaiserstraße defilierte. Ich wusste, dass berittene Herolde den Zug eröffneten, gefolgt von Fahnen- und Standartenträgern sowie der Ranzengarde mit ihren dicken Bäuchen[22] und langen Zöpfen.

---

[22] Das närrische Zeremoniell schreibt vor, dass jeder Ranzengardist mindestens zwei Zentner wiegen oder einen Leibesumfang von sechs Fuß aufweisen musste – eine Parodie auf die langen Kerls des Preußenkönigs Friedrich Wilhelm.

Wir nahmen die Verfolgung auf, aber es war nicht leicht, auf dem gefrorenen Boden schnell zu laufen. Der Schnee vom Vortag war von zahlreichen Füßen festgetreten und zu Eis gefroren. Ein Sprint war unmöglich, und unsere Eile trug dazu bei, dass wir mehr schlitterten als gingen. Der Mann, den wir verfolgten, schien mit dem Glatteis besser zurechtzukommen als wir, weshalb sich unser Abstand nicht verringerte. Ich fragte mich, ob es wirklich klug sei, den Mann zu verfolgen. Keiner von uns hatte eine Waffe, und wenn der Unbekannte Direktor Klingelschmidt und seinen Kellermeister auf dem Gewissen hatte, schwebten wir in Lebensgefahr. Zum wiederholten Mal nahm ich mir vor, mir eine Pistole zuzulegen.

Der Fremde hatte die Seitenstraße bereits zur Hälfte hinter sich gelassen, als der Wind seinen Umhang aufblähte und ich bemerkte, dass er darunter eine Uniformhose trug. Ich stolperte über einen gelockerten Pflasterstein, während der Einbrecher einen tattrigen Bretzelverkäufer anrempelte, der uns nachschimpfte. Holmes holte ein klein wenig auf. Doch dann glitt auch er aus, und der Abstand wurde wieder größer.

Als wir endlich die Kaiserstraße erreichten, fuhr gerade der große, von sechs Pferden gezogene Wagen eines uniformierten Fastnachtsvereins vorbei, auf dem mindestens zwei Dutzend kostümierte Männer verschiedenen Alters mitfuhren, die Konfetti und Luftschlangen in die begeisterte Menge warfen. In den umliegenden Häusern drängten sich Menschen hinter den Fenstern der oberen Etagen, um auf den Zug hinunterzuschauen. In diesem Moment verloren wir den Einbrecher aus den Augen.

Das befürchtete ich zumindest. Trotzdem drängelten wir uns weiterhin mühsam durch das Gedränge. Ich suchte nach einem bekannten Gesicht, nach jemandem, der sich auffällig verhielt oder nicht hierher passte. Doch ich sah nur gut gelaunte Fastnachtsfreunde jeden Alters. Als wir den großen Wagen fast überholt hatten, erhaschte ich einen flüchtigen Blick auf den Mann mit der Clownsmaske, der aber sofort wieder in der Menge untertauchte. Wir hetzten ihm so schnell hinterher, wie es der überfüllte Bürgersteig zuließ, und passierten einen Kostümierten, der ein Holzschild mit der Zugnummer und dem Namen seines Vereins hinter sich trug. Es folgte eine uniformierte Fastnachtsgarde.

»Das ist ausgerechnet der Mainzer Fastnacht Verein! Wenn unser Mann klug ist, entledigt er sich seines Mantels und mischt sich unter die Truppe«, fluchte Holmes, dem also aufgefallen war, dass unter dem Mantel des Einbrechers die Uniformhose des MFV hervorgelugt hatte. Der Mann war also tatsächlich ein Mitglied der gleichen Garde wie der verstorbene Sektfabrikant.

Wie Holmes vorausgesagt hatte, war der Flüchtende auf einmal wie vom Erdboden verschluckt. Es würde uns wohl nichts anderes übrig bleiben, als nach dem Umzug die Mitglieder der Garde zu fragen, ob einer von ihnen erst verspätet zu ihnen gestoßen sei.

»Ich möchte ihre Gesichter sehen«, sagte Holmes.

Mein Atem schlug in weißen Wölkchen in die Luft, während wir so schnell gingen, wie es das rutschige Pflaster erlaubte. Schließlich hatten wir die Fastnachtsgarde hinter uns gelassen, und Holmes drehte sich jäh um. Unter den marschierenden Uniformträgern erkannte ich Herrn Reichert, Herrn Neundorf, Doktor Kaufmann und zu meinem Erstaunen auch den jungen Theodor Klingelschmidt. Keiner von ihnen erweckte den Eindruck, als ob er vor Kurzem gerannt wäre.

»Das ist er!«, rief Holmes in einem triumphalen Tonfall aus und deutete auf einen Gardisten in der Mitte der Kompanie, der seinen breitkrempigen Hut in die Stirn gezogen hatte, während ein in Fastnachtsfarben gestreifter Schal den unteren Teil seines Gesichtes verdeckte. Außerdem atmete er schwer. Wenn wir Pech hatten, handelte es sich um einen unbescholtenen Bürger, der nur unsportlicher und kälteempfindlicher als seine Vereinskameraden war.

Je mehr wir uns der Innenstadt näherten, desto voller wurden die Straßen. Die Stadt schien aus allen Nähten zu platzen. Kleine Kinder saßen auf den Schultern der Väter, weil sie sonst gar nichts gesehen hätten, während die größeren Luftsprünge machten. Ich hatte die ganze Zeit vergeblich gehofft, einen Polizisten zu sehen, aber wenn man die Polizei einmal wirklich brauchte, ließ sie sich nicht blicken. Als wir fast auf der Höhe des vermummten Gardisten waren, erreichte der Fastnachtszug eine Straßenkreuzung, und es gab auf dem Bürgersteig kein Durchkommen mehr. Es waren einfach zu viele Menschen unterwegs. Die Schaulustigen drängten sich entlang der Fahrbahn zusammen, und jede Sekunde wurden es mehr. Wenn jemand hier ohnmächtig würde, könnte er nicht einmal umfallen. Unter anderen Umständen hätte ich vielleicht die kunstvollen Kostüme der Fastnachter bewundert, aber in diesem Augenblick fühlte ich mich wie in einen Hexensabbat geraten.

Verärgert trat Holmes auf die Fahrbahn. Doch bevor er auch nur einen weiteren Schritt gemacht hatte, sprach ihn eine Ordnungskraft an.

»Es ist verboten, sich dem Zug anzuschließen«, ermahnte er ihn mit strenger Stimme.

In diesem Moment verlor der falsche Gardist die Nerven und begann damit, sich innerhalb der Truppe nach vorn zu arbeiten. Wahrscheinlich hatte er die Situation falsch interpretiert und gedacht, dass wir den Ordner auf ihn hetzten.

»Wir verfolgen einen gefährlichen Verbrecher«, sagte Holmes ungeduldig und eilte weiter.

»Diese Reglungen dienen doch nur der allgemeinen Sicherheit!«, schimpfte der Ordnungshüter uns nach.

Als wir auf die Garde des Mainzer Fastnacht Vereins zuschritten, bemerkte uns Herr Neundorf, hob automatisch die Hand zum Gruß, hielt aber mitten in der Bewegung inne und starrte uns befremdet an.

»Das ist Direktor Klingelschmidts Mörder«, rief Holmes ihm zu und deutete auf unseren Mann. Der Bauunternehmer versuchte, dem Flüchtenden ein Bein zu stellen, brachte ihn auch zum Stolpern, aber es gelang dem Einbrecher, sein Gleichgewicht zurückzuerlangen. Unter normalen Umständen wäre bestimmt die gesamte Garde hinter dem Mörder ihres Vereinskameraden hergerannt. Doch während des Rosenmontagszuges wollte niemand im wahrsten Sinn des Wortes aus der Reihe tanzen. Nur Theodor Klingelschmidt wirkte, als ob er das zumindest ernsthaft erwog.

Vor der Garde gingen drei Clowns in gepunkteten Jacken und in weiten, aber viel zu kurzen Hosen und hauten auf riesige Pauken. Der Flüchtende rempelte einen von ihnen an. Der Spaßmacher geriet aus dem Takt und torkelte in Serpentinen herum. Die meisten Zuschauer hielten das wohl für einen Teil der Darbietung und applaudierten.

Wir hatten den Einbrecher fast eingeholt, als er auf einen großen, von zwei Pferden gezogenen Motivwagen kletterte, der vor den Spaßmachern gemütlich durch die Straße schuckelte. Auf ihm erhob sich die Nachbildung einer Burgruine. Was sie bedeuten sollte, weiß ich bis heute nicht. Ohne auf die Proteste der Umstehenden zu achten, kraxelte ich auf das Fahrzeug, und Holmes kam mir nach. Vorsichtig betrat ich eine Bresche in der Burgmauer und erreichte eine Plattform voller schunkelnder Fastnachter, aber unseren Mann entdeckte ich nicht.

Enttäuscht ging ich zur Nachbildung des Burgfrieds, auf den ein paar Stufen hochführten.

»Das ist verboten. Der Aufbau ist nicht stabil genug«, rief mir jemand nach.

Mir schien er recht solide. Außerdem musste der von uns verfolgte Mörder dort oben sein. Ich ignorierte die unflätigen Flüche der Kostümierten auf der Plattform und stieg die ersten Stufen hinauf. Hinter mir ertönte ein lauter Knall. Man hatte auf mich geschossen, durchfuhr es mich. Aber zum Glück war ich nicht verletzt. Es wird wohl ein Böllerschuss gewesen sein, dachte ich beruhigt. Trotzdem war ich kurz abgelenkt und schaute vorsichtshalber schnell auf die Straße hinab, bevor ich die letzte Stufe erklomm.

Oben angelangt, nahm ich aus den Augenwinkeln eine schemenhafte Bewegung wahr. Doch bevor ich reagieren konnte, spürte ich den harten Lauf einer Pistole in meinem Rücken. Der Angriff kam so unerwartet, dass ich mich nicht wehrte. Ehe ich begriff, wie mir geschah, war ich bereits überwältigt. Mein Herz setzte für eine Sekunde aus, dann schlug es mir rasend gegen die Rippen.

»Hände hoch«, stieß eine raue Stimme mit russischem Akzent mühsam heraus. Der Kunsthändler Herr Leistikow, durchfuhr es mich.

»Ich bin nicht bewaffnet«, beteuerte ich.

»Keinen Schritt weiter, sonst bringe ich Ihren Assistenten um«, fuhr der Kunsthändler Holmes an. Er war noch immer vom Laufen so außer Atem, dass er kaum sprechen konnte.

»Sie können von hier oben nicht entkommen. Machen Sie die Sache nicht noch schlimmer, als sie ist! Ein dritter Mord bringt Sie an den Galgen«, warnte Holmes, der offenbar hinter mir auf der Treppe stand und dem Mörder den Fluchtweg abschnitt. Er musste fast schreien, damit seine Stimme zu Herrn Leistikow durchdrang.

»Verschwinden Sie! Sonst bringe ich zuerst Ihren Assistenten und dann Sie selbst um!«, wiederholte der Russe, noch immer die Waffe in meinen Rücken drückend. Seine entschlossene Stimme zeigte, dass das keine leere Drohung war. Inständig hoffte ich, dass Holmes wenigstens zum Schein seiner Forderung nachkam. Sonst wäre meine Lage hoffnungslos gewesen. Ich konnte noch nicht einmal um Hilfe rufen, denn bei dem Trubel wäre meine Stimme nicht zu den Männern im unteren Teil des Wagens durchgedrungen.

»Sie kannten Direktor Klingelschmidt aus England?«, fragte Holmes in einem beschwichtigenden Tonfall.

Er musste unbedingt etwas sagen, denn solange er redete, war ich in Sicherheit. Man durfte nie die Eitelkeit eines Verbrechers unterschätzen. Meist litten sie darunter, dass ihre Genialität nur im Verborgenen blühte.

Obwohl der Kunsthändler nichts entgegnete, sprach Holmes langsam weiter: »Er wusste wohl, dass Sie den Ring der Herzogin gestohlen hatten. Wahrscheinlich genossen Sie damals als Botschaftsangehöriger diplomatische Immunität, und man hat die ganze Sache vertuscht.«

»Mit welchem Recht wühlen Sie in meiner Vergangenheit herum? Ich werde nicht zulassen, dass Sie alles zerstören, was ich mir aufgebaut habe«, fauchte Herr Leistikow, ohne der Beschuldigung zu widersprechen. Er war wie ein in die Enge getriebenes Tier, unberechenbar und gefährlich.

»Direktor Klingelschmidt hat Sie nicht wiedererkannt, wohl weil Sie in London einen Bart getragen hatten«, fuhr Holmes ungerührt fort. »Als er jedoch schriftlich mit juristischen Schritten drohte, haben Sie ihn umgebracht. Dabei hat er nur die Echtheit der bei Ihnen erworbenen Büste angezweifelt.«

»Das erfinden Sie doch alles nur. Ich wollte vorhin nur meine Skulptur zurückholen. Eine Renaissance-Büste ist zu schade für eine alberne Tombola!«, entgegnete Herr Leistikow. Erstmals schwang Unsicherheit in seiner Stimme mit.

»Sie dachten, mit dem Mord an Direktor Klingelschmidt sei der Fall für Sie erledigt. Aber es gab einen Zeugen, den Kellermeister Ihres Opfers. Er wollte Geld für sein Schweigen, und da haben Sie ihn ebenfalls ermordet«, sprach Holmes ungerührt weiter »Vermutlich haben Sie dem unglücklichen Herrn Becker vorgeschlagen, ihm das Geld in der Sektkellerei zu übergeben, und er hat Ihnen noch selbst die Tür geöffnet.«

»Ein Erpresser gibt sich niemals zufrieden. Sagen Sie endlich, was Sie eigentlich von mir wollen, ebenfalls Geld? Geduld war noch nie meine Stärke«, sagte der Kunsthändler kalt.

»Nein, ein Geständnis – und das haben Sie eben abgelegt.«

Ohne nachzudenken, drehte Herr Leistikow den Kopf herum und starrte Holmes feindselig an. Ich duckte mich, wirbelte herum und schlug meinem Widersacher die Waffe aus der Hand. Sie flog in hohem Bogen davon und landete auf der unteren Plattform. Herr Leistikow bekam meinen Arm zu fassen, während Holmes ihm noch immer den Weg abschnitt. Im gleichen Augenblick ging ein Ruck durch den Wagen. Ich verlor das Gleichgewicht und fiel zu Boden. Es schien eine Ewigkeit zu dauern, bis ich die Holzdiele an meiner Schulter spürte. Mit aller Kraft packte ich meinen Widersacher am Bein, sodass er ebenfalls stürzte. Der Aufprall zweier Körper war zu viel für die fragile Holzkonstruktion. Laut knirschend gab sie unter uns nach, und wir fielen kämpfend umschlungen auf die Plattform hinab.

Für einige Sekunden verlor ich das Bewusstsein, und als ich wieder zu mir kam, spürte ich, wie mir jemand etwas Kaltes auf meine Stirn legte. Mir war übel, ich zitterte vor Kälte und hätte nicht sagen können, welche Stelle meines Körpers am meisten schmerzte. Alles schien sich um mich zu drehen, und der Boden vibrierte. Ich hörte von allen Seiten Stimmen, junge und alte, die von Männern und von Frauen. Mühsam hob ich die Lider und sah, dass ich mich immer noch auf dem Wagen befand.

Jemand hatte dem finster zu Boden schauenden Kunsthändler die Hände mit einem Ledergürtel auf dem Rücken gefesselt. Nikolaus Leistikows Stirn verunstaltete eine blutige Schramme, und die verschwitzten Haare hingen ihm im Gesicht. Wahrscheinlich sah ich auch nicht besser aus. Um uns hatten sich Gardisten versammelt, die hin- und hergerissen waren zwischen Freude über die Festnahme eines Mörders und dem Ärger über die Schäden, die wir an ihrem Wagen angerichtet hatten.

»Sind Sie verletzt?«, fragte Holmes besorgt.

Ich betastete meine Glieder, stellte aber erleichtert fest, dass ich mir wohl nichts gebrochen hatte.

»Nein, ich bin nur etwas benommen«, sagte ich, nahm den nassen Lappen von der Stirn und rappelte mich wieder auf. Wenigstens konnte ich ohne fremde Hilfe stehen. Doch mein Kopf schmerzte so sehr, dass ich Mühe hatte, klar zu denken und Sätze zu formulieren. Auch fror ich, da ich in der Aufregung meinen Mantel im Vereinsheim vergessen hatte.

»Kommissar Werner müsste jeden Augenblick eintreffen. Herr Leistikow hat Sie übrigens damit bedroht«, sagte Holmes und zeigte mir eine altmodische Steinschloss-Pistole. Wahrscheinlich stammte sie aus seinem Laden.

Ich fand es noch immer unfassbar, dass der Kellermeister die Naivität besessen hatte, sich mit einem

Mörder in einem menschenleeren Weinkeller zu treffen. Auch hatte ich meine Zweifel, ob ein Gericht die allgemeine Betrachtung, dass sich ein Erpresser niemals zufriedengibt, als Geständnis werten würde. Aber die Tatsache, dass Herr Leistikow mich vor den Augen unzähliger Zeugen mit der Waffe bedroht hatte, war schweres Belastungsmaterial.

»Möchten Sie einen Glühwein trinken, um die Kälte zu vertreiben?«, fragte mich eine mütterliche Dame, wohl die Marketenderin der Garde, auf deren Fahrzeug ich mich noch immer befand, und reichte mir einen Becher Glühwein.

»Den kann ich auf den Schreck gut gebrauchen«, entgegnete ich hocherfreut und leerte das Glas mit gierigen Schlucken. Wohlige Wärme breitete sich in meinen Gliedern aus, und ich atmete erleichtert durch.

26. Die Tombola

Nachdem die Polizei Herrn Leistikow in einem geschlossenen Wagen abtransportiert hatte, holte ich noch schnell meinen Mantel aus dem Vereinsheim, bevor wir die Formalitäten im Revier erledigten. Dann nahmen Holmes und ich endlich ein spätes, wärmendes Mittagessen ein.

Nachdem wir uns in mehreren Wirtshäusern vergeblich nach einem freien Tisch umgeschaut hatten, blieben wir schließlich im Gasthaus *Zum lenkbaren Luftschiff*[23], das sich in einem zweigeschossigen Eckhaus in der Nackstraße befand. Der Schankraum war nicht sehr hoch, wodurch er noch viel überfüllter wirkte, als er ohnedies schon war. Die Einrichtung bestand nur aus dem Schanktisch, auf dem Kartenspiele, ein Kreidestück und Zigarettenkästen lagen, und mehreren blank gescheuerten, langen Tischen mit grob gezimmerten Bänken. Hier saßen die Männer aus der Nachbarschaft bei einem Glas Wein oder Bier beisammen. Es wurden aber auch einfache Speisen angeboten, und

[23] Der Name bezieht sich auf eine Erfindung des Mainzer Flugpioniers Paul Haenlein (Mainz 1835 - 1905).

im Kamin loderte ein wärmendes Feuer. Die Tafel, an deren hinterem Ende wir ein freies Plätzchen fanden, war viel zu kurz für Gäste mit langen Beinen, was Holmes weniger als mich zu stören schien. Nach Abschluss unserer Untersuchung war sein Appetit endlich zurückgekehrt. Heißhungrig vertilgte er mehrere Frikadellen und eine Portion Spundekäse mit Bretzel.

»Wussten Sie schon vor dem heutigen Tag, dass Herr Leistikow unser Mann ist?«, fragte ich, als wir unseren gröbsten Hunger gestillt hatten.

»Er war mir schon auf den ersten Blick suspekt. Aber ich habe ihn eine Zeit lang aus den Augen verloren. Während unserer Ermittlungen habe ich immer wieder befürchtet, der englischen Episode im Leben des Sektproduzenten zu viel Bedeutung beizumessen. Aber ich bin immer wieder auf Indizien gestoßen, die in diese Richtung weisen«, gab Holmes zu. »Was mir jedoch fehlte, war ein Motiv für den Mord. Ich habe mit den Kutschern der Klingelschmidts und der Neundorfs gesprochen, je einen halben Tag lang vor Herrn Reicherts Drogerie und der Wiesbadener Kunsthandlung Geige gespielt, dann dem Uhrmacher, der unter Doktor Kaufmanns Praxis wohnt, einen Schnaps spendiert, konnte aber nirgends irgendetwas Verdächtiges feststellen. Es sprach also einiges dafür, dass die Ursache des Verbrechens in der Vergangenheit lag. Direktor Klingelschmidt wusste offenbar etwas über seinen Mörder, von dem er um jeden Preis verhindern musste, dass es bekannt wurde. Aber erst durch das Antworttelegramm meines Bruders bekam ich eine Vorstellung, worum es sich gehandelt haben konnte«, berichtete er dann. »Als ich vorhin feststellen musste, dass der Mann, den wir verfolgten, besser als wir mit dem Glatteis zurechtkam, wusste ich, dass es der Russe war.«

»Ich wäre ja an seiner Stelle in irgendeiner Seitenstraße verschwunden«, wunderte ich mich und schaute einer Kinderschar nach, die mit lautem Gejohle draußen am Wirtshaus vorbeirannte.

»Er wollte unbedingt die Büste in seinen Besitz bringen. Nachdem der Einbruch missglückt war, hatte er wohl vor, sich der Garde des MFV anzuschließen, wenn sie in ihr Vereinslokal zurückkehrte. Es gibt so viele Mitglieder, dass eines mehr oder weniger nicht auffällt – und schon gar nicht, wenn man einige Gläser Wein getrunken hat«, entgegnete Holmes und winkte die Bedienung herbei.

Zufrieden blinzelte ich in die Sonnenstrahlen, die durch das Fenster der Wirtschaft fielen, und dachte an Italien. Der Fall war endlich abgeschlossen, und ich konnte wieder nach Hause zurückfahren.

»Am besten geben wir gleich im Hotel bekannt, dass wir übermorgen abreisen«, schlug ich vor. Mein nächster Gang würde danach ins Telegrafenamt führen, um meiner Frau meine baldige Rückkehr anzukündigen.

»Um sechs Uhr sollten wir uns ins Vereinsheim des MFV begeben, um der Tombola beizuwohnen«, gab Holmes zu denken.

Die Verlosung der Skulptur hatte ich über die Aufregungen des heutigen Tages völlig vergessen. Wenn ich ehrlich war, so teilte ich Herrn Leistikows Meinung, dass die Büste zu schade für eine Tombola sei.

»Ich glaube, die Herren kommen auch ohne uns aus«, hielt ich dagegen und beobachtete, wie die blonde Wirtstochter mit den hochgesteckten Zöpfen auf uns zuschritt. Sie hielt den Quittungsblock in der Hand, obwohl wir genauso gut hätten ein weiteres Getränk bestellen können. Doch mittlerweile warteten bereits einige andere Gäste auf einen freien Platz.

»Interessiert Sie denn gar nicht, wer die Büste aus der Boldoni-Werkstatt gewinnt?«, fragte Holmes auf Englisch, nachdem er unsere Zeche beglichen und der Wirtstochter ein Trinkgeld gegeben hatte. Den Zettel mit der Rechnung faltete er sorgfältig zusammen und steckte ihn in seine Brieftasche.

»Nicht besonders«, behauptete ich, da ich nicht zugeben wollte, was ich von der Verlosung hielt. »Aber es gibt ja leider noch ein paar ungeklärte Punkte. Vielleicht sind unsere Mainzer Bekannten gerade in Festtagsstimmung und dadurch mitteilsamer als gewöhnlich.«

»Zum Beispiel?«, erkundigte sich Holmes bestürzt.

»Wer wollte Herrn Neundorf vergiften?«

»Niemand. Er wollte verhindern, dass man ihn verdächtigt, Direktor Klingelschmidt umgebracht zu haben. Offenbar hat der Bauunternehmer ein notorisch schlechtes Gewissen«, entgegnete Holmes, bevor er sich bedächtig erhob und ebenso gemächlich zur Garderobe schlenderte. Nachdem wir unsere Mäntel übergezogen hatten und auf die Straße getreten waren, wurde sofort der Eingang hinter uns verriegelt.

Als wir im Palasthotel unsere in Kürze bevorstehende Abreise ankündigten, wirkte der Portier ehrlich betroffen. Wahrscheinlich hatten die Besuche der Polizei ihm die Langeweile während der Arbeit vertrieben.

Nach einer Tasse Kaffee begaben wir uns am späten Nachmittag nochmals zum Vereinslokal des MFV. Der Festsaal war bereits gedrängt voll, doch es trafen ständig noch neue Gäste ein. Die Stimmen von mindestens hundert Menschen verschmolzen zu einem für mich unverständlichen Singsang. Alle hatten gute Laune oder taten zumindest so. Trotzdem standen sie in Gruppen herum, als wären sie unschlüssig, was von ihnen erwartet wurde.

Die Sonne schien sanft durch die vorhanglosen Fenster und beleuchtete eine lange Tafel vor der Ehrentribüne, auf der die Gewinne der Tombola präsentiert wurden. Der Hauptpreis war natürlich die Büste der Werkstatt Boldoni, weitere Preise waren eine ausgestopfte Eule, ein altmodischer Stahlhelm und eine nachgemachte chinesische Vase. Es lagen aber auch ein gutes Dutzend Trostpreise aus, viele offenbar aus Herrn Reicherts Drogerie. Auf einem kleinen, quadratischen Tisch war eine drehbare Trommel aufgebaut, in der sich Röllchenlose in unterschiedlichen Farben befanden.

Die Nachricht von der Mörderjagd während des Rosenmontagszuges hatte sich inzwischen wie ein Lauffeuer herumgesprochen. Kaum hatten wir den Raum betreten, waren wir schon von Neugierigen umringt, die uns mit Fragen bestürmten.

»Sie sehen schrecklich aus«, sagte Herr Neundorf zu mir, als er uns bemerkte.

Wahrscheinlich sah ich nicht halb so schlecht aus, wie ich mich fühlte. Zwar hatte das Schwindelgefühl nachgelassen, aber mich quälte noch immer ein bohrender Kopfschmerz.

»Es geht mir schon besser«, beteuerte ich, mehr um mich selbst zu überzeugen.

Ruhelos bewegte ich mich von einer Gruppe zur nächsten und hoffte, bald wieder verschwinden zu dürfen.

»Wo haben Sie denn das gute Stück her?«, fragte Holmes und zeigte auf den Helm.

»Wir haben es irgendwo beim Entrümpeln eines Hauses gefunden«, entgegnete Herr Neundorf, der uns gefolgt war.

Theodor Klingelschmidt, der bisher mit versonnener Miene die italienische Büste betrachtet hatte, drehte sich um und machte ein entsetztes Gesicht, als wäre durch unser Erscheinen sein schlimmster Albtraum wahr geworden.

»Ich wusste gar nicht, dass man heutzutage während des Trauerjahres an Fastnachtsumzügen teilnimmt«, sagte ich, worauf der Sohn unsere Klientin hilfesuchend Herrn Neundorf anblickte.

»Haben Sie eine Vorstellung, wie lange die Kampagne vorbereitet wird?«, fragte der Bauunternehmer.

»Man beginnt wohl gleich am Aschermittwoch«, vermutete ich, worauf mich eine üppige, als Herzogin verkleidete, rothaarige Dame in vorwurfsvollem Ton auf die Fastenzeit hinwies. Ich hätte wetten mögen, dass ihr zarter Schleier früher eine Gardine war und sie das dunkelgrüne Gewand selbst genäht hatte.

»Leider müssen wir uns bis zum 11. November gedulden. Trotzdem könnten wir unseren Verein gleich auflösen, wenn wir uns während der Trauerzeit derart einschränken würden. Der verehrte Direktor Klingelschmidt, Gott habe ihn selig, hätte es bestimmt so gewollt«, erklärte Herr Neundorf und pfiff gut gelaunt eine eingängige Melodie vor sich hin, die ich bereits mehrfach während des Umzugs gehört hatte.

»Dieser Marsch stammt aus der Oper *Le Brasseur de Prest* von Adolphe Adam«, verkündete Holmes erfreut, worauf die Umstehenden in schallendes Gelächter ausbrachen.

»Nein! Das ist doch der Narrhalla-Marsch[24]«, schallte es dann von allen Seiten.

Holmes schüttelte mit skeptischer Miene den Kopf, bestand aber erfreulicherweise nicht darauf, dass er es besser wisse.

In diesem Augenblick schwenkte ein würdevoller Mann um die fünfzig in Vereinsuniform und mit vom Alkohol geröteten Wangen eine kleine Handglocke aus Messing. Ihr durchdringendes Bimmeln brachte sämtliche Gespräche im Raum zum Verstummen.

»Hat jemand noch kein Los erworben? Wir können erst mit der Verlosung beginnen, wenn alle Lose verkauft sind. Leider sind aber immer noch drei Stück übrig«, rief der alte Mann in die Runde.

»Ich nehme bestimmt keins. Ich bin froh, wenn die vermaledeite Büste endlich aus meiner Villa verschwindet«, erklärte Theodor Klingelschmidt kategorisch.

Ein junger Gardist bemerkte etwas, das sein neben ihm stehender Kamerad offenbar lustig fand. Doch leider sprach er so leise, dass ich kein Wort verstand.

---

[24] Der zu diesem Zeitpunkt in Mainz lebende österreichische Regimentskapellmeister Carl Zulehner hat den 1838 entstandenen Marsch aus Adams Oper zum 1840 uraufgeführten Narrhalla-Marsch umgeschrieben.

»Wir graben auch lieber auf dem Stephansberg«, entgegnete jemand, und die Umstehenden lachten. Ich entnahm dieser Reaktion, dass der Römerschatz noch immer durch die Köpfe der Mainzer geisterte.

»Von mir aus kaufe ich noch ein zweites Los für meine Frau«, sagte Doktor Kaufmann gönnerhaft.

»Sehr geehrte Herren Engländer! Wollen Sie nicht auch jeder ein Los kaufen?«, sprach uns der alte Mann an, nachdem er den Arzt um eine Silbermünze erleichtert hatte. Seine Stimme war beinahe drohend, als er die Hand in unserer Richtung ausstreckte.

»An mir soll es nicht liegen, dass die Auslosung ausfällt«, sagte Holmes, ging zu dem alten Mann und erwarb ein Papierlos, auf dem eine Nummer notiert war.

Alle Blicke waren nun missbilligend auf mich gerichtet. Mir blieb also gar nichts anderes übrig, als mich ebenfalls an der Tombola zu beteiligen. Das war völlig ungefährlich, denn ich hatte noch nie irgendetwas gewonnen, dachte ich, während ich meinen Obolus entrichtete. Lustlos öffnete ich das Los und erblickte die Nummer 13. Belustigt rief ich mir dann ins Gedächtnis, dass das in Italien eine Glückszahl war.

Nun wurde endlich die Trommel angestoßen, und alle Anwesenden sahen mit angehaltenem Atem zu, wie sie sich mit großer Geschwindigkeit drehte. Als sie schließlich langsam wieder zum Stehen gekommen war, verkündete der alte Mann, dass eine dicke, weiße Kerze verlost werde, und zog die Nummer 43. Der Gewinner war ein schlaksiger, junger Bursche im Hofnarren-Kostüm, wohl der Sohn eines Vereinsmitgliedes. Seine großen Füße steckten in gelben Schuhen mit langen, gebogenen Spitzen, die ebenso wie die bunte Kappe, die seinen Kopf bedeckte, mit Schellen besetzt war. So skeptisch, wie er seinen Trostpreis beäugte, wunderte ich mich nicht, dass nach der Versteigerung ein lebhaftes Tauschen von unerwünschten Preisen stattfinden sollte.

Als Nächstes kamen Säckchen mit verschiedenen Kräutertees an die Reihe, dann Wein- und Sektflaschen, aber keine aus der Klingelschmidt'schen Kellerei. Dann wurden die scheußliche chinesische Vase und die auch nicht besonders attraktive ausgestopfte Eule verlost. So wechselte ein Gegenstand nach dem anderen seinen Besitzer, bis nur noch der Hauptpreis übrig war.

In diesem Augenblick wurde ich vom Wettfieber ergriffen. Ganz plötzlich war ich viel zu unruhig, um stehen zu bleiben. Ich machte einen Schritt zu dem Tisch mit den Gewinnen und schaute wie hypnotisiert auf die Trommel, deren Spin allmählich langsamer wurde, bis sie schließlich stillstand. Der alte Mann griff hinein, holte ein Los heraus, entrollte es und räusperte sich, bevor er die darauf notierte Zahl verlas.

»Die Skulptur geht an das Los Nummer 13«, verkündete er mit lauter Stimme.

Ein seltsames Gefühl der Unwirklichkeit beschlich mich. Ich wusste genau, dass alle Anwesenden von mir erwarten würden, dass ich auf den Preis verzichtete. Der daraus resultierende Kampf zwischen meinem Stolz und dem Wunsch nach der vollständigen Finanzierung meiner Reise währte nur kurz. Dann meldete ich mich und erhob Anspruch auf den Hauptpreis.

27. Das Experiment

Am nächsten Morgen sprachen wir bei unserer Klientin vor. Ihr Sohn Theodor hatte ihr wohl bereits berichtet, wie wir den Mörder ihres Mannes gefasst hatten, denn sie stellte uns keine weiteren Fragen. Offenbar hatte er sie auch in Holmes' Auftrag gebeten, etwas für ihn vorzubereiten, denn nachdem wir unser Honorar erhalten hatten, stellte Holmes eine zumindest für mich unerwartete Frage: »Haben Sie dem Gärtner von gegenüber Bescheid sagen lassen, dass ich noch einmal mit ihm sprechen möchte?«

»Ja, er wartet bereits in Herrn Wilhelmys Garten auf Sie«, entgegnete Frau Klingelschmidt, und ich fragte mich, was Holmes im Schilde führte. Wollte er auch noch den armen, alten Mann als Komplizen des Mörders entlarven, der gegen Bezahlung falsch ausgesagt hatte, oder wollte er ihm eine Belohnung zukommen lassen? Beides hielt ich für reichlich übertrieben.

»Es war übrigens eine ausgezeichnete Idee, die Skulptur zugunsten eines guten Zweckes versteigern zu lassen. Das war eine elegante Methode, die Büste loszuwerden, und außerdem eine gute Werbung für unsere Sektkellerei«, sagte die Hausherrin nun schon zum dritten Mal, und jedes Mal rutschte ich verlegen auf meinem Stuhl herum, da mir peinlich war, dass ausgerechnet ich das gute Stück gewonnen hatte. Ich bezweifle nicht, dass Theodor Klingelschmidt ihr das berichtet hatte.

Eine halbe Stunde später verabschiedeten wir uns von unserer Klientin, das Hausmädchen geleitete uns zur Tür, und wir überquerten die Straße. Tatsächlich stand Fritz, der Gärtner, verlegen dreinblickend hinter dem Gartenzaun. Seine Nase war von der Kälte und vom kontinuierlichen Schnäuzen gerötet, und sein rasselnder Atem hörte sich gar nicht gut an.

»Ich würde gern ein kleines Experiment mit Ihnen machen«, sagte Holmes und steckte dem alten Mann ein paar Münzen zu, die dieser mit beschämter Miene einsteckte.

»Hoffentlich keine chemischen Versuche«, dachte ich in unangenehmer Erinnerung an den garstigen Gestank, der die letzten Abende aus Holmes' Hotelzimmer gedrungen war.

»Es ist ganz ungefährlich. Würden Sie bitte ins Haus gehen und in genau fünfzehn Minuten zum Gartenzaun zurückkehren?«, sagte Holmes in einem eher gebieterischen als fragenden Tonfall.

Der alte Mann wollte etwas erwidern, wurde jedoch von einem Hustenanfall geschüttelt, zog dann ein schmuddeliges Taschentuch hervor und putzte sich die Nase. »Wenn Sie es wünschen. Aber darf ich wenigstens den Grund dafür erfahren?«, fragte er höflich, als er wieder sprechen konnte.

»Das wäre unwissenschaftlich und würde das Experiment ruinieren. Diesen Fehler muss ein Forscher um jeden Preis vermeiden«, sagte Holmes gut gelaunt und beauftragte mich dann damit, den Gärtner in die Dienstbotenräume zu begleiten und dafür zu sorgen, dass die Versuchsanweisung minutiös eingehalten wurde. Ich nickte automatisch, doch im gleichen Augenblick erinnerte ich mich an das unerfreuliche Ende unseres letzten Aufenthalts auf Herrn Wilhelmys Anwesen.

»Ich betrete dieses Grundstück nur unter der Bedingung, dass der Hund angekettet wird«, insistierte ich empört.

»Der ist gerade nicht da«, beteuerte der Gärtner, worauf Holmes mir mit einer ungeduldigen Geste bedeutete, mich endlich auf den Weg zu machen.

Schicksalsergeben umrundete ich mit dem alten Mann das herrschaftliche Haus auf einem schmalen Pfad aus festgestampftem Schnee. Ohne vom Wachhund angefallen zu werden, erreichten wir den Dienstboteneingang und stiegen die Stufen zur Küche hinab, die so kalt wie ein Eiskeller war. Kein Wunder, dass der Gärtner seine Erkältung einfach nicht loswurde.

»Hier ist heute wohl nicht gekocht worden?«, erkundigte ich mich fröstelnd, während ich an dem groben Holztisch Platz nahm, auf dem zu meinem Erstaunen der *Mainzer Anzeiger* jenes Tages lag. Ich hätte nicht vermutet, dass der Hausherr seine Zeitung an das Personal auslieh.

»Die Herrschaft ist über Fastnacht aufs Land gefahren und das Mädchen hat frei und feiert mit seinen Eltern«, sagte er, was Holmes wahrscheinlich bereits wusste und eingeplant hatte. Wenn auch mir das bekannt gewesen wäre, hätte ich darauf bestanden, das Haus durch den Vordereingang mit dem Türklopfer in Form eines Delphins zu betreten.

Hoffentlich hatte man auch der bärbeißigen Haushälterin freigegeben, dachte ich noch, aber im gleichen Moment wurde die rückwärtige Tür schwungvoll geöffnet und die Hausangestellte trat so vehement ein, dass die Schlüssel an ihrem Bund klapperten. Offenbar war auch sie in Holmes' Plan eingeweiht, denn sie begnügte sich damit, mich finster zu mustern, bevor sie begann, mit einem langen, spitzen Messer Zwiebeln klein zu schneiden. Sofort erfüllte der charakteristische, durchdringende Geruch die Küche, und ich verspürte ein Brennen in den Augen.

Ungeduldig schaute ich auf die Uhr und stellte fest, dass ich noch zehn Minuten in der Kälte und dem Zwiebelgestank ausharren musste. Um mich etwas abzulenken, breitete ich die Zeitung auf dem Tisch aus. Doch es dämmerte bereits, und es war gerade noch hell genug, um einzelne Buchstaben zu entziffern. Meine dürftigen Fremdsprachenkenntnisse waren auch nicht gerade dazu angetan, mir die Lektüre zu erleichtern, weshalb ich die Tageszeitung missmutig wieder zusammenfaltete. Der Gärtner hingegen war weiterhin über einen Artikel gebeugt, wobei er beim Lesen den Zeilen mit dem Zeigefinger folgte und seine Lippen lautlos Worte formten. Erst als man kaum die Hand vor den Augen sah, machte die dürre Haushälterin endlich eine Gaslampe an, um sich beim Zerkleinern des Gemüses nicht in die Finger zu schneiden.

Schließlich war die Viertelstunde vergangen, und ich erhob mich von meinem Stuhl. Grußlos ging ich aus der Küche, der Gärtner folgte mir, und wir traten in den dunklen Garten. Fritz ging voran, den Blick mit einer Mischung aus Trotz und Schuldbewusstsein zu Boden gerichtet, und ich hätte zu gern gewusst, was Holmes mit seinem Experiment bezweckte. Immer wieder schaute der Gärtner ängstlich über die Schulter nach hinten, wie um sich zu vergewissern, dass die Herrschaften auch tatsächlich den Hund mitgenommen hatten.

Als wir endlich den Gartenzaun erreichten, schimmerten die Dächer der umliegenden Häuser weißlich. In einem der Nachbarhäuser wurden die Fensterläden mit einem ohrenbetäubenden Lärm geschlossen. Irgendwo läuteten die Glocken des Doms die volle Stunde ein, und eine zweite Glocke antwortete quer durch die Stadt. Doch der Schnee dämpfte das Geläut. In der gegenüberliegenden Villa teilten sich die schweren Vorhänge des Salonfensters, und von einer Gaslampe angestrahlt, schaute der Kopf des jungen Hausherrn hindurch. Während unseres Besuchs bei seiner Mutter hatte ich gar nicht bemerkt, dass er sich ebenfalls im Haus aufhielt.

Plötzlich schälte sich im Klingelschmidt'schen Garten aus dem Halbdunkel eine Gestalt im wadenlangen, braunen Mantel, deren Kopf von einer Kapuze bedeckt war. Sie stand reglos vor einem Boskett und blickte zu uns herüber.

»Er ist wieder da! Der Mönch ist zurückgekehrt«, stammelte der Gärtner, und mir stockte vor Erstaunen der Atem. Jäh begriff ich, was Holmes mit seinem Experiment demonstrieren wollte.

Die braun gewandete Gestalt verharrte noch einen Augenblick lang vor einem Rosenstrauch, verließ dann den Garten, überquerte die Straße und kam mit leicht schlurfenden Schritten auf uns zu. Erst aus unmittelbarer Nähe erkannte ich Holmes' Züge. Ich hatte die ganze Zeit geahnt, dass er es war.

»Trug der Mönch, den Sie gesehen haben, diese Kleidung?«, fragte Holmes den alten Mann, der ihn mit weit aufgerissenen Augen anstarrte, als ob er ein Gespenst wäre.

»Kann schon sein«, gab der Gärtner verlegen nach unten schauend zu. Er ließ resigniert die Schultern sinken und behauptete dann, eine angefangene Arbeit dringend beenden zu müssen.

»Sie hätten der Polizei sagten sollen, dass Sie den Mann im Nachbargrundstück nur schemenhaft wahrgenommen haben«, tadelte ihn Holmes.

»Sie sagen das doch hoffentlich nicht der Herrschaft. Was sollen die denn von mir denken?«, stammelte der Gärtner, der auf einmal kreidebleich geworden war.

Aber Holmes versprach, dass die Geschichte unter uns bleiben würde, zumal es die Schuld der Polizei war, nicht genauer nachgefragt zu haben. Dann gab er dem zerknirschten Dienstmann auf den Schreck noch ein weiteres Trinkgeld, und wir machten uns auf den Weg zum Hotel.

»Wahrscheinlich ist er halb blind. Es ist bezeichnend, dass er nicht einmal bemerkt hat, dass ich einen halben Kopf größer als der Mann bin, den er beschrieben hat«, brummte Holmes kopfschüttelnd vor sich hin.

»Mit ist leider nicht ganz klar, warum Sie erst nach Abschluss unserer Untersuchung dieses Experiment veranstaltet haben«, erkundigte ich mich an der nächsten Straßenkreuzung.

»Als ich neulich in Leistikows Laden diesen braunen Kapuzenmantel an der Garderobe hängen sah, war mir schlagartig alles klar. Der Gärtner hat in der Mordnacht den russischen Kunsthändler gesehen, der sich die Kapuze über den Kopf gezogen hatte«, sagte Holmes und deutete anklagend auf das unvorteilhafte Kleidungsstück, das er noch immer über seinem eigenen Wollmantel trug. »Da sieht man, welchen Schaden ein einziger unzuverlässiger Zeuge anrichten kann.«

KBV KRIMINALROMAN

Franziska Franke

SHERLOCK HOLMES UND DIE SPUR DES YETI

Taschenbuch, 312 Seiten
ISBN 978-3-95441-387-4
10,95 EURO

Seine Indien-Reise führt Sherlock Holmes nach Simla im Himalaya-Vorgebirge, wo sein Freund David Tristram ein kleines Anwesen geerbt hat. Dass dessen Verwandter Edward Tristram ausgerechnet in der Hauptstadt von Britisch Indien, die für ihr kühles Wetters berühmt ist, an einer Tropenkrankheit gestorben sein soll, stößt bei Holmes auf Skepsis.

Kurz darauf wird der Bergsteiger Elliott Roundtree ermordet, der mit Edward Tristram Ausflüge ins Gebirge unternommen hat, um den Yeti zu fotografieren. Holmes' berufliches Interesse ist nun endgültig geweckt. Es stellt sich heraus, dass das Mordopfer Tibetisch lernte, weil es beabsichtigte, das geheimnisvolle Reich auf dem Dach der Welt zu bereisen. Etwas, das Europäern strengstens untersagt ist! Um Licht in die dunkle Angelegenheit zu bringen, müssen sich die beiden Ermittler auf die gefährliche Reise nach Tibet begeben.

»Ein exzellent recherchierter, historischer Kriminalroman mit Köpfchen, der auf billige Effekthascherei verzichtet.«
(LITERRA zu »Sherlock Holmes und das Geheimnis der Pyramide«)